CINQ PHRASES

Guy Vachaudez

Cinq phrases

Éditions Baudelaire

Envois de manuscrits :
Éditions Baudelaire – 27, place Bellecour – 69002 Lyon

À Christiane.
D'abord, la jeune fille de mes lettres d'hier.
Ensuite, la femme de toute de la vie qui a suivi…

Il faut oublier tout ce que l’on sait
Pour savoir tout ce que l’on a oublié

Partie 1
La cloche de vigilance

Mille fenêtres ouvertes
Mille personnes
Mille discours
Et combien d'oreilles ?

Un matin de janvier

Peu importe la distance qui les sépare de la surface
Les bulles y parviennent toujours

Le mois de janvier était obstinément gris cette année. Il semblait avoir débuté dès la fin de l'automne. Bruxelles en cet hiver 2020 ressemblait à une boule neigeuse opaque. Une boule dont la surface terne filtrait toute tentative de voir le bleu. Nous restait le blues…

Ce matin-là, une lumière pâle se faufilant entre les tentures mal ajustées me sortit d'un sommeil sans rêve. Quelques minutes plus tard, la radio s'alluma, mettant fin au calme. Une fin tout en douceur. Et avec quel art consommé du paradoxe ! Entendre « The Sound of Silence » de Simon and Garfunkel me fit sourire. Je n'avais plus entendu cette chanson depuis bien longtemps.

Elle replanta instantanément le décor de mes vingt ans, quelque part en Allemagne. Le temps de l'uniforme, de la caserne, du drill et des lettres que l'on écrit le soir au son d'une des précieuses cassettes enregistrées qui tournaient en continu et qui me reliaient à la maison et surtout à la jeune fille qui m'attendait.

Mais les nouvelles de ce début de journée n'avaient pas la couleur pastel de la nostalgie. Elles l'ont rarement d'ailleurs. À entendre les informations du monde, confortablement lové dans la tiédeur des draps, je me sentais presque coupable d'être à l'abri, comme oublié par les dangers de l'extérieur. Vivre dans la tranquillité et dans la sécurité au sein d'un monde en pagaille est de nature à se sentir vraiment préservé. Une chance que, pour ma part, je vivais sans y penser souvent. La bonne fortune a le don de se faire oublier. Parfois, on la ressent comme un privilège dont il est préférable de ne pas se vanter. Face à certaines réalités, l'afficher peut sembler quelque peu indécent.

C'est à ce moment qu'une petite phrase attira mon attention. Elle évoquait un problème sanitaire de l'autre côté du monde. Une petite phrase perdue vers la fin des informations… Il était question d'un événement anecdotique, loin de nous. Pas de risque ici, dans notre chambre douillette. Ce ne fut pas un coup de tonnerre. Juste un grondement sans danger à quelques milliers de kilomètres de notre boule neigeuse.

Le volume confidentiel de la radio n'avait pas éveillé la jeune fille des lettres de mon service militaire. Elle dormait paisiblement, le poing délicatement posé contre la bouche. Après tant d'années, cela m'aurait presque inquiété de voir mon épouse dormir autrement.

— Il est huit heures dix. C'est l'heure pour les grandes filles !

Un léger sursaut, un regard, un baiser de bienvenue pour éveiller un sourire…

— On n'avait pas dit qu'on se lèverait un peu plus tôt ? dit-elle d'une voix ensommeillée. Tu ne m'as pas réveillée…

— Ben, je viens de m'éveiller. On a le temps. Aujourd'hui on ne doit pas travailler.

— Très drôle.

— Non, pas drôle, exact ! Tu sais bien, hier on n'a rien fait. Et comme on n'avait pas terminé, on doit finir ça ce matin.

Françoise leva les yeux au ciel, un sourire inversé abaissant les coins de sa bouche. Une mimique familière, agrémentée ici d'un petit bruit moqueur.

En arrivant au rez-de-chaussée, je vis le journal qui gisait sur le sol du hall d'entrée. Je me dis qu'il serait temps que je répare la boîte aux lettres afin que le courrier y tombe, plutôt que s'étaler sur le carrelage. Vivre depuis plus de quarante ans dans une maison déjà ancienne quand nous nous y étions installés suppose que nous y avions pas mal travaillé. Des murs à supprimer, d'autres à ériger, des corps de cheminée à abattre, renouveler la toiture, remplacer tous les châssis, changer toute l'installation électrique, renforcer les planchers…

Il me semble encore sentir sous mes pieds les gravats, voir la poussière qui envahissait chaque recoin. Je nous revois marcher en contournant les étançons, en évitant les câbles électriques qui transformaient nos pièces en grottes aux stalactites ondulantes.

Et après le gros œuvre, il y avait eu pas mal de bricolage.

Je poussai un soupir en regardant les traces de l'ancienne boîte aux lettres sur la porte et les trous qui attendaient d'être rebouchés.

— Je ferai ça demain, dis-je en murmurant. Aujourd'hui, c'est vrai, je n'ai rien à faire, ajoutai-je, un vague sourire aux lèvres.

Dans le salon, une douce chaleur régnait, contrastant avec la température de notre chambre dont la fenêtre reste légèrement ouverte en toutes saisons. En arrivant dans la cuisine, je regardai distraitement la plante verte qui ornait la petite véranda où nous avons un coin repas. Je me demandais régulièrement comment nous parvenions à y manger à cinq lorsque nos enfants étaient encore avec nous. Et parfois, il y avait même…

— Il n'y a pas de journal ? demanda Françoise.

— Je ne t'avais pas entendue. Euh, oui. Mais tu as dû le voir. J'ai oublié de le ramasser.

Et je sais, si la boîte aux lettres était réparée, il ne faudrait pas se baisser.

— Je n'ai rien dit, répondit-elle les lèvres pincées en un sourire gentiment provocateur.

La petite cafetière italienne, indispensable ustensile de tout début de journée, requérant toute mon attention, me permit de continuer seul une conversation au profil connu d'avance. Les gestes mécaniques sont souvent propices aux pensées vagabondes.

Après tant d'années, nombre de conversations dans lesquelles on s'embarque sont sans surprise.

En fait, lorsque l'on discute d'un souci ou d'un désaccord récurrent avec des proches ou des relations de travail, les arguments sont connus d'avance. On refait simplement un tour de manège de plus.

Un peu comme les échanges que j'avais avec mes élèves lors de la remise de résultats peu glorieux. Un échange qui commençait par mes mises en garde concernant la situation et les risques encourus.

Avec les années, il m'arrivait de penser que certains élèves choisissaient leurs réponses en puisant dans des listes toutes prêtes.

Il y avait les réponses en mode victime : « Ce n'est pas de ma faute, j'ai dû m'occuper de mon petit frère. Il ne m'a pas laissé étudier. ».

Il y avait aussi les élèves victimes d'intolérance à la matière : « Je ne comprends rien à ce cours ! ». Tentant, pour le professeur, d'ajouter qu'au fond de la classe, les parties de combat naval ont coulé plus d'un élève.

Bref, de nombreux élèves déployaient des trésors d'imagination pour me convaincre qu'ils n'étaient pas responsables ! Une chose que je ne manquais pas de souligner certains jours. Parfois avec humour, parfois avec impatience ou irritation. Et dans cette classe où la tension augmentait, les véritables victimes devenaient les élèves qui, assumant leurs problèmes sans en accuser quelqu'un d'autre, étaient privés de ma patience.

Pourtant, j'avais à cœur d'envoyer d'abord à tous, ou presque, un message positif. Parfois cela suffisait à rendre le dialogue constructif. Et parfois, cela ne suffisait pas.

Les turbulences de la cafetière me tirèrent de mes pensées au moment où mes évocations professionnelles débouchaient sur le souvenir d'un conte philosophique que j'avais lu il y a plus de quarante ans et dont certaines phrases étaient devenues, avec le temps, des maximes qui m'ont parfois aidé.

Mais l'heure n'était pas aux maximes. Le rituel du premier café commençait… Il fallait d'abord le goûter avant de m'en servir une première tasse. Et il me sembla particulièrement réussi. J'allais préparer celui, plus léger, de Françoise lorsque je m'aperçus qu'elle était derrière moi, apparemment satisfaite de son approche de ninja.

— Tu avais l'air loin !
— Oui, des souvenirs qui reviennent.
— Des beaux souvenirs ?
— Un peu de tout… Tu sais, la retraite c'est un peu comme jouer au bowling avec des béquilles.
— Avec des béquilles ?
— Ben, tu utilises tes mains pour marcher et tu n'as plus rien pour lancer ta boule.
— Je ne vois pas le rapport, dit-elle dans un rire étouffé.
— Eh bien, tu perds la boule ! Non sérieusement, tu es sur la piste mais tu ne peux rien faire. Tu regardes les autres.
— Tu devrais peut-être changer de sport.
— Ou attendre qu'on m'enlève mon plâtre…
— Là, il y a peu de chances ! Retraité, c'est à vie.
— Retraité, c'est ma vie ?
— Non, ta vie c'est moi, dit-elle en ouvrant les bras avec un grand sourire.
— Ah…, dis-je en la serrant doucement, j'avais compris : « c'est ta vie, c'est la tienne ».
— Mais non, c'est pour la vie !
— Bon, on fête ça ! Un café ?

Mais pour vraiment l'apprécier, une musique paisible était indispensable. Accroupi devant les rangées de CD, le choix se fit presque malgré moi. La tranche de chaque boîtier évoquait instantanément les circonstances de chacune de mes découvertes, mêlant l'époque, la fébrilité du collectionneur que j'étais, la qualité sonore et l'émotion que les notes éveillaient en moi.

La musique…

Tandis que le tiroir du lecteur avalait « The Plateaux of Mirror » de Brian Eno, je revis soudain mon papa qui ne manquait jamais de commencer le dimanche familial par un vinyle. La pochette aux coins écornés par les manipulations. La protection intérieure en papier translucide. Le bruit sourd de l'aiguille qui atterrit sur le bord du disque, les crachotements qui semblent provenir d'ailleurs. Tout un rituel. Et lorsque la musique, classique bien sûr, s'élevait, j'étais à chaque fois impressionné par ce que je voyais comme une cérémonie bien réglée. La première œuvre qui m'ait bouleversé est le concerto pour violon de Tchaïkovski. Ne sachant pas encore lire, je demandais souvent à mon papa de mettre « La posture », car il y avait sur la jaquette la photo d'un buste en marbre du compositeur. La graine du dilettante était plantée en moi. Et aujourd'hui, lorsque j'écoute seul un morceau de musique que j'aime, je ferme les yeux et je me retrouve installé à la meilleure place d'une salle de concert du bout du monde.

Assis à la petite table de la véranda, calfeutrés et comme bercés par ce disque, un de mes favoris, je me souviens comme nous étions simplement loin de l'agitation. Tranquillement heureux de la présence de l'autre. Rien ne pouvait nous atteindre… sauf peut-être la question de Françoise.

— Tu as vu ce qu'ils écrivent dans cet article ?

— Quel article ?

— Sur une maladie inconnue qui se répand…

— Ah oui, en Chine ?

— C'est inquiétant, non ?

— Ils en ont parlé à la radio ce matin. Tu sais, je crois qu'il est un peu tôt pour s'inquiéter. Il n'est que huit heures et demie.

— Tu es vraiment très drôle ce matin. Non, sérieusement ?

— Écoute, si ce problème a une solution, pourquoi s'en inquiéter ?

— Oui. Et tu vas ajouter que s'il n'a pas de solution, pourquoi s'en inquiéter ?

— Je pense que le monde médical est suffisamment compétent. Et puis, c'est loin de chez nous. On a le temps de réagir.

Ce matin-là, en savourant mon deuxième café, je me demandais pour quelle raison tant de souvenirs anciens m'étaient revenus. Il y a des jours plus propices que d'autres, voilà tout… Des jours où des bulles remontent et viennent oxygéner le présent comme pour agiter une eau parfois trop tranquille. Des jours où l'on se sent d'humeur rêveuse. Mais le réveil ne tarda pas à sonner… Enfin une sonnerie sous la forme d'une autre question de Françoise.

— Ce n'était pas aujourd'hui qu'on allait chez Ikea ?

Une bouteille à la mer

La parole ne révèle que celui qui la prononce

Le temps couvert et triste des semaines suivantes, véritable invitation à hiberner, nous sortit un peu du monde. Quel plaisir de retrouver le bonheur simple de pouvoir rester au coin du feu comme on le faisait chez nos grands-parents ! En regardant notre salon, le plaid qui nous attendait, le livre sagement posé à côté du fauteuil, nous n'avions envie que de tranquillité.

La mémoire a l'étonnante faculté de replanter instantanément le décor de l'enfance. Les lieux, les odeurs, les êtres chers, les émotions ressenties, tout revient dans une évocation où la synesthésie prend tout son sens. Le poêle crapaud qui brûlait en toute saison, unique source de chaleur et unique moyen de cuisiner à l'époque de nos grands-parents, la cafetière posée à l'arrière de la plaque supérieure qui maintenait la boisson bien chaude, l'odeur si particulière des poussières de charbon qui, en s'enflammant, dégageaient quelques volutes d'une fumée jaunâtre et… Mon regard tomba soudain sur le radiateur et glissa ensuite sur le thermos et l'écran de télévision. Moins pittoresque c'est certain ! Mais cela me rappelait surtout que pouvoir se souvenir d'objets anciens, laissait peu de doute sur l'âge que nous avions.

Et tandis qu'insensiblement un inquiétant foyer infectieux grandissait, le nôtre abritait des journées toujours aussi lentes. La ville semblait vivre un peu au ralenti sous ce ciel désespérément terne. Seules les visites familiales brisaient une monotonie assaisonnée de petites balades dans les rues de notre quartier. Ces visites de nos enfants, qui permettaient à nos petits-enfants de mettre du désordre dans beaucoup de pièces et qui, de plus, assuraient toute l'animation, nous rappelaient à quel point élever une famille vous empêche de trop vous centrer sur votre nombril.

C'est lors d'une de nos balades que nous avons rencontré une de nos vagues connaissances. Un habitant du quartier dont nous connaissions seulement le prénom, Patrick. Nous avions sympathisé quelques mois plus tôt en nous fréquentant dans la taverne où Françoise et moi prenons souvent un café. Une taverne permet d'entendre malgré soi bien des confidences. On y côtoie l'âme d'un endroit. On choisit de se mêler ou non aux ragots. À la longue on sait que le chien accompagnant toujours untel aboie furieusement si l'on approche la main, qu'un autre, toujours éméché, ne vous lâchera pas si vous croisez son regard, qu'un troisième ne parle que de football. Après un certain temps, on parvient à choisir sa place de manière plus judicieuse. Un peu comme celui qui, sortant après la pluie, parvient à éviter sur les trottoirs les dalles flottantes qu'il a repérées au cours de ses nombreux trajets.

Cette rencontre avec Patrick se passa sans surprise. D'une nature globalement angoissée, il limita la conversation à ses craintes concernant la menace sanitaire qui s'étendait. Il nous fit part des informations inquiétantes qu'il écoutait plusieurs fois par jour. Nous nous sentîmes rapidement emprisonnés dans une bulle toxique où toutes les peurs, fondées ou non, cherchaient à nous contaminer. Après quelques propos vaguement rassurants dont, par expérience, nous pouvions estimer l'efficacité très limitée dans le temps, nous avons continué notre chemin.

Le ciel nous sembla soudain presque lumineux et l'air enfin respirable et parfaitement sain.

Cependant, en nous éloignant, nous prîmes conscience d'emporter avec nous des graines indésirables qui risquaient bien d'envahir peu à peu notre petit parterre secret, celui où nous passions les heures paisibles, voire creuses parfois, de notre retraite.

Finalement le gris du ciel revint se poser sur l'Atomium et les magnifiques espaces verts où nos pas nous avaient conduits.

Mon regard se posa sur un groupe de jeunes gens qui disputaient un match de football improvisé et sans arbitre sur une des immenses pelouses du parc. J'eus même l'impression de reconnaître Victor, un de nos petits-enfants véritablement passionné de football. À les voir ensemble, insouciants de tout ce qui ne concernait pas leur ballon, je me dis qu'il était temps de s'inquiéter ou, au minimum, de suivre cette affaire de plus près. Cela me donna l'impression d'accepter une pression, de subir l'influence du nombre ou d'un certain nombre. Une chose que j'avais pourtant décidé depuis bien longtemps de ne plus faire. Fontaine…

Je rejoignais à nouveau le rang comme lorsque le surveillant sonnait la fin de la récréation. J'acceptais une fois encore de fumer ma première cigarette pour faire comme les copains de mon frère aîné.

Avec les années, j'étais devenu un mouton conscient de suivre parfois le troupeau. Mais surtout conscient d'être libre, comme chacun l'est, de le quitter si l'affolement poussait ce troupeau à s'emballer vers les falaises.

Durant les mois qui suivirent, l'inquiétude de Patrick semblait avoir gagné beaucoup de monde. Je n'aurais jamais imaginé qu'il était connu à ce point en Belgique et même ailleurs…

Les médias multipliaient les reportages, les interviews, les nouvelles alarmistes. Le sujet était sur toutes les lèvres, dans toutes les conversations. Et sur les réseaux sociaux, chacun devenait expert, chroniqueur, commentateur, lanceur d'alerte. Les débats prenaient une tournure politique.

Les moutons devenaient des vendus à la solde d'un pouvoir que les réfractaires accusaient d'abus et de suppression de notre liberté. Les réfractaires devenaient, aux yeux des gens dociles, des irresponsables sans cervelle. Et puis la peur s'étalait entre les parutions de photos de fleurs ou de gâteaux maison, les recettes de cuisine, les publications humoristiques, les théories expliquant l'origine de la crise ou les critiques concernant la gestion de celle-ci. Il y en avait pour tous les goûts.

Mais ce qui dominait, c'était le besoin de partager son ressenti, son avis face à cette situation inédite et pour l'instant sans solution instantanée. Nous avions oublié que certaines choses résistent au clic d'une souris…

Les réseaux sociaux m'avaient souvent donné l'impression d'un immense espace entouré d'une multitude de fenêtres ouvertes d'où chacun lançait ses idées à voix haute, dans une cacophonie devenue presque rassurante avec les années et l'habitude. Cela me faisait penser à des bouteilles lancées à la mer. Mais lorsque la mer en est déjà couverte, on devrait comprendre que chaque bouteille supplémentaire a peu de chances d'être recueillie et réaliser que lancer sa bouteille, c'est comme écrire avec son doigt sur l'eau…

Nous n'échappions pas à cette espèce de psychose. Elle pénétrait chaque secteur de nos vies. Et paradoxalement, pour y échapper, je m'y plongeai à mon tour, espérant ainsi comprendre, trouver un moyen de m'y soustraire. Ou je le fis peut-être simplement pour découvrir des raisons de croire que notre monde, nos spécialistes, nos capacités, notre technologie seraient à la hauteur de notre arrogance et de notre certitude de pouvoir contrôler l'univers.

Et de fait, notre ordinateur vieillissant qui faisait la honte de Lucas, notre petit-fils le plus âgé allait, sans que je le sache, devenir comme un canot de sauvetage. Il allait devenir le moyen capable de m'éloigner d'un endroit que je voulais déserter, mais que je m'obstinais à fréquenter. En réalité, cet écran fut une cloche de vigilance. Cette cloche qui se fait régulièrement entendre pour ramener les moines au moment présent. Et lors d'une énième séance sur l'internet, je pris simplement conscience de moi, assis devant ce clavier, mes doigts sur de vraies touches. Le contact réel du clavier, celui de l'arrière des cuisses sur le bord de mon siège, l'ombre de mes doigts sur le clavier, tout cela existait en cet instant et à cet endroit.

Soudain, à la vue de cette ombre de mes doigts sur le clavier, une phrase de ce fameux conte me revint en mémoire. « Je voyais deux mains, l'une indiscutable, éclairée par le soleil ; et l'autre improbable, changeante… » Dans le récit, cette main était celle d'un promeneur marchant tranquillement sur un chemin de campagne. À un moment, il regarda sa main qu'une coccinelle explorait. En un instant, à la vue de sa main, bien réelle, et de l'ombre de celle-ci suivant les reliefs du sol, il réalisa que la projection de la réalité n'est pas la réalité…

L'évocation de cet épisode s'estompa tandis que je quittai le clavier des yeux.

Ma vraie vie maintenant ?

Ma vraie vie maintenant… ou continuer à projeter mon existence sur un écran ? Un écran qui s'afficherait dans le monde entier, dévoilant l'image qu'il me convenait de partager. Ou mieux encore : explorer l'écran de mon ordinateur où seraient projetées une multitude de vies, non, d'images de vies, pensai-je en me rendant compte de l'absurdité de mon attitude.

Le reflet d'une fleur sur l'eau n'est pas une fleur…

Et quand l'ombre de l'arbre disparaît au crépuscule, sa vie continue, sans s'étaler…

En terminant cette session révélatrice, je tombai sur une publication qui me fit encore davantage réaliser qu'il était temps de m'installer dans un canot de sauvetage, qu'il était temps de m'éloigner de cet endroit. Quelqu'un de très énervé parlait de la situation sanitaire actuelle. Selon lui, elle avait été provoquée par les gouvernements qui voulaient ainsi nous contrôler, prendre nos libertés.

Je ne pus m'empêcher de sourire. Françoise m'avait justement dit la veille qu'elle avait reçu une notification de Google lui apprenant que nous avions marché 96 km le mois passé, ainsi que les endroits par lesquels nous étions passés. Je crois que le contrôle était déjà effectif depuis longtemps !

Cela me fit penser à des théories bien plus anciennes visant à expliquer ou à présenter certains événements d'une autre manière que celle des médias ou des autorités. Tout un programme ! La Terre plate, les voyages sur la Lune inventés de toutes pièces, l'assassinat des Kennedy, la zone 51, les inondations sponsorisées par les fabricants de bottes, le prix des suppositoires qui augmente parce qu'ils montent avec l'index… Expliquer différemment, montrer l'invisible, faire parler le muet, nous convaincre que l'on nous ment, on peut y passer une vie. Je préférais depuis longtemps tourner le projecteur vers l'intérieur et essayer de comprendre vers quoi je marchais, plutôt que me persuader qu'un système décidait pour moi ou me trompait d'office.

Notre ordinateur allait me convaincre de m'éloigner d'une arène qui m'était devenue insupportable. Naïvement, je me croyais relativement sage et capable de détachement, capable de détourner le regard face à ce grand théâtre de la vie. Mais je dus admettre qu'il me restait encore bien du chemin à parcourir…

Et de manière providentielle, avant mon dernier coup de rame, une bouteille lancée sur cette mer virtuelle heurta mon embarcation. Elle contenait une histoire : « La cabane et l'enfant ». Le titre, ainsi que les premières lignes où il était question de bouteilles à la mer, avaient éveillé ma curiosité.

C'en était trop. Une histoire à lire en trois jours et dont le premier épisode venait d'être posté sur un groupe d'anciens élèves de mon école que je consultais de temps à autre.

Cette histoire allait me ramener de nombreuses années en arrière, jusqu'à une double enfance qui m'avait définitivement marqué.

Jusqu'à retrouver cet enfant qui ne m'a jamais quitté, car il n'était pas que dans mes souvenirs.

La cabane et l'enfant

Partager sa peur peut l'affaiblir ou la renforcer
Lui parler peut suffire

Le « *Jour 1* » était affiché et m'invitait. J'avais l'intuition que cette lecture m'ouvrirait une porte, ce qui renforça mon intérêt. Et instantanément, je perdis toute conscience de ce qui m'entourait. Je devins lecture. Les deux jours suivants, mon esprit ne parvint pas à se fixer sur le quotidien. Je fus absolument inefficace, comme vivant ailleurs, comme investi d'une forme polie et rêveuse de dépression.

Je commençai à lire…

Jour 1

Sur la mer flottent pour l'instant beaucoup de bouteilles porteuses de messages de peur, d'incompréhension, de tristesse, voire de colère. Trop de bouteilles, trop de peurs enfermées dans ces flacons qui s'entrechoquent, trop peu de verres pour les vider et les partager toutes. Heureusement, de nombreuses bouteilles accueillent aussi des messages drôles, réconfortants ou sont simplement belles à voir dériver.

Pour ma part, j'ai déposé sur un ruisseau très particulier une planchette sur laquelle était écrit mon message. Un ruisseau trop souvent oublié, qui est en chacun de nous et qui aboutit à cette cabane où nous nous retirions régulièrement durant l'enfance quand nous savions comment être loin de tout, de tous, occupé d'un rien, improductif, paisible. Enfin retiré d'un monde à la fois inaccessible et incontrôlable. Oui, j'ai écrit un message à l'enfant que j'étais. Je savais que lui pourrait me comprendre et qu'il me répondrait.

Cette peur qui me prive de ce que j'ai sous les yeux...

Cette peur de perdre le contrôle et de perdre ce qui m'est précieux, ceux qui me sont chers...

Cette peur à qui je mets un gros nez rouge censé l'effacer...

Cette peur qui me pousse à parler trop fort, à crier, à demander des comptes, à stigmatiser...

Cette peur qui met les miens sous pression par leur incapacité à justifier l'attitude de ceux qui l'éveillent...

Cette peur qui met les miens sous pression par leur impuissance à m'aider ou à me ramener vers eux de manière durable...

Cette peur qui m'obsède et m'enlève le silence indispensable à la vraie communication...

Cette peur, pourquoi faut-il qu'elle s'éveille ou qu'on l'éveille ?

Et toi, mon épouse qui n'a pas peur, toi, mon ami, ne comprenez-vous pas qu'il est temps d'avoir peur à mes côtés ?

Oui, c'est un long message, mais j'avais prévu une belle planchette. Et elle a suivi le cours d'un ruisseau, aujourd'hui envahi de plantes, serpentant presque inutilement entre des berges parsemées de fleurs sauvages. Des insectes se sont posés un moment sur mon message, sans le lire. Une grosse pierre a voulu interrompre son trajet, une pierre nommée obstination, mais une main aimante l'a écartée, lui permettant de continuer vers sa destination. Une main que je connais, celle de mon épouse, de mon ami…

Le petit garçon assis devant la cabane attendait, seul au monde. Parfois, son regard se portait au loin, cherchant celui de l'homme qu'il deviendrait. Il avait le sentiment qu'il deviendrait un homme paisible, un homme sachant où se retirer quand le monde lui semblerait incontrôlable ou hostile. C'est cela que le petit garçon croyait, dans sa touchante naïveté. Oui, l'homme qu'il serait plus tard se souviendrait de cette cabane. Même s'il lui arrivait d'en douter de plus en plus souvent.

L'enfant attrapa ma planchette venue de si loin, venue de si longtemps après son enfance. Et au moment où il la prit dans ses mains, l'adulte que j'étais aujourd'hui retrouva un peu de calme.

Le gamin y écrivit sa réponse. Trois petits mots. Ensuite, il remit la planchette à l'eau afin qu'elle me revienne. À cet endroit, le ruisseau passait derrière la cabane autour de laquelle il faisait une boucle. Vu du ciel, ce ruisseau devait ressembler à une lettre i dont le point évidé abritait la petite construction de bois. Il vit disparaître la planchette. Elle réapparut un instant plus tard et lorsqu'elle atteignit la fin de la boucle, le courant s'inversa.

Mais le ruisseau paresse, malmène mon impatience. J'ai beau scruter sa surface, seul le clapotis me répond.

Pour quelle raison un enfant se presserait-il ? Demain, sa réponse arrivera demain…

Jour 2

Enfin là ! Je pris la planchette. Sous mon message, trois mots avaient été ajoutés : « Viens me voir ! ». Je me mis en route sans attendre, suivant le ruisseau qui chantait doucement dans le silence. Et bientôt je le vis. Il était assis, si petit devant sa cabane. N'attendant plus depuis longtemps. Sans impatience. Comme je le faisais déjà lorsque, plus jeune, bousculé par la peur d'autres adultes, je me réfugiais en moi, souhaitant que le temps s'arrête pour prolonger mon séjour secret.

— J'avais peur que tu m'aies oublié, me dit-il.

— J'avais peur et j'ai pensé à toi, lui répondis-je.

Ils étaient dans les bras l'un de l'autre, yeux humides chez le grand, sourire lumineux chez le petit. Bouleversés d'exister grâce à l'autre.

— Je suis heureux que tu sois venu vers moi. Viens t'asseoir près de moi, ajouta-t-il, et sois sans crainte, le paradoxe temporel ne détruit les doubles que dans les films. D'ailleurs, si ce n'était pas le cas, nos retrouvailles d'il y a quelques secondes nous auraient été fatales. Ce n'est pas courant d'avoir son avenir à côté de soi. Ça me rassure d'en avoir un.

— Je suis également heureux d'enfin te revoir, répondis-je. J'ai parfois retrouvé mon enfance en regardant mes enfants et mes petits-enfants, mais me revoir enfant et me parler, c'est réaliser que les racines sont bien réelles et que l'arbre est une promesse qu'un enfant tient. Et pourtant, t'aimer infiniment n'est pas aimer totalement l'arbre que je suis devenu. Comment fais-tu pour rester si tranquille quand, si loin de toi, je permets au temps de dessécher le feuillage que tu as permis ?

— Oh toi, tu as oublié le temps où tu n'avais pas encore ton âge, me répondit-il.

— Mais non, puisque je suis là devant moi à l'âge que j'avais quand j'avais l'âge que tu as… Bon, je vais m'arrêter là, je m'y perds. Je suis ici avec toi, c'est maintenant.

— Oui, tu es ici et tu te souviens de moi comme un arbre se souvient soudain de ses racines lorsqu'il a soif, ajouta-t-il sur un ton de reproche amical.

— Mais comment un jeune garçon peut-il raisonner avec tant de pertinence et de maturité ? À ton âge, je n'en étais pas capable. Et tu as toujours ton âge ! J'espérais retrouver un enfant et je suis face à un petit adulte.

— Je suis un enfant quand je suis seul dans mon monde d'enfant. Mais là, nous sommes confondus et je peux utiliser tes mots et ta pertinence d'adulte. Quoique je doute que les adultes le soient toujours… Peu importe. Et puis, souviens-toi, c'est toi qui ne savais plus trop comment faire. Tu avais besoin de retrouver l'évidence cellulaire, la résilience spontanée de l'enfance, l'antidépresseur nommé Lego. Et comme nous sommes un, j'utilise tes mots d'adulte. L'enfant qui a peur aujourd'hui, c'est toi. Bon, il est temps de commencer. Les racines et l'arbre… voilà tout !

— Tu pourrais me parler comme à un enfant ? Je comprendrais mieux.

— Voilà, tu endosses vraiment ton rôle, me dit-il pour me taquiner. Bon, si l'arbre oublie parfois qu'il a des racines, qu'évidemment il ne voit pas ; les racines, elles, par contre, connaissent l'arbre et enregistrent tout. Je le répète, c'est ta maturité d'adulte que je mets en œuvre.

— D'accord. Alors, dis-moi ce que je faisais quand j'avais peur à ton… à notre âge. Pff ! Enfin, je ne sais plus trop, tu comprends ?

— Oui, bien sûr, répondit le gamin. Je ne pouvais qu'accueillir cette peur. Les enfants ont souvent peur de choses qui n'inquiètent plus les adultes. Ils ne peuvent donc pas tenir les adultes pour responsables de leur avoir transmis leur propre peur. Et d'autre part, les adultes ne savent pas ce qui provoque la peur. Donc, ils ne peuvent empêcher qu'elle survienne.

— Tu veux dire que la peur est en nous, attendant un déclencheur ? Mais ça, tout le monde le sait !

— Bien sûr que tout le monde le sait. Mais je te rappelle que tu parles avec un enfant qui, simplement, utilise les mots d'un adulte. Un enfant voit l'évidence la plus proche. Ses questions ou remarques ramènent les adultes dans le camp de base qu'ils ont oublié, là où tout le monde est d'accord. Partir d'une banalité est utile pour démarrer du même endroit. Les adultes oublient trop souvent que le camp de base est, momentanément, le seul sommet accessible pour un enfant. Alors, si tu reviens au camp de base pour me parler et qu'en même temps tu veux franchir le sommet, restons-en là !

— Non, tu as raison, répondis-je. Rajeunis-moi une fois encore !

— Bon, alors je continue et toi, tu reprends ton tricycle. Quand on a peur donc, on se fâche parfois. Et si on le fait, c'est sur un autre ou sur quelque chose que nous tenons pour responsable… Quelle belle logique !

— Donc, la peur qui est en nous serait comme un bidon d'essence. Et ce qui le fait exploser, ce déclencheur, serait une allumette ? Mais c'est tout de même normal que ce bidon s'enflamme s'il rencontre une allumette.

— Oui, mais si c'est quelqu'un qui tient cette allumette, c'est parfois parce qu'il a lui-même peur. Et son but est de se rassurer, pas de provoquer ta peur. Et parfois, c'est même nous qui tenons cette allumette.

— Quoi ! ? Je mets le feu chez moi ? m'exclamai-je. Mais non, jamais !

— Mais oui ! répondit l'enfant. Tu as certainement déjà eu peur que quelque chose que tu crains se produise. Et parfois, rien n'arrive. Mais cela peut également être une peur liée à quelque chose d'irrationnel ou à une phobie. Ce sont des cas où tu tiens l'allumette. Il arrive aussi que l'on soit dépassé par tous nos bidons qui s'accumulent. Donc, on les enflamme comme pour s'en défaire. Je crois, qu'aujourd'hui, on appelle ça péter un câble. Et le plus drôle c'est qu'on fait ça quand le courant ne passe déjà plus.

— Le courant ? dis-je complètement perdu.

— C'était de l'humour, répondit le gamin. Câble qui pète, courant qui ne passe plus…

— Ah, je n'avais pas compris, dis-je. Il faut te suivre quand même. Je me trouve très futé comme gosse, ajoutai-je en riant.

— Mais je le suis, confirma l'enfant en riant également.

— Donc, pour résumer, c'est sans issue. J'ai peur de quelqu'un qui agit parce qu'il a peur… Ou j'ai peur de moi parce que j'ai peur de ce qui me fait peur !

— Écoute, je suis encore jeune. Tu as trop de connexions sous ton capot. Mes racines sont trop petites pour le gros arbre que tu es devenu… Il m'est difficile d'envoyer de la sève dans les branches que tu fais pousser sans arrêt. On dirait un jeu : ajouter de nouvelles branches, de nouvelles questions si tu préfères, pour que l'impossibilité de les nourrir justifie ta peur de manquer de sève. Tu me fais penser à celui qui, étant seul à table, mangerait son dessert très vite avant qu'il n'y en ait plus et qui, dans le même temps, jetterait des morceaux de son dessert à son chien, ce qui l'obligerait à accélérer davantage pour pouvoir tout manger. C'est toi qui es revenu vers moi. Alors, reviens demain comme un arbuste, nous serons plus connectés. On repartira du camp de base. Parce que j'ai trois mots à te dire.

— Ah ? Ces trois mots n'étaient pas : « Viens me voir ! » ?

— Non, ça c'était l'adresse où nous pouvions nous rencontrer pour discuter. Il te manque la clef de la cabane, une clef en trois mots.

Le soir tombait, tranquille.

Moi, petit, j'étais fatigué. J'avais perdu l'habitude des visites.

Moi, adulte, j'étais un peu frustré de n'avoir pas de réponse binaire, objective, efficace.

Mais j'étais heureux de m'être vu aujourd'hui hier et aussi de m'être vu hier aujourd'hui.

Comment, si loin de demain, apprécier le calme et la beauté de ce bel endroit oublié sur lequel les couleurs du couchant allaient bientôt se poser ? En m'éloignant, je me retournai, et une émotion diffuse m'étreignit à la vue de mon enfance réfugiée là, paisible, solitaire, silencieuse. Si longtemps oubliée par ma tendresse…

Demain serait un meilleur jour.

Jour 3

La nuit avait été longue, ponctuée de questions entrecoupées de périodes de sommeil. Une espèce de lasagne nocturne dont j'espérais perdre la recette. Qui voudrait la recette d'une nuit où on dort les questions et questionne le sommeil ? Heureusement, ma balade fut digestive. Je n'avais même plus le souvenir de mes questions. Je marchais sur une page blanche. Sans brouillon, sans notes. Celles chantées par les oiseaux et murmurées par le vent me suffisaient.

— Bonjour, dis-je en arrivant.

— Bon jour, me dit l'enfant en détachant bien les deux mots (une promesse, pensai-je ?). Viens avec moi, il y a un banc sur lequel nous serons bien. Ferme simplement les yeux un moment.

Je le fis et les ouvris un instant plus tard sur un vaste paysage marin.

— Splendide endroit !

— Oui, un de mes préférés. Bon, tu as quel format aujourd'hui ? me demanda-t-il.

— Celui d'un petit arbre, donc qui ne demande qu'un peu d'eau…

— Parfait, il y a tant à admirer assis sur ce banc. Ne perdons pas trop de temps à parler.

— D'accord. Au départ, j'avais une seule question. Que fais-tu quand tu as peur ? Moi, j'ai oublié et…

— Rien.

— Comment, rien ?

— Rien de visible, rien de sonore ou alors (avec malice), juste un petit bruit au moment où la pression diminue…

— Quoi ? Tu ne fais rien, tu ne dis rien ? insistai-je.

— Tu comprends « rien » ? (Sourire). Quand tu étais moi, petit, tu accueillais la peur, tout simplement.

— Mais…

— Attends ! La peur du noir par exemple. On te disait que ce n'était rien de dangereux. Que le noir ne cachait personne. Ça t'aidait à la calmer ?

— Non en fait.

— Évidemment. Au lieu d'accueillir la peur, tu tentais de la rejeter, de l'ignorer, de la raisonner d'abord.

— Mais…

— Mais quoi ? Elle est déjà en toi et tu veux juste l'ignorer, la museler ? Elle va insister !

— Donc, si je te comprends bien, je lui parle comme je parlerais à une personne en colère plutôt que, d'abord, vouloir la raisonner.

— Tu viens de retrouver le camp de base, dit le gamin. Voilà, accueille la peur, regarde-la, dis-lui que tu la connais, invite-la à te parler d'elle et elle n'aura plus besoin de défoncer ta porte.

— Facile à dire.

— Te voilà à nouveau adulte ! Tu préfères « Facile à dire » ou « Difficile à vivre » ?

— Tu m'énerves !

— Non, c'est toi qui t'énerves. Le « Facile à dire ! » est un billet de retour pour quitter ta cabane. Une cabane où, en plus, tu n'étais pas encore, dit l'enfant en soupirant, un peu découragé.

— Une fois de plus, si je comprends bien, ça veut dire que je m'accroche à mes peurs.

— Ben, comme on s'habitue à des chaussures percées. Mais parfois, on ne peut éviter les flaques. J'avais dit qu'on parlerait peu, il serait temps que tu te décides…

— Je commence à entrevoir quelque chose, dis-je en plissant les yeux. Je tiens à mes vieilles chaussures parce que je les connais. En acheter de nouvelles, ça coûte et ça fait mal aux pieds au début. Mais de là à s'accrocher à une source de souffrances ! Un dernier mot, une dernière image ?

— Justement, la source et la rivière. Tu es la source de tous tes maux et aussi la rivière qui peut les emporter. Remplir des bouteilles à cette source en espérant la tarir et ensuite les jeter à la mer ?

— Oui, je sais, la peur vient de moi et changer cela est impossible. Alors ?

— Invite-la à te parler ! Quand un adulte veut avoir raison lors d'une confrontation, que dit-il ?

— Tu baisses les yeux et tu ne me réponds pas ! dis-je sur un ton autoritaire.

— Exactement, parce que répondre, c'est se défendre, voire attaquer. Mais aussi voir la confrontation se prolonger et risquer de ne pas avoir le dernier mot. Par contre, parler, c'est laisser la place à l'autre, le laisser se vider, se poser… Enfant, je laissais venir, je parlais tranquillement à ma peur en jouant aux billes, en dessinant, en empilant mes cubes… Et j'ai réalisé, en la laissant me parler, qu'avoir peur de demain et de son cortège de menaces, me sortait juste de mes jeux, le seul endroit où je pouvais agir. Je n'ai aucun pouvoir sur demain.

— Donc, on n'anticipe rien. On ne prévoit rien…

— Il y a une différence entre prévoir et pré-paniquer.

— Mais…

Le petit garçon s'était endormi, d'un coup, mettant ainsi momentanément fin à une conversation qui, sans cela, aurait sans doute encore duré longtemps. Il était si paisible dans son apparente fragilité. Je fermai les yeux un instant. Je les ouvris rapidement, nous retrouvant tous deux devant notre cabane.

Il me manquait toujours trois mots.

Il ouvrit les yeux après quelques minutes où j'avais enfin pu veiller tendrement sur lui.

— Viens, je vais te montrer mon jeu préféré, me dit-il avec enthousiasme. J'y joue tous les jours depuis mon arrivée ici. À ton tour !

Il me mit un bandeau sur les yeux après m'avoir installé devant une boîte qui contenait un grand nombre de blocs en bois de couleurs différentes.

— Prends-en dix-sept au hasard et ensuite, enlève ton bandeau.

Je fis comme il demandait. Et stupéfait, je vis que les blocs que j'avais pris étaient tous de la même couleur !

— Maintenant, prends-en deux au hasard et pose-les côte à côte. Ensuite, fais la même chose avec sept autres que tu mettras à la droite du premier groupe et puis encore la même chose avec les huit derniers. Tu auras trois groupes : deux blocs, sept blocs et huit blocs en ligne.

Je me prêtai au jeu avec un intérêt fébrile. Et si…

— Bon, maintenant retourne chaque bloc en mettant la face inférieure de chacun vers le haut.

Trois mots apparurent : *le silence rétablit*. Je le regardai ébahi.

Il était à nouveau un enfant, plus jeune que moi, riant comme un enfant. Il me demanda de lui raconter une histoire. Son langage était redevenu celui d'un enfant. Je le pris sur mes genoux. Et tout en lisant une histoire qui était drôle, les yeux humides, la voix un peu tremblante, j'eus la certitude d'être enfin complet.

Un sourire d'enfant pour une histoire de deux minutes. Des larmes d'adulte pour une rencontre de deux jours. Quand je l'ai quitté, il m'a embrassé en me serrant. Nous ne parlions plus. Les mots étaient silencieux, enfin. Les yeux parlent aussi…

— (Oui, je reviendrai souvent.)

— (Et nous jouerons avec mes blocs ?)

— (À chaque fois si tu veux. Moi, j'aimerais bien en tout cas.)

Je me retournai une fois encore. Il rangeait ses blocs. Le soleil disparaissait.

Une mauvaise pensée me traversa soudain :

— (Et si je ne le revoyais plus jamais, si quelque chose lui arrivait !)

En me retournant inquiet, je le vis un doigt sur la bouche et un « chut » résonna doucement en moi.

Je me remis en route, un sourire aux lèvres, accompagné par le doux clapotis du ruisseau.

****

En terminant le dernier épisode, mon regard erra un instant sans chercher à se fixer. Les mots résonnaient en moi. Je n'avais encore jamais pensé à retrouver l'enfant qui avait grandi, cet enfant si insouciant, oubliant systématiquement le jour précédent et ne se posant pas de questions sur le suivant…

Des lieux familiers me revinrent en mémoire. Les lieux où j'avais passé plusieurs années de ma petite enfance, et toutes mes vacances scolaires sans exception jusqu'à l'âge de 17 ans.

Je me revoyais, enfant, dans le poulailler ou le pigeonnier, dans la vieille remise où les outils de jardins étaient rangés, dans le potager. Je revoyais les longues balades à vélo en solitaire sur des routes tranquilles, les champs à perte de vue, les maisons du village, les rues où je jouais avec mes amis, les voisins installés le soir sur des chaises que l'on plaçait à l'extérieur…

Je revoyais Élouges, ce petit village du Borinage que j'avais tant aimé et où j'avais vécu les plus beaux moments de mes jeunes années, loin de ma famille à Bruxelles. J'avais été l'enfant que mon parrain et ma tante n'avaient pas eu. Et dans leur modeste maison d'une cité sociale, dans ce coin de la Belgique où la fermeture des charbonnages avait sinistré les familles, j'avais vécu une enfance qui avait fait de leur foyer un château enchanté, et de moi, un prince véritablement comblé.

Hier, jeune prince d'un royaume dont j'étais aussi le seul habitant.

Et aujourd'hui, roi exilé, loin d'un royaume trop longtemps oublié par ce seul habitant.

Que d'années étaient passées ! Que de poussière sur mes jouets… Le temps qui passe ponce et délave les souvenirs jusqu'à parfois donner aux jours anciens un aspect lisse, sans aspérités, couleur sépia.

Le temps est d'ailleurs à mes yeux le cadre le plus mystérieux qui soit.

À ce propos, le paradoxe des jumeaux m'a toujours mis la tête à l'envers. Il y a de nombreuses années, mon papa m'avait expliqué que si l'un de ces jumeaux faisait un long voyage à la vitesse de la lumière (ou à une vitesse très proche de celle-ci), à son retour, il aurait beaucoup moins vieilli que son frère resté sur terre. Voyant que cela me dépassait complètement, mon papa m'avait alors parlé du temps avec un exemple plus simple. Il aimait s'installer avec nous « autour d'une feuille de papier ». J'étais tout ouïe, prêt à comprendre les explications. Son croquis était achevé.

— La lumière du Soleil, me dit-il, met un peu plus de huit minutes à nous parvenir. Ce qui fait que lorsque nous le voyons apparaître à l'horizon, nous voyons le passé étant donné que l'image de son lever a déjà huit minutes quand elle nous parvient. Quand nous le voyons, il a déjà huit minutes de plus. Et imaginons qu'il disparaisse instantanément ou qu'il explose, nous ne le saurions pas avant le même laps de temps.

— Alors, lui avais-je demandé, si nous étions sur le Soleil, nous verrions le passé de la Terre ?

— Oui, nous verrions la Terre plus jeune de quelques minutes ! Mais sur le Soleil, nous aurions quand même un peu trop chaud.

— Pas si on se met à l'ombre, avais-je plaisanté.

Mon papa sourit à ma plaisanterie avant d'ajouter :

— Dans le fond, si tu étais sur le Soleil, verrais-tu les ombres sur la Terre ?

La bouche légèrement ouverte, les yeux levés vers mon front plissé, je ne sus que répondre.

Mes pensées se diluèrent lors de mon retour à la réalité. Je regardai autour de moi, un vague sourire aux lèvres. Ces deux derniers jours m'avaient quelque peu isolé du quotidien établi depuis des années. Cette histoire toute simple avait éveillé mon intérêt et, je dois l'avouer, mon impatience à la fin des deux premiers épisodes. Mais elle avait surtout fait remonter les souvenirs de mes plus jeunes années. Et ces souvenirs firent naître un désir irrépressible, celui de retourner dans ce petit village, de revoir les lieux où j'avais grandi lorsque j'étais loin de mes parents.

Françoise était occupée dans la cuisine. Approche discrète, mains trouvant sa taille, baiser dans le cou. Et la touche finale :

— Qu'est-ce que tu dirais d'une balade ?

— Une balade ? demanda Françoise. Où ça ?

— Je voudrais aller à Élouges. Il y a un petit moment que j'y pense. Et ça fait longtemps que nous n'y sommes plus allés. En fait, depuis qu'il n'y a plus personne là-bas.

— D'accord, mais à une condition.

— Oui ?

— Tu lâches cet ordinateur !

— Ben justement, c'est grâce à l'ordinateur…
— Euh ?
— Je viens de lire une petite histoire en trois épisodes, un par jour. En fait ça parlait de…

Après lui avoir raconté ce que j'avais lu, comme la journée était libre, nous avons décidé d'y aller en début d'après-midi. Mais mon regard se posa soudain sur le menu prévu pour midi (Françoise avait l'habitude de l'afficher sur un petit tableau accroché dans la cuisine) : des asperges !
— Tu sais quoi ? J'ai une meilleure idée. Si on part de suite, on y sera vers midi. Et il y a un bon petit restaurant sur la Place Verte à Dour.
— Je m'en souviens, on y a mangé il y a quelques années, un jour où nous étions allés leur dire bonjour.
Mon cœur se serra. Cette fois, il n'y aurait pas de café chez eux ensuite. Il n'y avait plus de chez eux. Enfin, si. Derrière l'église. Un endroit garni de pierres rectangulaires et de nombreux bouquets de fleurs.
Ma tante les adorait…

Partie 2
La valise verte

Être chez soi, c'est faire un avec toute chose

La gare de Saint-Ghislain

Le Soleil ne voit jamais d'ombres

Nous sommes en juillet 1969. Le 1er juillet. Je pars pour Élouges. Le tram m'a déposé à la gare du Midi. J'ai 14 ans et pour la première fois, je vais prendre le train tout seul. Je suis très attentif, un peu fébrile, quelque peu sur mes gardes dans la cohue de ce début de vacances. Je me sens grand, presque un homme ! J'ai fait ce trajet tant de fois que j'ai l'impression que mon parrain est avec moi.

Chaque année, toutes les vacances scolaires commençaient invariablement par ce voyage vers Élouges. L'aller, le dernier jour d'école, dès que mon cartable avait été déposé à la maison. Mon parrain avait déjà fait le trajet et il était chez nous, m'attendant. Et nous quittions rapidement Bruxelles pour retrouver leur village. Il ne fallait surtout pas perdre un jour… Il avait amené la valise verte en carton plastifié. Une valise un peu cabossée, aux coins renforcés, et dont la poignée semblait usée par les années. À mon retour de l'école, ma maman l'avait déjà préparée. Les retrouvailles avec mon parrain, outre notre émotion mutuelle, marquaient le véritable début des vacances.

Le retour, la veille de la rentrée, était moins euphorique.

Aujourd'hui, c'est moi qui vais acheter le billet. Cette autonomie nouvelle me donne la perspective agréable de pouvoir dorénavant improviser une visite intermédiaire sans dépendre de personne.

Je connais le trajet par cœur depuis longtemps. Je dois m'installer dans les wagons portant l'écriteau « Saint-Ghislain ». Le voyage, c'est déjà les vacances. L'atmosphère spécifique du compartiment où l'odeur du tabac froid des compartiments pour fumeurs s'invite de manière très atténuée, les sièges en skaï vert bouteille, la tablette pour les deux passagers côté fenêtre, les voyageurs qui déposent leurs bagages dans les filets en parlant bruyamment et moi, jeune garçon installé dos à la locomotive, préférant voir le paysage et Bruxelles s'éloigner. Quelques années plus tôt, les trains avaient une tout autre apparence. Sièges en bois, démarrage rythmé par des jets bruyants de vapeur, volutes de fumée qui enveloppaient les premiers wagons. À cette époque, quitter sa ville pour une autre était presque un événement.

*****

En ce jour de juillet 2020, le trafic est fluide sur l'autoroute E 19. Cela me rend davantage réceptif au paysage pourtant bien connu, un peu comme si la route avait été dégagée pour nous permettre d'atteindre notre destination de manière détendue et en profitant au maximum du trajet. Pourtant, je suis attentif, un peu fébrile et sur mes gardes dans le trafic, même si ce n'est pas la cohue. Le voyage, c'est déjà les vacances. Une phrase que je vis sans plus devoir la formuler…

Le panneau annonçant la sortie Saint-Ghislain est en vue. Et en un instant, le souvenir de mes trajets vers Élouges surgit, intact, presque réel. Lorsque nous entrions en gare, un panneau portant la même inscription marquait la fin de la seconde étape du voyage. Les mêmes teintes, le même graphisme me semble-t-il. Clignoteur, je ralentis…

— Tu sors ici ? me demanda Françoise.

— Oui, j'ai envie de revoir la gare où je descendais. Il me restait juste le bus à prendre. Et ensuite, marcher quelques centaines de mètres le long de rues dont je connaissais chaque maison, chaque détail, l'épicerie sur le coin et enfin, leur rue.

— J'aimerais bien qu'on prenne encore le train de temps en temps.

— Comme pour notre voyage de noces ?

— Oui, mais alors dans un compartiment juste pour deux, et avec couchettes !

Le souvenir de notre train de nuit vers l'Aveyron nous fit rire. Il y avait eu des ronflements, mais pas les nôtres. Cela avait été une nuit, disons, peu intime. Les cabines pour deux n'entraient pas dans le budget dont nous disposions. Heureusement, nous avions déjà eu droit à notre nuit de noces.

J'arrêtai la voiture en face de la gare. L'endroit avait changé d'aspect. Je ne reconnus plus vraiment les arrêts de bus et les zones d'embarquement. Mais peut-être était-ce ma mémoire qui avait enregistré ce lieu avec davantage d'émotion que de précision concernant l'agencement de la Place Albert Elisabeth. Mes yeux d'adulte ne voyaient qu'une gare et ses abords. L'histoire de cet enfant dans sa cabane revenait sans cesse dans mes pensées, par petites touches, en pointillé, faisant de moi un impressionniste des souvenirs. En regardant une fois encore en direction de la gare, je vis un garçon qui en sortait. Sans réfléchir, je levai à demi la main dans sa direction avant de me raviser.

— Tu le connais ? me demanda Françoise.

— Euh, non. J'ai juste eu une drôle d'impression de déjà-vu. Bon, tu sais qu'au bout de la rue que tu vois là, il y a le clocher de l'ancienne église ?

— Le clocher ? Tu veux dire l'église ?

— Non, les bombardements de la Guerre 40-45 ont détruit l'église, mais le clocher est resté debout. Viens, je vais te montrer. Et si tu es gentille, tu pourras me payer un café.

— Alors, je vais être méchante. Et le café sera pour toi.

— Je crois savoir comment je vais te punir…

Un bus qui venait de nous croiser s'éloigna bruyamment. Je me retournai sans savoir pourquoi et vis un garçon assis à l'arrière. Il nous regardait et il me sembla même qu'il nous fit un petit signe de la main.

*****

Le train était bien à l'heure. J'avais passé tout le voyage à rêver, le regard vaguement posé sur le paysage. Seuls les points de repère qui avaient, sans raison spéciale, attiré mon regard au cours des nombreux trajets précédents, me ramenaient à la réalité. Un entrepôt, des pâturages particuliers, un village au loin, un bocage longeant un ruisseau, balisaient le chemin. Mes bornes kilométriques étaient des tableaux vivants qui changeaient avec les saisons.

Arrêt de quelques minutes à Mons, avant la dernière partie du trajet. Et enfin, dans un grincement de freins tant attendu, le train s'immobilisa le long d'un des quais de la gare de Saint-Ghislain. C'était la première fois que je descendais seul du train et la première fois que je portais la valise verte. J'avais l'impression d'être un explorateur. Mais un explorateur qui connaissait déjà tout ce qu'il allait découvrir. En entrant dans la gare, je commençais à me sentir chez moi, prêt à renaître une fois encore. En suivant le couloir, je débouchai sur la salle des guichets. Mais le billet de retour serait pour la fin du mois d'août, une éternité pour moi. À chaque fois que nous passions ici, mon parrain me disait : « Regarde bien les guichets pour les billets de retour. Ce n'est pas pour maintenant, mais ça viendra. Les meilleures choses ont une fin. ».

— Les meilleures choses ont une fin, dis-je dans un murmure tandis que la lumière du soleil m'inondait du bonheur d'être bientôt chez moi.

En sortant de la gare, je vis de l'autre côté de la place un homme accompagné d'une femme.

Et il me sembla qu'il levait la main, comme pour me faire signe. Trop pressé d'aller lire les horaires de bus, je n'y prêtai pas davantage attention. Et en plus, mon bus dont le moteur tournait, était déjà à son arrêt.

— Chouette, il est là, me dis-je à voix basse.

En m'approchant, je fis quelques mètres à l'ombre des arbres. Je me dis que le Soleil ne pouvait plus me voir… et aussi que, vu du Soleil, j'aurais huit minutes de vacances supplémentaires. Mon papa aurait ajouté qu'elles auraient également commencé quelques minutes plus tôt. Raté pour le supplément !

Quelques instants plus tard, le bus démarra. Assis sur la banquette du fond, je regardai la route qui commençait à se dérouler comme l'aurait fait un ruban enroulé à l'arrière du véhicule.

L'homme et la femme s'éloignaient en direction de l'ancien clocher. Il se retourna et regarda dans ma direction. Sans vraiment savoir pourquoi, j'esquissai un petit signe de la main.

Un large sourire m'éclaira tandis que, de l'arrière, je regardais les rues et les zones inhabitées se succéder. Cette fois, je m'étais installé de manière à voir le paysage se dévoiler dans le bon sens. Nous avancions vers un horizon qui grandissait sans cesse. Les rues, étroites au loin, s'élargissaient à mesure que nous avancions. Je suivais cela comme sur un écran. Une plongée horizontale vers l'arrêt encore lointain que mon impatience plaçait presque au bout du monde.

Un bout du monde où mon parrain et ma tante m'attendaient.

Lorsque, la valise verte à la main, je descendis près de la ruelle de la vieille Henriette, les vacances étaient enfin là, sous mes pieds. En arrivant dans la rue, je les vis au loin sur le seuil. Je leur avais écrit pour leur dire que je voulais terminer le voyage seul et qu'il ne fallait pas venir m'attendre à ma descente du bus. Un besoin de les revoir chez eux d'abord, qu'ils m'accueillent dans leur maison.

En m'approchant, je leur fis un grand signe de la main. Ils agitèrent le bras.

Et la bulle qui nous contenait devint plus petite tandis que j'approchais, jusqu'à nous confondre dans le bonheur des vacances d'été.

*****

Françoise et moi avions flâné dans la Rue Grande, l'artère commerçante de Saint-Ghislain. Le café que nous avons pris à une terrasse sur la Grand-Place avait un goût d'ailleurs. Il y avait là quelque chose en plus, un peu comme un parfum d'enfance. Je n'avais plus mis les pieds sur cette place depuis de nombreuses années. À l'époque, j'y venais avec ma tante le jour du marché.

— Tu crois qu'on peut revisiter le passé ? demandai-je à Françoise.

— Qu'est-ce que tu veux dire ?

— Eh bien, depuis que nous sommes arrivés, j'ai comme l'impression de me trouver à deux époques différentes. Il me semble que je vois en même temps avec mes yeux d'enfant et avec ceux d'aujourd'hui.

— Et moi, tu me vois avec quels yeux ? me demanda Françoise sur un ton enjôleur. Tu me vois encore comme au début ?

— Ah, quand tu étais jeune… Je te voyais comme une promesse, une promesse irrésistible, mais une promesse que, moi, je voulais tenir… tout contre moi, dis-je avec un clin d'œil.

— Je m'attends au pire pour la suite.

— Et aujourd'hui, tu es à la fois la réalité qui me comble et toujours la seule promesse que je veuille tenir.

Une lueur dans les yeux, Françoise me prit la main et déposa un sourire sur ma joue.

— Le restaurant est pour toi, dis-je d'un air satisfait.

— Et pourquoi ?

— Tu as été gentille. Souviens-toi, je t'avais prévenue…

— On avait dit un café.

— Oui, mais tu as été très gentille. Donc, ça fera un café et le resto !

Vingt minutes plus tard, nous étions à Dour pour notre petit repas en amoureux. Je souris d'un air satisfait en pensant aux asperges auxquelles j'avais échappé !

La poudre magique d'Henriette

Le sable est doux pour celui qui s'y allonge au soleil
Il l'est davantage pour le naufragé qui s'y échoue

Une fois la valise vidée et son contenu rangé par ma tante dans la vieille garde-robe de ma chambre, j'étais enfin chez moi. Rien ne changeait d'un séjour à l'autre. Leur vie loin de la ville s'écoulait plus lentement que celle de ma famille à Bruxelles. Était-ce l'âge qui rendait moins frénétique le passage du temps ? C'est vrai qu'ils étaient bien plus âgés que mes parents. Mon grand-oncle Lucien, le frère de mon grand-père, avait accepté avec une certaine réticence la proposition que mes parents lui avaient faite à ma naissance, celle de devenir mon parrain. Il se trouvait trop âgé, argumentant qu'il ne verrait même pas mon mariage. Mais maman avait insisté. Et de nombreuses années plus tard, ce parrain trop âgé avait bu quelques gouttes de champagne le jour où Françoise et moi nous étions mariés. Il a aussi partagé notre immense bonheur à la naissance de notre fille Jennifer un an plus tard. Il a même failli connaître notre second enfant, Quentin, né deux ans après sa sœur. Trois petites semaines les avaient empêchés de se croiser ici-bas. Ma tante, elle, avait également vu trois ans plus tard la naissance de Cédric, notre troisième enfant. Elle nous a quittés quand il avait deux ans, ayant sans doute réalisé que la famille était au complet et qu'aucun autre enfant ne s'ajouterait.

Mettre le pied dans cette cité, c'était échouer dans une espèce d'enclave, un petit monde clos où, plus que dans tout autre village, chacun savait tout de tout le monde. Et quand je revenais, on me disait bonjour, on me saluait à coups de « Alors, revenu ? ». J'avais l'impression d'être un naufragé qui, mettant le pied sur une plage, se trouvait entouré de la sollicitude de ceux qui ne la quittaient jamais.

Le numéro 36 était pareil aux autres. Dans cette cité, chaque maison abritait quatre habitations. Les deux logements des extrémités avaient leur entrée sur les côtés. Les deux logements du centre s'ouvraient vers l'avant. Lorsque j'étais entré pour la première fois chez les voisins du 38, cela m'avait étonné de voir que toutes les pièces étaient inversées. Tout était pareil autrement, avais-je conclu, ce qui avait amusé tout le monde.

Finalement, non, le numéro 36 n'était pas pareil. La maison de mon parrain et de ma tante ne pouvait être pareille. Dans ce coin de la Belgique, les maisons avaient « une pièce de devant », presque toujours meublée d'une salle à manger dans laquelle on ne mangeait pas, avec des meubles souvent laqués, un dressoir surmonté d'un vaisselier dont les vitres biseautées mettaient en valeur un service aux bords dorés, des chaises garnies d'une assise en skaï blanc et une table ornée d'un chemin de table brodé sur lequel trônait un vase et des fleurs artificielles. Tout cela donnait à cette pièce un aspect d'une naïve et touchante inutilité décorative entretenue par la tradition.

C'était partout ainsi, sauf chez eux.

À chaque retour, mes yeux se posaient sur un intérieur aussi impeccable qu'hétéroclite. D'abord par les meubles aux colonnades torsadées, ornés de têtes de lions sculptées tenant dans la gueule un anneau doré ; des meubles dont les portes en bois massif étaient couvertes de motifs en relief. Ensuite, par une multitude d'objets décoratifs, une pendule 400 jours sur la cheminée et, au mur, un coucou de la Forêt Noire dont la petite trappe m'intriguait deux fois par heure. Malgré mes nombreux essais, je n'étais jamais parvenu à voir comment le coucou était installé à l'intérieur. Il y avait aussi ces photos anciennes en médaillon ou rassemblées dans un cadre, témoins d'une vie déjà vécue en grande partie et d'autres vies déjà vécues jusqu'à leur terme. Et enfin, de nombreux bibelots, aux formes et aux couleurs les plus inattendues, garnissaient chaque endroit exploitable de la pièce avec un art de la surcharge résolument baroque. Au centre, trônait une table trop grande aux coins également décorés de têtes de lions et qui était recouverte d'une toile cirée verte avec de grandes tulipes jaunes. Le poêle au charbon, unique source de chaleur de toute la maison, occupait le dernier espace libre. C'était dans cette pièce que se déroulait leur existence. Une existence au confort rudimentaire et quelque peu encombré.

Je compris très vite qu'en fait ils n'avaient d'autre désir que celui d'être là, simplement éclairés par une présence mutuelle.

J'avais hâte de retrouver mes jouets, peu nombreux. Une locomotive rouge qui contournait les objets qu'elle rencontrait et qui roulait au son des claquements typiques des machines à vapeur, un View-Master et quelques disques dont je connaissais les images par cœur, des soldats miniatures et quelques fortins où je mélangeais les époques, recréant des batailles surréalistes. Mais j'avais grandi et c'était aujourd'hui ma caisse de livres qui me passionnait davantage. Des dizaines de bandes dessinées en noir et blanc au format de poche racontant les exploits de Blek le Roc, un trappeur au physique herculéen.

Enfin, il y avait le poulailler et surtout le pigeonnier, qui était installé dans la partie supérieure de la remise. À l'arrière de chaque habitation, il y avait une remise ayant la forme d'une maison miniature, une vraie construction en briques coiffée d'un toit recouvert de tuiles. Mon parrain y avait posé un plancher à mi-hauteur et sur la moitié de la profondeur, créant ainsi un espace fermé sous la toiture. On y accédait par une petite porte. Quant aux pigeons, une ouverture en mode terrain d'atterrissage pratiquée dans la toiture leur permettait d'entrer ou de sortir. Et moi, j'empruntais plusieurs fois par jour l'échelle qui menait vers cette petite porte que je refermais ensuite derrière moi et je m'isolais de longs moments au milieu des pigeons. Parfois même jusqu'à la tombée du jour, l'heure où des souris sortaient furtivement pour grignoter quelques graines oubliées. Des moments de paisible intrusion dans un univers où j'étais le seul humain. En arrivant, je faisais également toujours le tour du potager avec mon parrain qui m'expliquait mille choses sur ce jardin où il passait au moins une heure chaque matin.

Le lendemain, ma tante et moi sommes allés rendre visite à Henriette, sa petite cousine. Petite dans le sens premier du terme également. Des cheveux blancs tirés en chignon et dont des mèches s'échappaient, de petites lunettes rondes, une peau duveteuse parcourue de rides profondes. Elle portait son éternel tablier noir, couvrant une robe sombre qui entourait un corps frêle, fripé, usé par les années. Henriette n'avait pas d'âge. On ne pouvait l'imaginer jeune. Elle vivait dans une minuscule habitation de deux pièces sans étage. Un poêle, servant également de cuisinière, brûlait hiver comme été. Le papier peint aux motifs délavés et des vieilles photos posées sur l'unique meuble achevaient d'habiller la pénombre du regret de sa jeunesse envolée et des jours lumineux d'avant.

Je n'imaginais pas sa voix, à la fois douce et un peu éraillée, résonner ailleurs que dans cette pièce d'un autre âge. Elle souffrait depuis des années de problèmes respiratoires. Ma tante m'avait parlé d'asthme en me précisant que je ne devais pas faire de remarques sur sa respiration bruyante. Et lorsqu'elle sortait de sa poche sa petite boîte ronde en métal, ma fascination était à son comble. Elle déposait dans le couvercle une pincée de la poudre qu'elle contenait et enflammait cette poudre au moyen d'une allumette. S'élevaient alors des volutes d'une fumée bleutée un peu âcre qu'elle orientait vers elle d'un geste de la main. Et lorsqu'elle respirait ces émanations, cela me semblait proche de la scène de sorcellerie ou des agissements d'une rebouteuse aux pouvoirs occultes. En la regardant tout auréolée de cette fumée percée par des traits de lumière, je crus distinguer une silhouette derrière la petite fenêtre. Il me semblait que quelqu'un regardait vers l'intérieur. Le temps de me pencher pour mieux voir, il n'y avait plus personne.

J'eus une impression étrange. Était-ce dû à l'atmosphère quelque peu irréelle de cette pièce chauffée en plein été, à la fumée qui avait le pouvoir de créer un monde parallèle ou au souvenir de la lecture des histoires enchantées de mes livres d'enfant ? Je n'aurais pu le dire. En regardant à nouveau, il me sembla, une fois de plus, voir quelqu'un derrière la fenêtre. Mais ce fut bref. Ensuite, mes yeux restèrent rivés sur la fenêtre, mon imagination tout occupée à cette présence escamotée comme par magie.

*****

Françoise et moi étions arrivés sur la place d'Élouges. Notre petit restaurant improvisé ainsi que notre escapade qui l'était tout autant, nous faisaient retrouver le plaisir de la complicité non calculée, celle des étudiants qui oublient d'aller au cours pour se retrouver dans l'arrière-salle d'un petit café où ils peuvent se manger de petits baisers entre deux mots tendres.

Sans raison particulière, si ce n'est le souvenir de la petite ruelle d'Henriette qui insistait depuis plus d'une heure, je décidai de faire un petit détour et de passer par là. Françoise connaissait déjà pas mal d'endroits de ma jeunesse et pas mal d'anecdotes ou de personnes qui l'avaient marquée, mais celui-ci lui était inconnu. Tout en marchant dans la rue principale, je lui parlai de cette vieille dame et de l'étrange rituel de cette poudre qu'elle enflammait. La petite ruelle existait toujours. En fait, large d'à peine deux mètres, elle démarrait dans l'espace séparant deux maisons et était perpendiculaire à la rue. En légère pente, recouverte de pavés et uniquement accessible à pied, elle se perdait dans les champs.

J'avais presque le sentiment de faire un pèlerinage, montant avec la lenteur de celui qui veut découvrir la vue mais en se donnant le temps de la savourer d'avance. J'espérais que la maison existait encore. Elle était toujours là, mais semblait vide. En me penchant, je mis mes mains de part et d'autre de mon visage et jetai un coup d'œil à l'intérieur. Un désordre indescriptible y régnait. L'intérieur semblait servir de débarras où étaient entassés des meubles et un monceau d'objets les plus divers recouverts de poussière et garnis de toiles d'araignées.

— Il n'y a plus personne qui vit ici, dis-je à Françoise. Enfin, Henriette ça m'aurait étonné, elle aurait peut-être 130 ans aujourd'hui. La poudre magique a ses limites, ajoutai-je dans un murmure…

— Qu'est-ce que tu as dit ? me demanda Françoise.

— Rien, je marmonne, je me raconte de vieilles histoires.

— J'ai cru entendre que tu parlais à nouveau de poudre…

— Oui, je t'ai dit qu'Henriette qui souffrait d'asthme faisait brûler une poudre dont elle inhalait la fumée pour se soigner.

— De la fumée pour soigner de l'asthme, c'est bizarre quand même, me dit Françoise étonnée.

— Oui, j'ai appris plus tard que ce remède était assez courant à l'époque. Cette poudre portait le nom d'Asthmador. Mais pour moi à cet âge, c'était une poudre magique.

Avant de repartir, je ne pus m'empêcher de promener une fois de plus mon regard sur cette pièce dont moi seul avais encore le souvenir. L'espace d'un instant, je crus voir sa silhouette, et les rayons du soleil qui entraient par l'autre fenêtre allumèrent des grains de poussière en suspension qui me donnèrent l'illusion que sa poudre magique brûlait encore. Alors, fermant les yeux à moitié, trois silhouettes se dessinèrent, diaphanes, comme dans un rêve lucide. Je me retirai rapidement pour ne pas briser l'enchantement de cette vision qui n'aurait pas résisté à un examen approfondi de la pièce.

— Tout va bien ? me demanda Françoise.

— Oui, c'est juste moi qui ai l'impression de me retrouver cinquante ans plus tôt. J'ai même cru nous voir un instant, Henriette, ma tante et moi.

— Tu as toujours eu beaucoup d'imagination.

— Je sais, répondis-je en hochant la tête. Mais tu n'as jamais l'impression qu'en revoyant par exemple la maison de tes parents, tu pourrais te voir jouer dans le jardin ?

— Possible. On appelle cela la mémoire…

— N'empêche, j'ai déjà lu un bouquin sur le sujet. Je ne sais plus trop comment il s'appelle.

— « Le trou de mémoire » peut-être ? me taquina Françoise.

— Ah, ah, ah ! Je sais, à mon âge, je ne parviens plus à me souvenir de ce que j'ai oublié.

— On continue ? Si tu veux encore passer dans leur rue, il vaut mieux y aller.

Quittant la petite ruelle, nous sommes repartis, main dans la main. En marchant tranquillement en direction de leur rue, nous avons croisé quelques passants. Beaucoup de maisons avaient changé d'aspect. Mais ce qui n'avait pas changé, c'était le fait que dans un village, tout le monde vous dit bonjour. En traversant la cité, seul le nombre de voitures stationnées le long des trottoirs m'étonna. Une femme nous salua depuis le seuil de sa maison, l'air étonné de voir des inconnus marcher dans cette rue qui ne débouchait sur aucune autre. Lorsque nous sommes arrivés devant le numéro 36, personne ne nous attendait. La porte resterait fermée sur mes souvenirs. Une image de ce conte me revint en regardant cette porte close. Moi seul savais ce que cachait ce « paravent à secrets ». Il masquait difficilement un bonheur qui me nouait la gorge et humecta soudain mes yeux.

— Une poussière dans l'œil ? me demanda tendrement Françoise.

— Non, un grain de sable de la plage de mon enfance, je crois…

Françoise m'embrassa puis, posant un instant sa joue contre mon bras…

— Tu veux repasser par le cimetière ?

— Non, il n'y a personne là-bas. Je n'ai rien vécu avec eux au cimetière. Tout est ici et… là, ajoutai-je en posant un doigt sur mon front.

— Alors on rentre ?

— Oui, il y a un livre que je voudrais retrouver.

— Un livre qui parle de quoi ?

— De ce que je voudrais retrouver…

Tandis que nous retournions vers la voiture, le soleil qui commençait à décliner projetait nos ombres devant nous. En glissant sur le sol, elles se déformaient en passant du trottoir sur la rue, ou en escaladant un poteau d'éclairage. C'était comme deux existences simultanées dans deux endroits différents.

Encore ce conte…

Durant le trajet du retour, Françoise somnola un petit moment. J'en profitai pour écouter un disque qu'elle n'appréciait pas, mais qui était de nature à ralentir le rythme de mes pensées. Rien de tel que me laisser dériver au son de « Zeit », un double vinyle acheté quelque 40 ans plus tôt et que j'avais usé pour ensuite le remplacer par la version en compact-disc. Les timbres lents, mélange de violoncelles et d'instruments électroniques, l'acoustique sonore sidérale, l'absence de phrases mélodiques eurent l'effet escompté. En repensant à nos ombres, une idée improbable et un peu folle germa dans mon esprit. Mon enfance était réelle et le temps en avait comme projeté les ombres dans ma mémoire, tout comme le soleil avait fait de notre réalité des ombres sur le trottoir. Et si à partir des souvenirs, on pouvait… Non, c'est de la science-fiction. Et pourtant, quand on rêve, nos souvenirs deviennent réels. On vit en rêve dans le passé. Donc, le temps…

— Tu as encore mis cette musique ? Tu n'en as pas assez de Klaus Schulze ?

— Non. Et ça, c'est Tangerine Dream.

— C'est joyeux comme musique, j'aime toujours autant ! Rappelle-moi le titre, on ne sait jamais…

— « Zeit », tu sais ce double album qu'on avait acheté dans cette galerie à Bruxelles.

— Je me souviens. On en a acheté pas mal à l'époque.

— Oui, ça m'aidait à étudier. Et toi, ça t'a permis de somnoler hors du temps…

— Hors du temps ?

— Ben oui, « Zeit » veut dire « temps » en français.

En prononçant cette dernière phrase, je me dis que cette journée m'avait mis dans un véritable état d'effervescence. J'avais le sentiment que je devais creuser ce qui n'était pour l'instant qu'une espèce de sentiment diffus qu'une découverte m'attendait, qu'un chemin m'invitait.

Entre le numéro 36 qui s'éloignait et Bruxelles qui était toute proche, nous roulions entre le passé et l'avenir.

— À quoi penses-tu ? me demanda Françoise.

— À rien. J'ai passé une belle journée. Je rêvais…

À mesure que nous approchions de chez nous, le soleil qui déclinait, la route qui me reliait à mon passé, mes souvenirs, Françoise, notre vie à deux, la totalité de mon existence semblait tenir dans cette petite valise verte. Et les yeux posés sur les premiers bâtiments de la ville, j'interrompis mon disque en douceur pour basculer sur la radio et sur « Nostalgie ». Françoise posa sa main sur la mienne. Le soleil avait disparu. Les teintes pastel des nuages et l'harmonie du moment trouvèrent encore une place dans la valise verte.

À présent, elle contenait toute ma vie. Enfin, à cet instant je le croyais vraiment…

Les annales akashiques

N'être que quelques points de suspension
Dans un texte sans fin

Deux semaines s'étaient écoulées depuis notre balade. Dès le lendemain de notre retour, j'avais repensé à ce fameux livre dont j'avais entendu parler pour la première fois en 1975.

À l'époque, les soirées étaient longues et les journées encore davantage. J'avais demandé à être caserné en Allemagne pour mon service militaire. Cela permettait d'être mobilisé deux mois de moins que ceux qui le faisaient en Belgique. Ce fut la période de ma vie où les esquisses de ma personnalité, ébauchées principalement dans la famille et le milieu scolaire, furent mises au net. Se retrouver sans aucune présence affective, dans un monde où la discipline et la rigueur sont l'unique cadre, où les instructeurs vous font savoir sans ménagement que votre vie de tendresse familiale – supposée avoir été telle pour chacun d'entre nous – est terminée et que vous allez en baver, donne une idée claire de ce que sera cet enfermement mâle, ce séjour obligatoire en testostérone pathologique. Dix mois vécus dans ce cadre, le temps nécessaire pour devenir plus adulte. Mon alliée fut la patience. « Quoi qu'il se passe, un jour ce sera terminé… » devint mon mantra. Et durant ces heures loin de la fille que j'aimais, la théorie de mon éducation, de mes expériences passées, des conseils entendus, des erreurs commises devenaient une réalisation, un moi invisible pour les officiers et les instructeurs qui ne voyaient en regardant chacun de nous qu'un uniforme impersonnel et formaté.

Un jour, je le savais, sans cet uniforme il ne resterait que cette réalisation, cette réalité, moi.

Un soir, un voisin d'une autre chambre qui ne fréquentait pas souvent la cantine des miliciens m'avait vu, installé sur mon lit, le dos appuyé sur mon oreiller et penché sur ma précieuse écritoire. La porte de ma chambre, restée ouverte, était comme une invitation. Il me dit qu'il me voyait écrire tous les soirs, se demandant si, comme lui, j'écrivais pour le plaisir. Je lui répondis que c'était pour le plaisir d'une fille qui m'attendait, ainsi que pour moi, qui, le temps de quelques lignes, avais le sentiment d'être avec elle.

Et de fil en aiguille, nous avons abordé le sujet de la lecture. Il dévorait littéralement les livres de Lobsang Rampa qu'il me décrivit comme un moine bouddhiste dont les œuvres, majoritairement autobiographiques, lui avaient ouvert les portes d'un monde ésotérique, fascinant pour lui, totalement fantaisiste pour d'autres.

Quelques années plus tard, j'ai moi-même acheté plusieurs ouvrages de cet auteur. Et aujourd'hui je ne savais plus dans lequel se trouvait le renseignement qui m'intéressait. Et finalement, en feuilletant un livre après l'autre, je tombai soudain sur un petit carnet dans lequel j'avais noté certaines choses qui m'avaient impressionné, quelques récits ou révélations que j'avais trouvés vraiment extraordinaires, fantastiques, voire magiques. Le terme « annales akashiques » en faisait partie. Je venais de retrouver les mots qui, à l'époque, avaient ouvert un monde parallèle dans mon imagination.

D'après l'auteur, tout, absolument tout, même l'événement le plus insignifiant, s'imprime sur ces annales akashiques, une espèce de pellicule infinie dont le support est l'éther. D'après lui, libéré du corps matériel, il est possible de projeter notre conscience et de consulter ces chroniques. Un accès à la totalité du passé !

L'image du garçon qui sortait de la gare et que j'avais fait mine de saluer, les silhouettes dans la petite maison d'Henriette me revenaient sans cesse en mémoire. Et voilà que je tombais sur ce carnet !

Non, ça n'avait aucun sens, il y a quelques jours, lorsque j'avais cru voir ces images du passé, j'étais bien en chair et en os. Le passé ne peut cohabiter avec le présent. Pourtant, trop d'indices concordaient. Tentant de me raisonner, je me dis que « La cabane et l'enfant » où, justement, le passé et le présent se déroulaient simultanément, était un conte à vocation philosophique. Il n'exprimait aucun fait réel ou même possible. Mes « visions » étaient-elles réelles ? Certainement pas, me dis-je en y repensant une fois de plus. Sans doute mes émotions avaient-elles parlé trop fort. J'avais été à ce point heureux durant mon enfance, que mon imagination avait certainement voulu m'offrir un petit retour en arrière. Et pourtant…

Je compris que tourner seul la question dans ma tête ne m'apporterait pas de réponse satisfaisante.

Et la relecture de certains passages d'ouvrages plus scientifiques traitant de la flèche du temps, des différentes dimensions de l'Univers ou de la Relativité d'Einstein me mettait face à un discours trop cartésien. J'avais le sentiment d'être un adolescent qui, pour comprendre et vivre ses premiers émois romantiques, aurait lu un traité médical sur l'appareil reproducteur des humains. Ma frustration grandissait et, avec elle, le besoin de passer pour un temps à autre chose. J'avais toujours été convaincu que les choses arrivent lorsque nous sommes prêts. Je poussai un léger grognement en me disant que les choses auraient dû savoir que je l'étais !

La soirée du lendemain tomba donc à point nommé. Nous recevions d'anciens collègues de l'école où j'avais terminé ma carrière quatre ans plus tôt. Des collègues que j'appréciais particulièrement et inversement, enfin il me semble. Le courant était en outre directement passé avec les épouses ou compagnes. Une soirée entre amis est un moment où on peut tout oublier… Mais cela peut également être l'occasion de partager en confiance ce qu'est la vie du moment avec ses joies et ses problèmes ou simplement ses idées. Même s'il arrive aussi parfois que nos avis soient égratignés lorsque les heures avancent et que les barrières tombent. Et là, on réalise quelle place nous occupons dans le monde en nous rappelant nos convergences et nos divergences avec les autres.

En fait, je voyais cette soirée juste comme le moyen de m'oxygéner dans une joyeuse ambiance. Mais avant cela, il fallait assurer l'intendance. Et franchement, cela me plaisait. Françoise en cheffe d'orchestre et moi en musicien multi-instrumentiste tentant de suivre sa partition sans trop de fausses notes. Un petit vin à goûter, des allers-retours vers la cave à provisions, « Pas trop de sel », « Tu peux t'occuper des poivrons ? », laver les ustensiles, éplucher les pommes de terre, « Un petit café avant la suite ? », un petit baiser dans le cou, « Allez, ça me déconcentre »… Tout à coup, il est 17 heures et personne ne nous en a avertis…

— Voilà, je crois qu'on y est, dit Françoise avec dans la voix un mélange délicat de satisfaction et de doute.

— On a bien fait ça ! Tout est sous contrôle. Et maintenant, je propose…

— Maintenant, on met la table, m'interrompit Françoise avec dans la voix un mélange de détermination et de non-négociation.

J'aimais ces journées fébriles où on semait à deux les graines de la convivialité, une plante mêlant les embrassades des retrouvailles, l'oubli du quotidien personnel au profit d'un paysage unique prêt à englober toutes les présences aimées. Et cette plante, qui fleurissait dès le premier coup de sonnette, devenait le décor de ce qui tournait parfois à la joyeuse cacophonie et aux rires partagés, parfois aux révélations confiantes, parfois aux tensions lors de discussions passionnées ou simplement à l'émotion désarmante d'une parole d'enfant. Oui, en attendant nos amis, c'était bien à nos soirées familiales que je pensais. Avec trois enfants en couple et neuf petits-enfants, l'ambiance était imprévisible. Et la maison souvent trop petite pour contenir toute l'énergie de la tribu.

Quelques minutes après 19 heures, coup de sonnette. Nous ouvrons une porte derrière laquelle tous nos amis sont rassemblés dans une joyeuse bousculade de rires et de fleurs.

— Bien joué, on ne devra se lever qu'une fois pour ouvrir la porte, dis-je amusé.

Quel bonheur d'enfin voir notre couloir pris d'assaut avec tant d'enthousiasme ! Bizarre aussi de les voir ailleurs qu'à l'école. Pas de cours à donner, d'élèves à motiver ou… à calmer. Juste eux et nous avec nous et eux. En un instant, nos accolades chaleureuses me résumèrent ce qu'ils étaient et ce qui nous avait rapprochés.

Éric avait rejoint la profession sur le tard. Après avoir passé de nombreuses années dans le monde des beaux meubles et des objets anciens et précieux, il avait eu envie d'une vie professionnelle plus structurée et plus locale. D'une allure toujours soignée, ne laissant aucun détail au hasard, ses trésors de patience et d'inventivité en classe avaient donné à sa rigueur mathématique une patine précieuse, celle de l'artisan qui vous fait aimer sa passion.

Xavier était un homme d'une intelligence fulgurante, capable d'écouter sans interrompre. Il m'avait révélé, lors d'une conversation en aparté, un côté très sensible. Il était très soucieux également de la qualité humaine des relations, respectueux et ouvert aux opinions de chacun. Un homme avec un cœur dont la grande tendresse devait être ignorée de beaucoup. Enfin, je le pense.

Marc et moi partagions le même goût pour la philosophie. Nos bons mots émaillaient des conversations où se mêlaient notre passion pour la musique, l'écriture, nos questions sur l'âme humaine et les religions. Le genre d'homme que l'on n'imagine pas en colère et qui doit être apprécié par ses élèves pour ses bons côtés et pour sa distraction pathologique et attendrissante, le sortant parfois d'un monde trop cartésien.

Et Anne, une personne admirable. La simplicité personnifiée, sans les mondanités ridicules qui font briller l'ennui du paraître. Toujours un mot pour plaisanter, y compris avec ses propres difficultés. Une manière de préserver sa vie personnelle sans doute. Cette façade joviale était pour tous. Mais lorsque, pour quelques rares personnes, ses barrières tombaient, des échanges plus confidentiels révélaient un côté profondément humain qui était sa facette la plus précieuse.

En général, l'apéritif donne le ton d'une soirée. Quelques bières spéciales, deux ou trois verres de mousseux ou de cocktails sans alcool plus tard, après que chaque couple eut donné les dernières nouvelles les concernant, nous commencions déjà à refaire le monde. Mais quelques minutes plus tard, je me dis qu'il fallait intervenir.

— Bon, et si pour une fois on ne parlait pas d'école ? D'abord, parce qu'à part Clarisse qui est enseignante, les autres dames ici présentes (petite courbette et verre qui déborde)... Oui, on se calme. Il y avait de toute façon trop de mousse dans mon verre. Je disais donc, on ne parle pas d'école si possible. Levons notre verre au plaisir de...

— ... au plaisir d'être samedi, ajouta Éric, et de ne pas devoir se lever demain. Tout le monde ici n'a pas la chance d'être pensionné !

— Tu sais Éric, pendant les vacances c'est tous les jours samedi ou dimanche. Tu ne dois pas te lever, ajouta Marc avec enthousiasme.

— Bon, aux futurs retraités quand même! ajouta Anne. Et n'oubliez surtout pas que c'est moi qui m'occupe de votre dossier. Vous ne pourrez rien faire sans votre secrétaire de direction préférée.

— Préférée, préférée... Pas compliqué de l'être, tu es la seule, ajouta Marc.

— Quoi, tu veux dire qu'on doit te gâter pour avoir un traitement de faveur ? Pralines, champagne, nouveau portable ? renchérit Xavier.

— Les pralines me conviendront parfaitement, mais ce sera sans compensation pour toi, Xavier. Tu es beaucoup trop jeune. La pension ce n'est pas pour les gamins. Pour toi, ce sera le pensionnat... (rire général).

— OK, je garde mes pralines pour celle qui te succédera, rétorqua Xavier.

— Personne ne pourra me remplacer, vous devrez tous travailler jusqu'au bout.

— Du couloir ? ajouta Marc.

— Bon, vous êtes bien partis. On va passer à table, ça va vous calmer, lança Françoise amusée.

La soirée se prolongea dans la bonne humeur, ponctuée par le cliquetis des couverts qui cadençait des conversations croisées. Je ne pus m'empêcher plus longtemps d'aborder ce qui me troublait depuis quelque temps. Je leur fis le récit de notre petite escape vers Élouges et de cette impression d'avoir, d'une certaine manière, revu un instant mon passé. Je terminai par une question digne de la science-fiction et du voyage dans le temps.

— Tu sais, commença Xavier, remonter le temps est impossible. Le temps et l'espace sont liés, l'un et l'autre coexistent.

— Tu veux bien dire que l'un et l'autre ne peuvent être dissociés ? demandai-je.

— Le temps a commencé avec le Big Bang. Avant cela, le temps était juste indéfini.

— Moi, je reprendrais bien un peu de salade, enfin, si tu as le temps de me passer le plat, me dit Anne sur un ton taquin.

— Anne, je ne raconte pas de salades, dit Xavier dans un petit rire. Je vais terminer en disant simplement qu'en vertu du principe d'entropie, remonter le temps est impossible.

— L'entro… quoi ? demanda Anne les yeux écarquillés.

— L'entropie est le degré de désordre d'un système. Plus le temps avance, plus l'univers devient complexe. Au départ, une espèce de soupe uniforme et aujourd'hui des galaxies. Remonter dans le temps ferait en quelque sorte reculer, voire disparaître ce désordre et c'est vraiment improbable.

— Oui, intervint Clarisse, plus le temps passe et plus le désordre augmente dans la chambre de ma fille et ça empire sans arrêt. Maintenant, je comprends enfin pourquoi.

— Mais en rêvant, cela peut arriver, dit Marc.

— Quoi, le désordre dans sa chambre ?

— Mais non, Clarisse, se retrouver dans le passé. Revisiter des lieux anciens, revoir des gens disparus, ajouta Marc en riant.

La phrase de Marc concernant le rêve me fit l'effet d'une porte qui s'ouvrait. En un instant, je repensai aux annales akashiques. Et si on pouvait contrôler et orienter nos rêves. Comme le rêve lucide, celui dans lequel on s'éveille tout en restant endormi et dont le déroulement est soumis à notre volonté. Vivre endormi en fait.

Après quelques interventions, la conversation avait dévié du temps ancien vers la vie et la mort de ceux qui nous avaient quittés.

— Je me souviens que lorsque quelqu'un mourrait, ajoutai-je, ma vieille tante m'avait raconté qu'on arrêtait les horloges dans la maison du défunt.

— Ah, vous voyez bien, plaisanta Xavier, le temps s'arrête quand l'espace n'existe plus pour la personne décédée.

Marc intervint, et une fois encore, il eut les mots que je cherchais.

— Je suis de plus en plus convaincu qu'être, c'est bien plus que vivre et mourir. On avance sur une ligne sans fin et chaque vie vécue, n'est qu'un infime segment de plus.

— Plusieurs vies. Donc tu crois en la réincarnation ? demanda Éric.

— Oui, c'est ce qui me semble le plus plausible. Une seule vie, c'est absurde pour moi. Pour ceux qui n'ont pas de bonnes circonstances, pour ceux qui nous quittent beaucoup trop jeunes, par exemple.

— Bon, là, ça devient vraiment trop sérieux. Quand mon cher mari commence à parler ainsi, il est temps de rentrer, ajouta Myriam en lui caressant la joue.

— Ou c'est le moment de jouer à Bluffer. Un jeu vraiment marrant. Qui connaît ce jeu ? demanda Françoise.

Terminer la soirée sur une note sérieuse n'était pas pour me déplaire, mais plusieurs d'entre nous ne semblaient pas trop intéressés. La proposition de Françoise d'encore garder un peu nos amis avec nous pour terminer la soirée en nous amusant fut acceptée à l'unanimité, ou presque.

Deux heures plus tard, le calme revenait sur une pièce de séjour en bataille. Françoise me dit que nous pouvions vraiment ranger le lendemain, ce qui me convenait parfaitement. Je voulais encore traîner dans mon fauteuil et revenir au calme, bercé par le disque qui jouait en sourdine. Cette histoire de ligne et de segments me fit à nouveau penser à ce conte où il était dit que n'étions peut-être qu'un instant de calme dans un silence éternel. Ou quelques points de suspension dans un texte sans fin, pensai-je.

— Et un texte, ça peut se lire à n'importe quel endroit, murmurai-je. Non, là tu dérailles complètement. Il est tard, tu ferais mieux de monter, ajoutai-je d'une voix plus ferme.

L'ermitage de Cocars

Viser le sommet n'y mène pas
Il faut prendre le temps de gravir le sentier

Les premiers jours de vacances étaient toujours les plus exaltants. Retrouver tous les recoins de la maison, les odeurs, le potager, le pigeonnier, ma chambre, entendre à nouveau les voix de mon parrain et de ma tante arrosaient et redonnaient vie aux racines qui se desséchaient lorsque j'étais à Bruxelles. La nouveauté peut nous transporter, mais j'aimais tant me retrouver ici, que j'étais certain qu'aucun autre endroit sur terre n'aurait pu me satisfaire à ce point. Rien n'était neuf, mais tout était comme imbibé d'un bonheur cent fois revisité et toujours autant désiré.

Cette année fut en outre l'année de mon premier vélo. Un vélo neuf, taille adulte, avec un dérailleur à trois plateaux. Je l'ai reçu quelques jours après la première victoire d'Eddy Merckx au Tour de France. Il n'y avait pas beaucoup de télévisions dans la cité. Et mon parrain, passionné de sport, surtout de cyclisme et de football, suivait toutes les étapes de la course, et surtout notre prodige national, chez un voisin. Je pense que leurs exclamations, leurs encouragements, leur excitation devant l'écran contribuèrent à donner à l'achat de mon vélo une valeur plus grande encore, celle de posséder également cet objet de toute leur attention. Je croyais même qu'enfourcher ce vélo flambant neuf allait me valoir leurs « Allez Eddy ! » en passant devant les maisons de la cité.

Chaque matin, Jean-Pierre, un voisin qui avait mon âge, venait frapper à la porte. Il n'y avait pas de sonnette aux portes. Les voisins entraient simplement, même lorsque la porte était fermée, et s'annonçaient une fois dans le couloir. Durant la journée, les portes n'étaient pas verrouillées de l'intérieur. La vie s'écoulait, touchant celle des autres à toute occasion. Un peu de café à emprunter, un journal que le voisin avait déjà lu, un petit achat fait pour une personne âgée ne sortant plus beaucoup, un conseil à demander pour cette nouvelle variété de pommes de terre que plusieurs avaient achetée…

On eût dit une grande maison dans laquelle une communauté partageait le même espace.

Bien sûr cela n'empêchait pas certaines inimitiés ou des commérages et des conversations de « grands » qui se terminaient à voix basse dans des « Ooh ! » la main sur la bouche et les yeux grands ouverts. Je me demandais bien ce que pouvaient être ces conversations auxquelles je n'étais pas convié. Mais un jour, en entendant quelques bribes de leurs échanges, j'avais compris. Il était question de gens mariés qui se disputaient pour des problèmes graves. Le monsieur était rentré chez une voisine pour lui ramener un sac avec quelques courses. Mais sa femme était arrivée un peu plus tard et elle avait crié sur lui, parce qu'il s'était trompé et que c'était son sac que son mari avait rapporté.

— Ce n'est quand même pas si grave, m'étais-je dit à l'époque, c'est juste une erreur de sac !

Mais en y repensant aujourd'hui, à l'âge de 14 ans, je comprenais un peu mieux la nature de leur problème, et la discrétion qui entourait ces bavardages…

Jean-Pierre m'attendait donc. Après avoir accompli les tâches que son père lui avait assignées, il avait le droit d'aller jouer. Son père n'était pas tendre. C'était un homme assez grand, le crâne dégarni, la bouche déformée par une cicatrice et le regard très dur. J'osais à peine le regarder et lui dire bonjour me semblait presque un acte héroïque. Il était français et travaillait à Valenciennes, une ville dont nous n'étions séparés que de quelques kilomètres. Le matin, nous l'entendions partir très tôt sur sa moto et peu de temps après cela, Jean-Pierre sortait déjà de la maison pour les corvées du jour. Et lorsque le père rentrait dans l'après-midi, il y avait souvent des éclats de voix. Sa femme et lui se disputaient parfois jusque dans la soirée et, la plupart du temps, cela s'arrêtait d'un coup. Je compris bien plus tard le sens de cette expression.

Ce matin-là, tous les gamins de la cité s'étaient partagés en deux camps pour une gigantesque bataille de sarbacanes. Il y avait dans le village une quincaillerie où on pouvait également acheter du matériel électrique. Le commerçant nous vendait des sections d'une quarantaine de centimètres de gaines pour fils électriques. Nous allions lui acheter ce qui était pour nous uniquement des sarbacanes, ignorant totalement l'utilité réelle de ces longs tubes jaunâtres dont il avait un tel stock, que nous le pensions spécialisé dans le domaine. Cela devait l'amuser, mais surtout lui permettre un joli bénéfice, car chaque petite section nous coûtait quelques francs. Il fallait ensuite préparer nos fléchettes. Nous les faisions avec des pages du catalogue Unigro, un catalogue de vente par correspondance. Nous coupions les pages en deux dans le sens de la hauteur et avec chacune des parties que nous enroulions sur notre doigt, nous confectionnions des fléchettes pointues en forme de cônes très effilés. Nous faisions ensuite tourner la pointe plusieurs fois dans notre bouche afin de la coller. Une fois sèche, elle était prête. Certains renforçaient cette pointe au moyen de colle. Cela inquiétait d'ailleurs ma tante qui craignait que nous soyons blessés à l'œil et elle ne devait pas être la seule. Mais il devait y avoir une fée qui nous protégeait, car cela n'est jamais arrivé. Cette bataille fut la dernière de cette envergure. Les parents de la cité n'avaient pas apprécié cette invasion de fléchettes volant en tous sens et jonchant par centaines le sol et les petits jardins côté rue.

Cela me permit de mettre un autre projet à exécution, celui de fabriquer une arbalète avec des baleines de parapluie. Un jouet nettement plus dangereux, surtout pour les pommes de terre que j'avais disposées à la manière de la baraque du tir à pipes de la ducasse du village. En fait, un jeu qui fut surtout fatal au vieux parapluie de réserve de ma tante…

*****

J'avais assez mal dormi après la soirée avec mes ex-collègues. Le réveil fut hésitant, brumeux…

Françoise était déjà éveillée et me regardait d'un air mêlant compassion et reproche amusé.

— Tu es monté tard.

— Je préférais quand j'étais ton petit canard, dis-je d'une voix un peu éraillée.

— Ton quoi ? Mais qu'est-ce que tu racontes ?

— Mais tu viens de me dire que j'étais ta petite grenouille. Tu es mon têtard, c'est ce que tu viens de me dire.

— Tu es-*monté*-tard, pas tu es-*mon-têtard.*

— Ah bon, je n'avais pas compris… (sourire)

— Oui, c'est ça ! Tu t'es bien amusé hier !

— Oh, on s'est tous bien amusés, non ?

— C'est vrai. Et toi, en plus tu es mignon quand tu bafouilles en fin de soirée. Mais ensuite, tu ronfles. Et ça, c'est moins amusant.

— Oui, j'ai pas mal profité… Et d'habitude, quand j'abuse un peu (petit raclement coupable), je ne rêve pas beaucoup, mais cette fois-ci ce n'était pas le cas.

— Bon, si tu dois me raconter tes délires, il va me falloir mon café d'abord.

— Mais bien sûr, ma grenouille. Je descends. Laisse-moi dix minutes.

*****

Mon vélo tout neuf avait changé le profil de mes journées. Le matin, je passais du temps avec Jean-Pierre. Et l'après-midi, je roulais dans les rues et les ruelles du village. Ma tante, toujours encline à s'inquiéter et à anticiper le danger, ne manquait jamais de me répéter les recommandations d'usage. Et à mesure que les jours passaient, mes balades me menaient de plus en plus loin. J'empruntais des chemins se perdant entre les champs et les prairies, des routes tranquilles qui reliaient le village aux autres. Jour après jour, ces escapades durant lesquelles je dominais le paysage du regard, m'installaient aux premières loges d'un spectacle visuel dont j'étais le réalisateur. Le bruit du vent et celui, plus régulier, de ma chaîne eurent progressivement comme effet de ralentir mes monologues intérieurs. Je devenais progressivement le garçon qui pédalait sans autre besoin que celui de déplacer sa tranquillité dans des endroits sans cesse changeants. Seul. Personne pour me dire où aller, pour me demander de ralentir ou d'accélérer. Personne, non plus, pour m'aider lorsque la route montait et que le sommet me semblait hors de portée. Mon parrain, ancien cycliste amateur, m'avait un jour dit que regarder le point le plus haut n'aidait pas. Il était plus encourageant de regarder la route qui passait sous les roues, car chaque mètre, lui, nous rapprochait du sommet. Alors, je prenais tout le temps nécessaire, sans me soucier ni de ma vitesse ni de l'éloignement du sommet. Et je gravissais la côte, heureux de cette solitude où rien ne devait être négocié et où rien n'occupait mon esprit.

Vers la fin du mois de juillet, le temps se mit à la pluie, ce qui limita fort mes promenades de l'après-midi. Un jour plus clément, après sa sieste, une véritable institution pour mon parrain, je le vis assis sur le vieux banc qui était derrière la maison et sur lequel il passait des heures, le regard errant sans but ou fixé sur un endroit quelconque où rien n'existait que l'absence de toute perturbation. Je ne comprenais pas qu'il pût rester ainsi sans parler, un vague sourire aux lèvres, sans bouger. Ce n'était pas comme moi sur mon vélo, lorsque je roulais vers un horizon inaccessible dans un paysage toujours différent. Je lui fis cette remarque. Et pour la première fois, j'entendis parler de l'Ermitage de Cocars.

— Tu sais, me dit mon parrain, je suis bien ici. Attendre que rien ne se produise, regarder mes routes de pommes de terre, entendre mes pigeons qui roucoulent, tout en fumant ma pipe sans que ta tante rouspète (clin d'œil), c'est tout ce que je demande. J'aime la philosophie qui enseigne à se contenter de peu, ajouta-t-il d'un ton sentencieux empreint d'une douce conviction.

« Attendre que rien ne se produise… ?! » La formule me désarçonna quelque peu. Je ne m'imaginais pas attendre que mon train n'arrive pas ! Cela n'avait aucun sens. Il vit mon étonnement. Et cette phrase sur la philosophie qu'il me répétait très régulièrement, et qui devait provenir d'une de ses nombreuses lectures, ne fut pas d'un grand secours.

— Ce que j'ai dit te paraît bizarre ? C'est normal. Quand il fera bon, on ira se promener et je te montrerai l'Ermitage de Cocars. Tu comprendras peut-être mieux.

— C'est quoi un ermitage ?

— C'est l'endroit où habite un ermite. Un ermite est quelqu'un qui ne veut plus vivre avec les autres et qui s'installe tout seul quelque part sans plus rien attendre.

— Mais pourquoi ? À quoi cela sert-il de vivre seul ?

— Je ne sais pas. Je suppose qu'on fait cela parce qu'on en a assez de vivre avec des voisins, qu'on veut juste avoir la paix.

— Mais alors, on ne parle plus jamais et comment on fait pour manger ?

— L'ermite de Cocars se débrouillait comme il pouvait. Il y a une source à cet endroit et parfois des gens lui apportaient des petites choses. Et la nature nous aide aussi, me dit-il en montrant le potager. On raconte même que les gens le considéraient un peu comme un gentil sorcier qui avait le pouvoir de les aider s'ils étaient malades.

— Ouah, un sorcier ! Un vrai ? Il est encore là ?

— Mais non, c'était il y a longtemps et ce sont des histoires qu'on racontait, des légendes comme on dit. Mais l'endroit existe encore et la source coule toujours.

— On peut y aller demain ? dis-je tout excité.

— Va demander à ta tante.

Le lendemain, nous partions tous les trois à pied pour rejoindre le Bois d'Épinois en empruntant des petits chemins qui passaient entre des pâturages où des vaches nous regardèrent en se demandant peut-être si nous étions nombreux à être enfermés en dehors de leur chère prairie. Mon parrain connaissait les moindres recoins, les plus petites ruelles, les sentiers oubliés. Et après avoir marché ce qui me sembla être une heure, nous prîmes un petit chemin qui nous mena jusqu'à l'orée du bois. La promenade se poursuivit à l'ombre en suivant des passages étroits ceinturés par endroits de mûriers, de fougères, d'autres plantes couvrantes et de fleurs sauvages. Nous progressions dans un monde qui me parut peuplé de verdure inhospitalière que des petits bruits d'insectes et des craquements indéfinissables rendaient davantage inquiétant. Comment un homme avait-il pu vivre ici ?

Un quart d'heure plus tard, nous arrivâmes dans un endroit ouvert où la lumière du soleil nous accueillit. Une chapelle fort ancienne se dressait, improbable, dans cet endroit oublié du temps. Et la fameuse source coulait quelques mètres plus loin. Une eau claire et glacée sortait de manière continue d'un tuyau de métal dont l'extérieur était recouvert d'une fine pellicule de rouille. Les explications que mon parrain m'avait données la veille ainsi que durant le trajet et que mon esprit m'avait dépeintes, trouvaient enfin leur vrai visage.

Je m'assis dans le silence, tentant d'imaginer quelqu'un vivre ici, seul. L'espace d'un instant, je crus que mon parrain était derrière moi et qu'il me regardait. Je me retournai pour lui demander combien de temps l'ermite avait vécu à cet endroit et s'il y était mort.

Mais, malgré ma certitude du contraire, il n'y avait personne derrière moi. À ce moment, un coup de tonnerre se fit entendre au loin et l'instant d'après mon parrain vint me dire qu'il valait mieux ne pas traîner, car le temps était en train de changer.

*****

Mon café ne me plaisait pas vraiment ce matin. Peut-être avais-je effectivement quelque peu bafouillé en fin de soirée ! Françoise buvait le sien à petites gorgées en me regardant du coin de l'œil, amusée.

— À midi, ça ira mieux, me dit-elle.

— Je n'en suis pas à ce point-là, ça va déjà un peu mieux, dis-je avec une conviction assez… locale.

— En tout cas, tu as bien dormi !

— Oui, j'ai surtout rêvé.

— De quoi ?

— Pour le moment, ma jeunesse remonte sans arrêt… Pendant les vacances, quand j'avais plus ou moins 14 ans, nous sommes allés nous promener dans un bois où il y avait un vieil ermitage, enfin plutôt une chapelle. Je me souviens que ça m'avait fort impressionné d'imaginer quelqu'un vivre seul au milieu d'un bois. On racontait que cet ermite était un peu sorcier. À mon avis, plutôt un rebouteux. Bref, j'en ai rêvé cette nuit.

— De l'ermite ?

— Non, de l'endroit. C'était très bizarre, presque réel. Tu sais, quand on rêve, il y a souvent peu de détails ou de couleurs. On est plutôt dans des ressentis, des impressions que l'imagination habille d'un décor spécial. Et il n'y a pas de chronologie non plus, pas plus que de perception du temps qui passe. Mais ici, je marchais vraiment en dirigeant volontairement mes pas. L'herbe était comme vivante, scintillante, comme tout le reste d'ailleurs. J'entendais même les bruits de la forêt. Et en arrivant près de la source…

— Il y avait une source ? Un ermite avec eau courante !

— On lui avait sans doute donné un bon tuyau pour trouver de l'eau… Bon, passons. Oui, il y avait une source naturelle près de cette chapelle. En arrivant près de la source, j'ai vu un garçon. Et quand il s'est retourné, il y a eu comme un bruit et mon rêve s'est interrompu.

— Spécial en effet.

Notre petite promenade de ce dimanche nous fit du bien, mais la forte impression que ce rêve m'avait faite, ne me quitta pas de toute la journée.

Pourtant, j'étais bien loin d'imaginer ce qui m'attendait encore…

Une poupée désarticulée

Lumineux ou sombres, les nuages se posent toujours sur l'horizon
Et parfois, c'est là que l'on habite

Les premières semaines de vacances étaient passées. Une certaine routine s'installait. Une routine que les années modifiaient cependant. Certains jouets perdaient de leur pouvoir d'attraction, tels mes petits soldats, mais d'autres les remplaçaient. Je m'étais découvert une véritable passion pour les modèles réduits à assembler. Mes préférences allant aux avions anciens et aux voitures d'allure sportive. Lorsque j'étais dans le magasin, mon excitation était à son comble devant toutes ces boîtes empilées par catégories. Je pense que mon plus grand plaisir était d'imaginer tous ces modèles prenant forme dans ma tête, montés de manière parfaite, comme ils étaient représentés sur le couvercle de la boîte. La réalisation était souvent moins glorieuse. Coulées de colle, roues mal montées et ne tournant pas, cadrans du tableau de bord mal peints, ailes ou queue d'avion mal alignées… Mais avec du temps et de la patience, les modèles terminés avaient plus fière allure, et les félicitations octroyées me semblaient davantage méritées.

Cette année-là, une surprise m'attendait. Un séjour de deux semaines à Middelkerke. La mer ! Mon parrain et ma tante avaient loué l'appartement de Madame Carlier, la maman du fleuriste du village. En fait, je réalisai lors de mes vacances suivantes que beaucoup de gens du village semblaient louer cet appartement. Ce fut mon premier séjour à la côte et même la première fois que je vis tant de personnes en maillot. Et surtout des filles dont les silhouettes ne m'avaient encore jamais semblé si… visibles. Nos promenades le long de la plage éveillèrent en moi une curiosité nouvelle et un trouble que je croyais masquer en les regardant discrètement du coin de l'œil. Un coin que j'aurais voulu pouvoir décaler un peu plus côté plage d'ailleurs.

Et puis au retour de ce petit séjour, je me suis rendu compte qu'il y avait une Marie-France qui habitait la cité. C'était une jeune fille qui devait avoir deux ans de plus que moi. Et pour une raison que j'ignorais, mon vélo me faisait souvent passer devant sa maison. Soudain, ma chevelure devint plus compliquée à domestiquer, mes culottes courtes me mettaient mal à l'aise, je me regardais fréquemment dans le miroir, mes regards scrutaient son passage. Un trouble nouveau m'envahissait peu à peu. Je devenais trop grand à l'intérieur et l'extérieur, qui n'avait pas encore suivi, m'empêchait toute approche. Lui dire bonjour, alors que je saluais pourtant tout le monde, me paraissait un aveu que mes 14 ans n'auraient pu assumer.

Un jour, je la vis passer avec deux garçons bien plus âgés. Ils parlaient bruyamment et elle riait en les regardant. Elle continua son chemin sans m'accorder le moindre regard. Mon cœur avait peut-être devancé l'appel ou il m'avait simplement averti que le réveil était proche. J'avais commencé à réaliser qu'il y avait sur terre d'autres filles que mes sœurs et je me dis qu'il devait certainement y en avoir une qui me regarderait, mais que ce ne serait pas Marie-France. Pour être honnête, je n'aurais pu avoir à cet âge une vision aussi sage de mon avenir amoureux. Mais ce soir-là, ma tante qui avait remarqué mon manège et ma déconvenue, m'avait parlé pour la première fois comme à un « jeune homme ». Cela me permit de calmer ces bourrasques inconnues qui agitaient mes pensées. Et curieusement, cela me renvoya pour un temps à mes maquettes et mes balades à vélo.

Finalement, malgré quelques emballements non contrôlés, ces vacances avaient trouvé leur vitesse de croisière. Le soleil se levait et se couchait, les légumes poussaient, les poules et les pigeons occupaient mes heures creuses et mon vélo m'emmenait tous les jours sur les chemins où je posais un regard toujours neuf sur des paysages déjà mille fois traversés.

C'est cette année-là également que l'impensable se produisit. Au début du mois d'août, je surpris ma tante et mon parrain parler à voix basse, l'air grave. J'avais aussi vu des voisins échanger des conversations par petits groupes en se mordant par moments la lèvre inférieure tout en fermant les yeux.

— Qu'est-ce qu'il y a ? Tout le monde a l'air bizarre. Il est arrivé quelque chose ?

— C'est Claudine. On l'a emmenée à l'hôpital, me répondit ma tante, la voix tremblante.

— Mais qu'est-ce qu'elle a ? C'est grave ?

— Un coma diabétique.

Cette expression qui m'était totalement inconnue, augmenta encore le côté dramatique de la situation. On m'expliqua qu'elle avait perdu beaucoup de poids ces dernières semaines, qu'elle dormait beaucoup, même en journée et qu'elle avait toujours soif. Ses parents ne s'étaient pas inquiétés, se disant que c'était simplement dû à sa croissance. Mais il y a deux jours, elle avait brutalement perdu connaissance sans qu'ils puissent la ranimer. Ils avaient trop attendu pour la faire examiner par un médecin avait conclu ma tante, entre bouleversement et colère…

Claudine était la sœur de Jean-Pierre, enfin une de ses cinq sœurs. Il avait également un frère. Lorsque ma tante parlait d'eux, elle disait à chaque fois que leurs parents n'auraient jamais dû avoir une famille si nombreuse. Les enfants n'étaient pas choyés et grandissaient sans tendresse ni attentions.

Quant à Claudine, je la voyais tous les jours lorsque nous jouions dans le quartier.

De grands yeux noisette, un nez légèrement retroussé, des taches de rousseur et des cheveux bruns avec une raie au milieu. Un visage ouvert, toujours souriant. Une enfant comme nous tous, la promesse d'une vie à mener…

Elle mourut durant cette nuit-là. C'était la première fois que la mort me touchait de près. Le lendemain, nous sommes allés à l'hôpital pour la voir une dernière fois. Je n'avais jamais vu une dépouille avant ce jour.

— Tu n'es pas obligé d'entrer la voir si tu as peur, m'avait dit ma tante.

Je ne comprenais pas bien comment Claudine aurait pu me faire peur. J'avais entendu ma maman dire qu'à l'âge de 12 ans, elle avait vu sa grand-mère qui venait de mourir et qu'elle semblait dormir.

En entrant dans la pièce où elle reposait, je fus frappé par cette présence inerte. La jeune fille que je connaissais était allongée, le teint pâle, la bouche immobile, les mains jointes. Mais il n'y avait personne en elle, plus personne. Un tel silence, une telle immobilité étaient impensables dans l'univers de notre enfance. La vie n'a pas de fin à cet âge, chaque minute ne nous rapproche pas d'une échéance.

Nous étions là depuis quelques minutes lorsque les parents entrèrent. La maman resta près du lit, son regard allant de sa fille à ma tante qu'elle fixa un moment avant de baisser les yeux. Je me souviens que cela m'avait fait une drôle d'impression… Le papa que je trouvais si sévère, si dur, qui me faisait si peur, enlaça sa petite fille. Il dit quelques mots qui se perdirent dans des larmes. Je le vois encore, tenant son enfant, poupée désarticulée tendrement secouée au rythme des sanglots qui agitaient les deux corps réunis.

La scène m'avait profondément touché. Tout était trop fort. Les émotions ressenties en quelques minutes dépassaient largement toutes celles que j'avais pu vivre jusqu'à ce jour. J'aurais voulu pouvoir faire ou dire quelque chose. Mais même les adultes étaient restés silencieux.

Parfois, être là permet d'absorber un peu de la détresse qui, autrement, se déverserait dans un cœur dont chaque battement imbiberait davantage un corps trop petit pour la contenir. Une présence peut être le bassin d'orage qui empêche le glissement de terrain définitif.

Cinq ans plus tard, Pierre, le papa de Claudine et Jean-Pierre, fut retrouvé pendu. Son épouse l'avait quitté un an plus tôt.

La mort de Claudine fut comme une flèche plantée dans mon enfance qui, jusqu'à ce jour, se terminait en douceur, par petites touches discrètes, pour faire place à l'adolescence.

Je ne quitterais pas tous mes jouets en une fois, mais cette flèche venue d'un ailleurs que je ne soupçonnais pas, avait, en m'atteignant, tranché la cordelette qui retenait le ballon de l'insouciance.

Et il montait, bousculé par un vent terrible, vers des nuages dont la noirceur m'était inconnue, tandis qu'une poupée inerte au visage clair dérivait, apaisée, vers la lumière…

Partie 3
La Rencontre

Si tu vas vers le Maître, c'est pour lui poser des questions
Mais si le Maître vient vers toi, c'est pour t'inciter à te les poser

Les prairies de Charles

La semence est programmée pour germer
Mais nul ne sait si la parole germera ni quand...

L'été est souvent peu agréable en ville. Lorsque les vacances commençaient, la maison peinait à contenir nos enfants, et seule notre petite cour entourée de toutes parts par les murs des maisons voisines leur permettait de jouer tranquillement à l'air libre. Lorsque nous nous y installions, Françoise et moi avions l'impression d'être au fond d'un puits. Heureusement, les façades voisines n'étaient pas très hautes, et le soleil tombait quand même quatre heures par jour sur le plancher que nous avions fait poser à l'extérieur. À l'origine cette cour était recouverte de dalles disposées à la manière d'une grille de mots croisés formant douze grandes cases garnies de dahlias envahissants. On pouvait juste marcher en équilibre sur ces minuscules chemins étroits dont le plus long devait faire quatre mètres. Peu pratique pour y laisser jouer nos enfants, encore très jeunes, lorsque nous avions emménagé.

Un plancher pouvait plus facilement accueillir leurs jeux. Ou un bassin d'eau, qui devint l'année suivante une petite pataugeoire gonflable rapidement transformée en une mare où flottaient divers jouets parmi des miettes de biscuits, des insectes non aquatiques et des chapeaux de toile censés les protéger du soleil. Heureusement, la passoire de notre cuisine leur permettait de sauver certains objets de la noyade…

Nous quittions Bruxelles durant trois ou quatre semaines au mois d'août lorsque Françoise était en vacances et allions enfin planter notre grande tente en pleine nature. Par contre, le mois de juillet me semblait parfois long.

Nous avons aussi rapidement compris que les enfants grandiraient plus vite que la cour. Et lorsque Jennifer, notre aînée, eut 12 ans, nous avons décidé d'acheter une caravane résidentielle. Il ne restait plus qu'à trouver un endroit où la déposer. Après avoir sillonné quelques coins tranquilles dans différentes provinces wallonnes, notre choix tomba sur Vierves-sur-Viroin, un des plus beaux villages de Belgique, où était implanté un parc résidentiel qui répondait à tous nos critères. Viroinval fut vraiment un coup de cœur familial.

À partir de ce moment-là, nous quittions Bruxelles chaque vendredi dès la fin des cours. Et nos garçons, Quentin et Cédric, passaient des heures avec d'autres gamins du parc dans les sous-bois où ils avaient construit leur cabane de branchages. Notre fille, elle, appréciait de pouvoir enfin suivre à la télévision la série culte Beverly Hills, lire ou tuer le temps avec d'autres jeunes filles passant également là leurs fins de semaine. La télévision était d'ailleurs une entorse que nous avions accepté de faire à notre décision de ne pas en avoir. Ainsi, la caravane devenait vraiment un lieu d'exception. Mais la règle ne changea pas pour la maison. Nos enfants avaient grandi dans un foyer dont elle était absente et elle le resterait ! Nous n'en avions d'ailleurs toujours pas lorsqu'ils ont quitté la maison à l'âge adulte.

Durant des années, nous avons littéralement sillonné la région avec eux. Au cours de nombreuses promenades faites à pied ou à vélo, nous avons découvert des endroits magnifiques où le regard pouvait se poser sur un bout du monde qui semblait n'être là que pour nous. Nos enfants, qui fréquentaient le manège du village, nous avaient un jour parlé des prairies de Charles, le propriétaire du manège. On y accédait par un chemin caillouteux à quelques centaines de mètres de notre caravane. En le gravissant, nous avons découvert un espace magnifique où de vastes pâturages étaient entourés d'arbres de toutes parts. Une espèce de gigantesque cirque de verdure où des vaches et des chevaux semblaient sortir d'un décor des westerns de notre enfance. Nous y sommes restés un long moment, admirant la vue, respirant l'harmonie du paysage, captant l'énergie tranquille de ce coin de terre survolé ce jour-là par quelques nuages d'un blanc éclatant.

Aujourd'hui, nos séjours à la caravane n'étaient plus soumis à des impératifs professionnels ou scolaires. Quant à nos bagages, ils étaient moins volumineux qu'à l'époque. Le trajet, beaucoup plus tranquille également, semblait ralentir le passage du temps. Françoise et moi savourions d'avance le calme de notre terrasse où nos jardinières fleuries et le chant des oiseaux remplaçaient les murs de notre maison et le passage des voitures dans notre rue.

Au début du mois d'août, nous avons quitté Bruxelles pour y passer quelques jours.

Dès l'arrivée, il fallait vérifier certaines choses, surtout l'état des corniches. Nous étions entourés de bouleaux et les chatons qui s'en détachaient se déposaient partout y compris dans les évacuations pluviales. Les nettoyer était un petit travail vraiment nécessaire si on voulait éviter les infiltrations en cas de pluie. Le plus fastidieux était de devoir continuellement déplacer l'échelle. Et comme je devais la poser sur le gazon, une surface instable, je fixais toujours par prudence le dernier échelon à la structure au moyen d'une petite sangle munie de crochets afin d'éviter tout déséquilibre. Mais au moment de le faire, il me sembla que quelqu'un me regardait et, arrêtant mon geste, je jetai un coup d'œil vers le bas. Ce n'était pas Françoise, car elle était dans notre abri de jardin, et je ne vis personne d'autre sur le terrain. Je m'apprêtai pour la seconde fois à attacher cette sangle, mais après un instant d'hésitation j'arrêtai à nouveau mon geste, laissant la sangle simplement accrochée à l'échelle sans fixer l'autre extrémité…

Ensuite je commençai mon nettoyage. Françoise m'avait rejoint avec un sac destiné à recevoir les chatons et les feuilles.

— Voilà, je suis prête, me dit-elle. Tu as bien fixé l'échelle ?

— Ben, en fait je…

Je fus interrompu par la voix de Jean, notre voisin d'en face qui nous saluait depuis sa terrasse.

— Bonjour Françoise et Daniel. Alors, vous êtes revenus pour quelques jours ?

— Bonjour Jean, lui lançai-je d'une voix enthousiaste en me penchant pour le voir.

Et, à ma grande surprise, ce n'était pas Jean que je vis, mais un homme de grande taille qui me salua de la main. Plissant les yeux, je crus un instant reconnaître la silhouette du propriétaire du parc qui faisait régulièrement sa tournée dans les allées pour voir si tout allait bien. Mais ce n'était pas lui non plus. Il s'approcha lentement et je reconnus le professeur de philosophie qui nous avait donné cours en terminale, quelque 45 ans plus tôt ! Il n'avait pas du tout changé. Je me sentis incapable de lui parler dans un premier temps tant ma surprise était totale. Et puis, parler la bouche ouverte est pour le moins compliqué…

— Bonjour Daniel, me dit-il, comme si nous venions de nous quitter. Je suis content que tu aies insisté.

— Bonjour Monsieur… Bériot ? Mais comment… ? balbutiai-je au comble de l'étonnement. Et que voulez-vous dire quand vous dites que j'ai insisté ?

— Oui, je te le redis, tu as eu raison d'insister et aussi de nous écouter. Tu comprendras cela lorsque tu seras prêt. Maintenant, comment se fait-il que je sois ici après tout ce temps ?

Et bien en fait…

— Raison d'insister ? Et vous écouter ? Vous et qui d'autre ? le coupai-je. Je ne comprends rien du tout. Que se passe-t-il ? Vous étiez mon professeur il y a plus de 40 ans et vous nous disiez que c'était votre dernière année avant la retraite ! Et tout à coup, je vous retrouve, ici !

— Une chose à la fois. D'abord, c'était il y a 45 ans exactement.

— Mais vous devriez avoir plus de 100 ans…

— Et… ?

— Et vous n'avez pas du tout changé.

— Je pense que tu vas avoir un choc.

— C'est déjà le cas. Que faites-vous ici ? Je ne vous ai jamais vu dans le parc auparavant.

— Je voulais que tu me reconnaisses et le meilleur moyen était de n'avoir pas changé.

— Bon, euh là je comprends de moins en moins.

— Le temps ne passe plus pour moi depuis plus de 30 ans, enfin le temps terrestre.

— Vous voulez dire que vous êtes…

— … mort ? C'est cela que tu veux dire ? Oui, c'est le cas.

— D'accord, je parle avec quelqu'un qui est décédé… Ai-je perdu la raison ? Sommes-nous dans un rêve ? Ou est-ce que je suis mort moi aussi ? demandai-je fou d'inquiétude.

— Bon, je vais t'expliquer. Tu viens de tomber de ton échelle en te penchant pour saluer ton voisin. Et si tu es tombé, ce n'est pas tout à fait par hasard. Tu es inconscient, ce qui est idéal pour un tel contact.

— Pas par hasard ? Mais… et quoi ? Je suis inconscient ?

— Oui, et Françoise est vraiment paniquée. Jean n'en mène pas large non plus d'ailleurs.

— Pour quelle raison m'avoir contacté ? Et pourquoi ne l'avoir pas fait pendant un simple rêve ? Vous êtes en train de m'accueillir dans l'autre monde, je ne vais pas m'en sortir, c'est ça ?

— Daniel, calme-toi, tout va bien. Tu vas te réveiller. Tu te souviendras d'ailleurs parfaitement de notre conversation, car ce n'est pas comme dans un rêve dont on ne ramène que des scènes que l'on ne parvient pas à relier de manière cohérente, ça reste illogique. Mais lorsque tu es tombé, le choc brutal a, en quelque sorte, éjecté instantanément ta conscience, ce qui fait que tu en as gardé le contrôle et que tu es parfaitement lucide. Un endormissement normal est bien plus lent et la conscience s'évanouit progressivement, jusqu'à se mettre en mode veille. Le rêve n'est que le résidu d'une conscience en pause, si tu veux. Bref, c'était le moment parfait pour te rencontrer une première fois, enfin depuis 45 ans.

— Donc, quand je dors, ma conscience est un peu comme un ordinateur en mode veille. Mais pour quelle raison m'avez-vous contacté ?

— Je t'expliquerai tout cela très bientôt. Il va bientôt falloir que tu reprennes connaissance. Depuis maintenant quelques secondes, Françoise et Jean s'affairent autour de toi.

— Comment ça, quelques secondes ! Mais c'est impossible.

— Non, pas impossible, parce que tu es déconnecté du temps terrestre. Tu ne bouges plus, le temps non plus. Mais ici, dans cet état de perception, le temps continue à s'écouler.

— Et quand allons-nous nous revoir et comment ? Et une fois encore, pour quelle raison m'avoir retrouvé ?

— Quand et comment, cela dépend en grande partie de toi. Mais nous allons encore nous revoir deux fois. Et enfin, si je t'ai contacté, c'est pour quelque chose que tu as dit en classe après la lecture du conte que je vous avais faite vers la fin de l'année. Ce texte avait pour titre « Cinq phrases ». Tu t'en souviens ?

— Oh oui, j'y repense régulièrement et plusieurs phrases m'ont aidé et peut-être également certains de mes propres élèves durant ma carrière lorsque je leur en citais une. Vous nous aviez donné le texte et je le relis parfois. Et de quoi ai-je parlé en classe ?

— Attends, une chose importante avant de te répondre, dit mon professeur. Ta part lumineuse et vaste va bientôt te rejoindre, comme pour le marcheur dans « Cinq phrases », le conte en question.

— Comment ça ? Là, il y a vraiment trop d'informations. Plus nous nous parlons et plus je patauge…

— Le marcheur pataugeait aussi à un certain moment dans la troisième partie de ce texte, souviens-toi, ajouta-t-il avec le sourire ponctuant une évidence.

— Exact, dis-je dans un soupir. Revenons d'abord à ce que j'ai dit en classe, si vous le voulez bien.

— D'accord, une chose à la fois. Tu nous as parlé de ton parrain et de votre conversation le jour où tu lui avais rendu visite lors d'une permission spéciale, pendant ton service militaire. C'est là que j'ai réalisé que nous devions nous revoir.

— Quand je l'ai vu dans son lit avec un bonnet de laine, dis-je avec émotion.

— Oui, c'est bien cela. Encore une chose, tu as reçu à l'époque, ainsi que les autres élèves, ce texte qui est en quatre parties, mais il manque une partie que personne n'a reçue. Nous en reparlerons... Bon, cinq secondes viennent encore de s'écouler là-bas. Si tu ne veux pas te retrouver dans l'ambulance qu'ils sont sur le point d'appeler, il est temps de retourner chez toi, me dit-il en souriant. On se reverra très bientôt, enfin pour moi. Pour toi, ce sera plus long. Et surveille ta montre !

— Attendez, surveiller ma montre ? Mais qu'est-ce que voulez dire ? Et quoi ? Une partie supplémentaire ? Mais je croyais que...

— Une chose à la fois. Il est temps de retourner auprès d'eux.

— Vous pourriez m'en dire davan...

Ma question resta inachevée. Je réalisai progressivement que j'étais étendu sur le sol et j'ouvris péniblement les yeux, découvrant le visage de Françoise, déformé par la panique et celui de Jean qui traduisait une vive inquiétude.

— Tu nous as fait peur, me dit Françoise en me caressant doucement le bras.

— Qu'est-ce qui s'est passé ?

— Tu as voulu te pencher, l'échelle s'est déséquilibrée, tu es tombé et ta tête a heurté le sol. Heureusement, c'était dans l'herbe ! Pourtant, tu attaches toujours ton échelle, ajouta-t-elle. Tu ne l'avais pas bien fixée sans doute.

— Ben en fait, j'étais sur le point de le faire, mais au dernier moment j'ai hésité et je n'ai pas fixé la sangle. Je ne comprends pas pour quelle raison d'ailleurs. Je suis resté longtemps inconscient ?

— Dix secondes, peut-être un peu plus, dit Jean.

— Il avait raison, c'est dingue, ajoutai-je à voix basse (ce qui me valut des regards à la fois interrogateurs et inquiets).

— Quoi ? Mais de qui parles-tu ? Tu es sûr que ça va ? me demanda Françoise.

— Oui, tout va bien. Je vais aller m'asseoir.

— J'appelle un médecin ?

— Non, je n'ai mal nulle part, ma tête va bien. Je vais bien. J'ai juste besoin de reprendre mes esprits.

— Tes esprits ? Je pensais que tu n'en avais qu'un, plaisanta Jean.

— Peut-être que c'est mon esprit rebelle qui m'a joué un tour, répondis-je sur le même ton. Il me reste l'autre heureusement !

— Jean, aide-moi à le relever, dit Françoise. On va t'installer sur la terrasse.

— Mais ça va je t'ai dit, dis-je doucement pour la rassurer. Jean doit certainement avoir une corniche à nettoyer, pas vrai ?

— C'est ça, prête-moi ton échelle ! Mais évite de me distraire en me saluant quand j'y serai perché par exemple ! ajouta Jean en riant.

Quelques plaisanteries plus loin, j'étais installé sur la terrasse, me remettant de mes émotions. Je préférai ne pas tout de suite parler à Françoise de ce qui m'était arrivé durant ces quelques secondes. Ma raison tentait de me convaincre malgré moi, du moins me semblait-il, que tout cela n'était que le résultat du choc. Pourtant, il n'était pas possible que toute cette conversation ait pu se dérouler en si peu de temps. Mais alors, comment avions-nous pu parler de tout cela en une dizaine de secondes ?

Cette histoire de temps qui s'écoule à des vitesses différentes me remit en mémoire une question à laquelle j'avais longtemps cherché une réponse. Parfois, un bruit bien réel nous réveille, comme par exemple un coup de tonnerre par une nuit d'orage. Or, ce bruit imprévisible fait partie d'un rêve en cours, et dans lequel il joue un rôle. Donc, au moment où ce bruit nous réveille, nous trouvons le temps de rêver tout un scénario, qui précède ce bruit, pour l'y intégrer !

Ici, ce n'était pas pareil, mais malgré tout, cette histoire n'avait aucun sens. Il me fallait en savoir davantage sur Monsieur Bériot.

— Ça va ? me demanda Françoise.

— Oui, oui, je me sens très bien. J'étais juste en train de penser à un ancien professeur.

— C'est à un professeur que tu penses après une chute d'échelle...

— C'est parce qu'il nous donnait cours de philosophie et il nous parlait parfois des rêves.

— Et... ?

— Eh bien, quand j'étais inconscient, j'ai eu comme des hallucinations ou un rêve très bizarre.

— Ce sont des choses qui peuvent arriver en cas de choc, non ?

— Oui, sans doute. Bon, on va oublier tout cela. Un petit verre ?

— Je m'en occupe moi-même. Avec tes hallucinations, on ne sait jamais ce que tu pourrais me servir.

Cette journée d'arrivée très particulière se termina de manière bien agréable. Installés sur notre terrasse, Françoise me regardait régulièrement avec des gestes qui traduisaient son soulagement. Son inquiétude avait cédé la place à une tendresse qui nous enveloppait tous les deux. Je trouvais d'ailleurs que notre petit apéritif à l'ombre du bouleau avait le goût du bonheur. Ou plutôt d'un de ces petits bonheurs qui nous comble lorsque l'on est au meilleur endroit possible avec la personne la plus précieuse, sans oublier quelques olives et une Rochefort 8° à la température idéale.

Les deux horloges

Courir après le temps
C'est essayer d'enfiler des chaussures trop petites
Et à chaque accélération, elles rétrécissent davantage

La nuit avait été fraîche, une raison supplémentaire pour laquelle nous aimions tant passer les jours les plus chauds de l'été dans cet endroit. Et une autre raison, c'est que le café du matin que nous prenons sur notre terrasse, entre ombre et soleil, entourés de fleurs se balançant en douceur au son du chant des oiseaux et du bourdonnement des insectes, est le meilleur.

La nuit avait été agitée après l'épisode tout à fait inattendu de la veille. Enfin, inattendu…

En y réfléchissant bien et en retournant l'affaire dans tous les sens, tout en me retournant dans les draps, j'en étais arrivé à la conclusion que certains indices auraient dû m'avertir. Peut-être bien que toute vie n'est qu'une suite d'indices. Mais voilà, nous ne sommes pas tous des enquêteurs.

— Il me semble que tu n'as pas très bien dormi, me dit Françoise.

— Non, c'est vrai. Pourtant, avec le calme qui règne ici…

— Tu n'as mal nulle part quand même ?

— Non, de ce côté-là tout va bien. Mais c'est cette histoire de… rêve bizarre ou d'hallucination dont je t'ai parlé qui m'a tracassé toute la nuit. J'y ai encore beaucoup pensé.

— Et ?

— Ben, je ne sais pas trop. C'était tellement réel. Tout était contrôlé et logique.

— Qu'est-ce qui était logique ? Parce qu'en fait tu ne m'as pas dit grand-chose.

— Nous avons eu une conversation.

— Qui a eu une conversation ?

— Mais moi, avec un de mes anciens professeurs, Monsieur Bériot.

— Ah oui, c'est tout ce que tu as dit hier soir, enfin tu as juste évoqué un de tes professeurs. Mais ensuite, tu n'en as plus parlé. Je me suis dit que ça devait être le choc et que cette impression s'était évanouie avec ta bière.

— Très marrant, après moi, c'est mon rêve qui s'évanouit ! Sérieusement, il était comme il y a plus de 45 ans. Il m'a dit qu'il était mort et il m'a reparlé de l'époque où il nous donnait cours et aussi du conte qu'il nous avait lu. Un conte dont nous avions d'ailleurs ensuite reçu une copie. Mais ça tu le sais, puisque je t'ai déjà montré ce texte. Et il a ajouté qu'il manquait une partie à ce conte, ce que je croyais déjà à l'époque.

— Non mais quand même, tout ce que tu me racontes là, tu le savais avant de tomber. Et cette partie manquante, rien ne prouve qu'elle existe. Et puis, comme tu viens de le dire, tu trouvais qu'il manquait une partie. Ce n'est donc pas lui qui te l'a appris ! Tout ce que tu as rêvé vient de toi.

— Oui, mais il a ajouté deux choses. La première est que l'on se verrait encore deux fois. Bon, passons parce que cela ne prouve rien non plus. La deuxième chose, par contre, est bien plus troublante. Il m'a demandé de surveiller ma montre.

— Ta montre ?

— Après avoir parlé un certain temps, il m'a dit que j'étais déjà avec lui depuis quelques secondes. Or, nous avions pas mal échangé, certainement durant plusieurs minutes. Cette conversation ne pouvait pas tenir dans un tel laps de temps. Et ce matin, j'ai vu que ma montre retardait de plus de dix minutes.

— Pile faible ?
— Mais non. Souviens-toi, j'ai fait changer la pile il y a deux mois à peine. Jamais cette montre n'a retardé.
— Bon, bizarre effectivement.
— Je l'ai remise à l'heure. On verra bien… Je vais reprendre une tasse de café. Tu en veux encore une ?
— Oui, il n'est pas mauvais, j'en veux bien une autre.
— Et puis, comme mon échelle est toujours dehors, je vais aller terminer le nettoyage de la corniche, ajoutai-je en plaisantant.
— Tu comptes retourner voir ton professeur pour terminer votre conversation ?
— Non, pas vraiment. Mais comme j'ai vu Jean partir ce matin, je ne risque plus rien.
— On fera ça à deux. Je vais vérifier que tu fixes bien ton échelle et je vais même la tenir. Tu n'as plus l'âge d'apprendre à voler.
— Et encore moins d'apprendre comment atterrir…

Le jour qui suivit, je me surpris à vouloir occuper mon temps au maximum. Je ne sais si, au départ, c'était volontaire ou non. En tout cas, je ne me souvenais pas d'avoir pris consciemment la décision de m'agiter en tous sens. Je ne tenais pas facilement en place, ce qui était assez rare pour moi, enfin à part à certaines périodes de mon passé professionnel ou de jeune parent. Peut-être avais-je simplement besoin de m'anesthésier ou plutôt d'éviter de tourner en rond en courant finalement après je ne sais quoi. La journée semblait presque trop courte pour y caser tout ce qui me passait par la tête. Françoise me le fit d'ailleurs gentiment remarquer.
— Tu as raison, je reste troublé par cette histoire d'avant-hier. Que cette conversation ait eu lieu avec *l'esprit* de mon professeur, dis-je en levant les yeux et les deux mains avec un air théâtral, ou que je l'aie eue seul en imaginant un interlocuteur, n'y change rien. J'ai été secoué. En fait, j'ai souvent eu le sentiment qu'il y avait autre chose que notre réalité.

— Autre chose, comme quoi ?

— Je ne sais pas. Comme une ligne de téléphone qui nous permet de capter un tas de trucs. Des prémonitions, des connexions à distance, des idées ou des réponses qui nous viennent…

— Des réponses, comme avec ton parrain ?

— Oui, c'est vraiment ça qui a été ma première, comment dire… révélation ? Et dans ce rêve, mon professeur a évoqué cet épisode.

— Comment pouvait-il être au courant ? C'est bien la preuve que tout ton rêve vient de toi.

— Non justement. J'en avais parlé en classe à l'époque. Après nous avoir lu la dernière partie de ce conte, il nous a demandé si nous avions envie de réagir. Cette dernière partie était différente. Elle évoquait davantage la mort et ce qui l'accompagne. Et cela m'a incité à raconter cette histoire avec mon parrain et son bonnet de laine. Ce que certains élèves ont accueilli avec un peu d'incrédulité, voire d'ironie.

— Et le professeur ?

— À la fin de mon histoire, il a fermé les yeux et a pris une profonde inspiration en hochant la tête, les lèvres jointes dans un sourire approbateur. Il m'a dit : « Intéressant comme premier pas ! » et il a ajouté qu'à son sens, il était vain de chercher l'approbation de qui que ce soit dans ce domaine.

— C'est vraiment bizarre en effet. Mais tout de même, qu'est-ce que cela signifie ? Après tant d'années, il n'y a plus rien à faire ou à dire.

— Sauf si c'est un message.

— Mais pour dire quoi ?

— Je ne sais pas pour le moment, mais je comprendrai sans doute s'il y a une autre rencontre. Monsieur Bériot m'a dit qu'on se verrait encore deux fois.

— Bien. Et si on se changeait vraiment les idées. On pourrait aller passer quelques jours sous tente. Si on part dans une semaine ou deux, le terrain de camping où nous allions avec les enfants devrait être moins occupé. Après la mi-août, pas mal de gens sont déjà repartis. Et puis, même en haute période, ce n'était pas la grande foule.

— Le Jura, voilà ce qu'il nous faut. Je suis content de t'avoir épousée, rien que pour cette idée.

— Une idée en 42 ans de mariage, ajouta Françoise en s'agrafant une médaille imaginaire sur la poitrine, quelle richesse d'imagination !

— Non, deux. La première était de me choisir…

Les jours suivants furent fébriles. Nous étions enthousiastes à l'idée de revoir cette région. Il fallait d'abord vérifier le matériel de couchage et la partie cuisine. Mais ce qui nous avait vraiment remis dans l'ambiance, était d'avoir déplié la tente dans le jardin de notre fille.

J'avais également remis la main sur la copie du conte que j'avais décidé de relire durant notre séjour. Je nous imaginais déjà, comme lors de nos vacances précédentes, bien installés le soir devant un livre et une tasse de thé (je n'en buvais qu'à cet endroit) bercés par le son des cloches des vaches qui paissaient tranquillement au loin.

La semaine suivante, nous partions, laissant derrière nous la chaleur des maisons de la ville, le bruit des voisins qui, fenêtres ouvertes, profitaient, jusque parfois très tard, de soirées de vacances qui précédaient des matins sans réveil.

Le trajet fut l'occasion de revoir des paysages et des endroits que nous avions traversés à de nombreuses reprises, les vacances en famille ne pouvant se dérouler que dans le Jura. Nous avions huit heures devant nous pour savourer tranquillement ce que nous connaissions déjà bien.

Dans le calme d'une espèce d'exaltation paisible dont les enfants sont incapables, les pensées dérivaient, parfois interrompues par nos brèves conversations.

Le moment était propice aux voyages intérieurs où les souvenirs défilent de manière inattendue.

Et celui d'une permission particulière vers la fin de mon service militaire me revint à nouveau en mémoire…

Le bonnet de laine

Les réponses que l'on attend dans la solitude
Sont l'espoir du silence

Françoise somnolait par intermittence depuis que nous avions dépassé le Grand-Duché de Luxembourg. En approchant de Dijon, je lui jetai un regard furtif, me disant que le moment était venu de changer d'ambiance musicale. « Spiegel im Spiegel » d'Arvo Pärt me parut le meilleur choix. Et avec les premières notes, les kilomètres se mirent à défiler sans se presser. Cette musique d'un dépouillement extrême où chaque note n'appelle pas la suivante m'avait, dès la première écoute, fait perdre toute définition personnelle. Selon moi, aucun autre morceau ne peut à ce point rendre le silence vivant et palpable. Chaque note disparaît sans savoir si la suivante viendra. Rien n'est dévoilé, rien n'est écrit, rien n'est décrit ni évoqué. Chaque audition installe un vide intérieur si paisible, que seul celui que l'on est à ce moment précis peut y dériver.

Et à cet instant, ces notes suspendues éveillèrent le souvenir d'Arnsberg en Allemagne où j'étais caserné en 1975. J'attendais avec d'autres miliciens le camion qui devait nous emmener vers la gare où nous prenions le train des permissionnaires nous ramenant vers la Belgique. Nous quittions la caserne pour passer dix jours à la maison après être restés sept longues semaines loin de nos familles. Ou, pour moi, plus loin encore, là où une jeune fille décomptait les heures, avant de décompter les minutes demain vers midi sur le quai de la gare de Bruxelles-Nord.

J'avais bien évidemment écrit à mon parrain et à ma tante pour les informer du jour où je viendrais les saluer, dans le sens non militaire bien sûr. Mais cette visite se fit plus tôt que prévu. Dès le deuxième jour, je reçus des nouvelles alarmantes concernant l'état de santé de mon parrain. J'y allai en voiture avec mes parents afin de ne pas perdre de temps. À notre arrivée, toute la famille était réunie et ma tante me dit dans des sanglots que le médecin l'avait avertie que les jours de son mari étaient comptés. Son cœur avait gardé de graves séquelles d'une septicémie consécutive à une blessure de guerre mal soignée. Et il ne battrait plus longtemps, quelques heures à peine, voire un jour ou deux. Tout le monde était venu lui rendre une dernière visite avant qu'il ne quitte ce monde.

— Je monte le voir, dis-je avec dans la voix un mélange de fermeté et de crainte.

Il représentait tant pour moi. Et tous le savaient parfaitement. Les regards qu'ils posèrent sur moi suffisaient à me le dire, sans aucun mot, sans aucune note inutilement théâtrale. La chambre était dans la pénombre. Il y régnait une atmosphère étrange. J'eus l'impression d'entrer dans un lieu retiré du monde réel. Mon parrain s'assis sur son lit. Il portait un étrange bonnet de laine que je ne lui avais jamais vu porter. Il me regarda d'un air malicieux.

— Bonjour Parrain, comment ça va? lui demandais-je après l'avoir embrassé.

— Tout doucement, me répondit-il d'une voix mal assurée. Il y a beaucoup de monde en bas! Les innocents…

Ce mot, je l'avais parfois entendu dans sa bouche lorsqu'il qualifiait les agissements vains de quelqu'un confronté à un événement pénible qu'il n'avait pu éviter. C'était ainsi qu'il exprimait sa tendresse, un peu comme pour tenter de dédramatiser le chagrin d'un enfant dont le ballon se serait envolé. Ses yeux clairs me percèrent et un sourire nous relia l'espace de quelques secondes.

— Je suis fatigué, me dit-il, je dors presque tout le temps. Tu es en permission pour quelques jours ? Tu vas rester un peu ici avec ta tante ?

— Oui, je vais rester ici, j'ai quelques jours de permission. Françoise va venir me rejoindre. Tu te souviens d'elle ? Je vous l'ai présentée juste avant mon départ pour l'armée.

— Oui, c'est une fille qui a l'air très douce et pas compliquée. Et jolie en plus…

— Tu t'en souviens très bien on dirait, répondis-je avec un clin d'œil. Je vais encore rester un peu avec toi pendant que tu te reposes.

Il s'assoupit rapidement.

C'est alors qu'assis sur le bord du lit, dans cette chambre enveloppée de silence, je ressentis comme des frémissements sous ma peau dans tout le corps. J'avais l'impression que des vagues minuscules, des chatouillements me parcouraient. Et de manière spontanée, comme si cela venait malgré moi, je posai une question silencieuse en fermant les yeux après avoir observé la silhouette de mon parrain paisiblement endormi. Cela m'était venu ainsi, sans y réfléchir et sans savoir le moins du monde où cette question était censée être entendue.

— *(Est-ce pour maintenant ? Doit-on se préparer ?)*

Après quelques secondes, j'entendis en moi la réponse dans le silence absolu de cette chambre. Un silence qui paraissait animé d'une vie propre et qui n'aurait existé que pour permettre cet échange.

— *(Il a encore le temps. Il verra même ton mariage.)*

Il n'y eut pas d'éclair lumineux, de musique céleste ou d'apparition miraculeuse. Juste deux phrases dont la réalité résonne aujourd'hui encore. C'était de l'ordre de la perception globale. Je n'avais pas à proprement parler entendu de mots distincts, mais ce que j'avais clairement perçu en avait l'aspect. Le doute n'avait aucune place dans mon esprit. Je savais que je n'avais pas fabriqué la réponse que je voulais entendre. Elle venait d'un ailleurs indéfinissable. Ce fut comme une annonce qu'une présence qui me sembla familière m'aurait transmise sans m'accorder la possibilité d'intervenir.

Mon parrain dormait toujours paisiblement. À cet instant, je me sentis proche de lui comme le seraient deux explorateurs arrivant à la limite du monde connu.

Lorsque je descendis, tout le monde était silencieux. Pendant quelques secondes, personne ne brisa le silence. Puis, regardant ma tante, je pris la parole.

— Il va se remettre, dis-je d'une voix claire qui traduisait une conviction absolue.

— Daniel, me dit mon papa, tu as entendu ce qu'a dit le docteur quand même ? Tu as toujours été un peu rêveur, mais il faut te rendre à l'évidence. Il est vraiment très faible. Pourquoi penses-tu que tout le monde est ici ?

Ma tante pleurait doucement sans dire un mot. Je la regardai, et tout le bonheur que je leur devais, toute la bienveillance qu'ils m'avaient témoignée me gonflèrent le cœur. Elle le vit dans mon sourire. Je fis un pas vers elle.

— Tante, ça va aller, tu verras. Tu peux pleurer, vous pouvez tous pleurer si vous voulez, mais ce n'est pas pour maintenant et…

Françoise interrompit mes pensées.

— Où sommes-nous ? J'ai dormi longtemps ?

— Non, mais tu dormais bien par moments. On est tout près de Dijon. Une petite pause ? On va bientôt arriver à une aire de repos avec restauration. Je me dégourdirais bien les jambes et je ne dis pas non pour un petit café.

En début d'après-midi, nous arrivions à Monnet-la-Ville, un petit village proche de Champagnolle. Nous y étions déjà venus à de très nombreuses reprises avec nos enfants. La première fois, il y a plus de trente ans. Le terrain, anciennement une ferme et ses dépendances, était divisé en deux grandes parties. Nous nous installions toujours dans la partie basse qui était séparée de la partie haute par une rangée d'arbres. La propriétaire, Madame Olivier, nous accueillit comme on accueille de vieilles connaissances, ce qui était le cas. Elle voyait « ses Belges » revenir une fois encore dans sa belle région.

Notre nouvelle tente, beaucoup plus légère que notre ancienne immense tente chalet, ne fut pas montée si rapidement que nous l'aurions cru. Sans doute avions-nous perdu la main ou, simplement, la main-d'œuvre et l'enthousiasme que nos enfants nous communiquaient à l'époque.

Le soir de notre arrivée, Madame Olivier avait invité les campeurs à un verre de l'amitié à l'occasion du 15 août. Les rencontres se faisaient devant l'ancien bâtiment de la ferme. Une partie avait été transformée en bloc sanitaire, une autre en petit comptoir où on pouvait acheter quelques produits alimentaires de base. La grange était devenue une salle de réunion et de restaurant où on pouvait prendre un repas très élémentaire. Les vieilles briques, les boiseries marquées par les années, les pavés et les poutres apparentes donnaient à l'endroit un aspect pittoresque, que les innombrables jardinières aux cascades de fleurs colorées accentuaient encore davantage.

À notre arrivée, il restait peut-être une vingtaine de vacanciers dans ce camping. L'endroit était très familial, pas de piscine, pas de salle de fête avec installation musicale, pas de terrasse ou de bar. L'endroit idéal pour les randonneurs ou tous ceux qui aimaient le calme et la tranquillité. Les Néerlandais étaient nombreux dans la région, ainsi que les Britanniques. Mais cette année-là, nous avions remarqué qu'il y avait des voitures d'autres pays. Après quelques verres de rosé pamplemousse, les barrières de la langue furent enjambées avec des réceptions parfois un peu hasardeuses. Et, oubliant les frontières qui ne séparent que les pays, nous, habitant la France, les Pays-Bas, l'Allemagne, la Suisse, la Belgique ou tout autre endroit, nous sentions proches dans notre condition de simple humain. Lorsque nous sommes en présence de gens venant d'horizons divers, nous réalisons souvent que nos convergences sont plus nombreuses qu'on l'aurait d'abord cru, et nos difficultés de communiquer l'essentiel se résolvent en grande partie par des codes universels. Mais surtout, parmi les voyageurs, on trouve pas mal de polyglottes…

La soirée fut très conviviale. Nous l'avons terminée sous le ciel étoilé avec un couple de Britanniques avec qui nous avions rapidement sympathisé. Leur français était touchant de bonne volonté. Une tentative sympathique de se mêler à la francophonie de manière… grammaticalement amusante. Cela rendit nos premiers contacts vraiment drôles. Quelques heures plus tard, nous étions assis à quatre devant notre tente. La nuit était fraîche et le ciel, sans nuages, piqueté d'étoiles. Nous avons parlé (en anglais cette fois) jusqu'à une heure très avancée. Ils étaient tous deux professeurs de musique, ce qui permit des échanges enrichissants concernant les périodes musicales, les compositeurs et nos préférences respectives. Mais bien d'autres sujets suivirent, la situation sanitaire fort préoccupante, la famille, nos deux pays avec leurs usages et leurs habitudes, les grandes questions mondiales, l'alimentation, nos habitations, le Brexit… Il est tellement agréable de visiter un pays inconnu en dégustant un bon whisky confortablement installés dans une nuit dont on ne perçoit pas les limites. Ils repartaient le lendemain et, pour alléger leurs bagages, ils nous ont fait cadeau de la bouteille de ce whisky qu'ils nous avaient fait découvrir. Il reste mon préféré aujourd'hui encore.

Nous nous sommes endormis dans le calme incomparable de cette belle nuit. Je savourais d'avance mon café du matin que je ferais à la bouilloire et que nous boirions pieds nus dans le gazon, éveillés en douceur par le tintement des cloches des vaches.

Et comme tous les soirs depuis ma chute, je regardai ma montre et vérifiai que l'heure correspondait bien à celle de mon téléphone.

Et comme tous les matins depuis ma chute, je vérifierais dès mon réveil si les deux heures correspondaient toujours.

Et comme tous les matins depuis plus de quarante ans, je poserais surtout les yeux sur Françoise.

Le vieux vigneron

Quand l'autre s'ouvre à nous
Il ouvre également parfois un tiroir que nous avions oublié

Après les inévitables courses, nous avions décidé de nous rendre une fois encore sur le site de Baume-les-Messieurs, une reculée très impressionnante en forme de fer à cheval que l'on peut admirer depuis un point de vue si vertigineux, qu'il semble accroché en plein ciel. Les deux extrémités de cet immense fer à cheval, véritables murs de roche, encadrent un paysage superbe qui se perd à l'horizon. À partir du point de vue, un sentier aménagé mène tout en bas, jusqu'à une cascade dont les filets d'eau scintillants s'éparpillent en forme d'éventail sur un rocher arrondi par les millénaires.

Cette cascade était un de nos endroits préférés. Nous avons terminé notre pèlerinage par une promenade sur la bute de Château-Chalon, un village perché en hauteur. De nombreux vignerons y sont installés. Le choix est difficile entre les modestes caves d'artisans, héritiers du savoir-faire des anciens, ou celles, plus modernes, privilégiant l'allure commerciale. Le vin du Jura occupe une place prépondérante dans la vie de l'endroit, et surtout le célèbre vin jaune, qui porte ici simplement le nom de Château-Chalon. Le vieux village, ses rues étroites, son panorama sur les vignobles en contrebas et ses nombreuses caves de dégustation en font un lieu très fréquenté en haute saison. Mais à la fin de l'été, on peut y flâner de manière plus tranquille.

Au moment où nous nous apprêtions à quitter le village, un vigneron qui semblait très âgé nous proposa d'entrer déguster ses produits. Il était assis en haut d'un escalier aux marches irrégulières usées par les années, qu'il nous invita à gravir pour accéder à la pièce dans laquelle il recevait les acheteurs potentiels. Le mobilier très rustique et l'agencement rudimentaire de l'endroit donnaient une idée de ses priorités. Seul le vin avait de l'importance à ses yeux.

— Je vous offre un blanc pour commencer ? nous demanda-t-il après nous avoir accueillis chaleureusement.

— Je veux bien goûter le blanc, répondit Françoise.

— Pourquoi pas ? ajoutai-je.

Il nous en servit un petit verre que nous dégustâmes tandis qu'il nous donnait des précisions sur la couleur et les arômes tout en nous expliquant ce que sa cuvée avait de spécifique.

— Vraiment étonnant, dis-je satisfait. C'est déjà un petit vin jaune, me semble-t-il. Je pense bien que nous allons en ramener chez nous. Ce qui m'intéresse également beaucoup, c'est le marc du Jura. Il est très difficile à trouver en Belgique. Et terminer un repas par cet alcool est un sommet.

— Ah, je ne vous contredirai pas, répondit notre vigneron. Vous savez que si vous ne lavez pas votre verre quand il est vide, le lendemain, il sent les raisins secs ? C'est un alcool exceptionnel. Nous ne sommes plus très nombreux à en faire. C'est un produit très contrôlé et surtout bien plus rentable pour l'état que pour nous. Mais si vous êtes amateur…

— Plus que vous l'imaginez, répondis-je en riant.

— Bien, ça nous promet des matins brumeux, ajouta Françoise sur un ton de reproche amical.

— Moi, ajouta notre vigneron, ça me donne l'impression que le temps passe moins vite, que l'horloge s'arrête et que je suis enfin chez moi.

Cette dernière phrase me fit légèrement sursauter. Je ne sus que répondre. En un instant, tout ce qui m'occupait l'esprit depuis ma chute, et même déjà avant cela, remonta en bloc. Il fallait que je me décide à comprendre, que je cherche à savoir ce qui était en cours, peut-être malgré moi ou peut-être parce que j'étais prêt. En regardant ce vieil homme à l'allure si simple et heureux de partager l'amour de son travail, je me dis qu'il était temps pour moi d'entendre enfin certains mots et de voir clairement certains indices. Je vis dans son regard ce qui me sembla être une approbation muette. Sans doute approuvait-il simplement mon avis sur son marc. Nous le quittâmes emportant nos précieuses bouteilles.

— C'était une chouette journée, dis-je à Françoise tandis que nous repartions. Et ce soir, pendant que tu prépareras le repas, je vérifierai si le vin qu'on a acheté est toujours aussi bon.

— Mais oui, c'est ça ! Tu te prends pour le Seigneur de Château-Chalon ? Et moi pour… Eh attends, tu me donnes une idée ! Je trouve aussi que ce petit vin avait comme un goût d'apéritif. Si on repassait par Doucier ? Je crois que c'est là qu'il y a un bon restaurant, ajouta Françoise faussement dubitative avec un sourire dans la voix.

— Excellente idée ! Ça nous rappellera nos vacances avec les enfants. C'était vraiment la folie quand on y allait le dernier soir.

— Oui, surtout qu'ils avaient le droit de choisir ce qu'ils voulaient.

— Ben, il faut dire qu'à l'époque on ne roulait pas sur l'or. Des repas au restaurant, il n'y en avait pas souvent…

L'évocation de ces moments euphoriques nous rappela la joyeuse énergie qui nous animait lorsque nous arrivions à Doucier à l'époque de nos vacances familiales. Notre trajet du jour se poursuivit d'ailleurs dans la bonne humeur, le récit d'une anecdote en amenant une autre. Et en sortant de la voiture, nous étions presque comme des collégiens excités de faire leur première sortie. La grande terrasse qui surplombait le stationnement était seulement occupée par quelques couples ou familles. La serveuse, qui sembla amusée de nous voir si joyeux, nous proposa de choisir notre table. Tout en choisissant, j'évoquai le plaisir que nous avions parfois lorsque nous voyions un couple entrer dans un restaurant où nous étions installés. Ils palabraient, désignaient du doigt les tables encore libres, semblaient argumenter, hésiter, comme s'ils devaient se décider pour l'achat d'une maison. Pour éviter de donner cette image, nous nous décidâmes en riant pour la table la plus proche, car un autre couple semblait nous regarder l'air amusé.

— Des espions rieurs, tu crois ? demanda Françoise.

— Des rieurs qui pourraient rire ailleurs…

— Pff, au concours des rimailleurs, ils t'enverraient rimer ailleurs.

— Puisque c'est comme ça…

Je ne pus terminer ma phrase. En regardant Françoise pour savourer ma dernière réplique, qui resterait inachevée, je ne vis pas une chaise mal rangée. Je la fis tomber dans un vacarme qui ruinait notre arrivée que nous voulions discrète. J'avais failli tomber moi-même, me rattrapant de justesse à une table dressée dont deux verres tombèrent à leur tour, provoquant le rire de l'espion auquel je répondis par un signe de main rassurant et un air navré pour le dérangement. Ma dignité avait souffert, il me fallait retrouver une contenance acceptable, ce que je fis en passant la main dans mes cheveux pour rectifier le désordre que j'y avais mis malgré moi.

— Toi et tes espions rieurs ! Maintenant, ce sont des espions moqueurs, dis-je dans un rire étouffé.

La serveuse arriva, et fut rapidement rassurée de voir que seuls deux verres ne termineraient pas la soirée. Une ou deux plaisanteries plus tard, nous étions enfin installés.

La soirée fut très agréable. Plus rien ne fut renversé. Tout en discutant de diverses choses, nous avons pris conscience que nous retrouver en compagnie, même de gens inconnus comme dans ce restaurant, nous replaçait dans le monde. Depuis un certain temps, nos fréquentations se limitaient à quelques rares connaissances, à part nos enfants et leur petite famille bien sûr. Notre vie professionnelle et notre vie de parents nous avaient souvent donné le sentiment d'être dans un tourbillon de mille choses à faire, et cela, au milieu de l'agitation et de la frénésie d'une ruche bourdonnante. La retraite avait tout changé de manière assez radicale. Et les récentes consignes sanitaires n'avaient pas arrangé les choses. Ce repas sur cette belle terrasse nous raccrochait pour une heure ou deux à une espèce de train miniature où d'autres personnes, plus jeunes, voyageaient dans leur vie. Mais surtout, nous étions là, avec eux, et donc nous étions aussi en train de voyager, même sans enfants ou sans travail.

Et si être retraité redevenait « la liberté pour… ». Il nous restait bien des tiroirs à ouvrir et d'autres à refermer.

Avant de reprendre la voiture, le baiser spontané et inattendu que nous avons échangé à cet endroit, tels des adolescents seuls au monde, nous ramena à une époque qui, finalement, était toujours la nôtre. Nous y avions encore des choses à vivre…

Ce jour-là

Voir clairement, voir profondément
C'est marcher aujourd'hui
Et, déjà, être plus loin demain

En rentrant au camping après cet agréable et divertissant repas en amoureux, nous nous sommes installés devant la tente. Le soir tombait, l'heure idéale pour un thé à la lueur de notre lanterne extérieure. Devant nous, les pâturages s'étendaient jusqu'à un petit bois. Et les vaches se déplaçant lentement à la recherche de l'herbe la plus tendre, agitaient en douceur leur cloche, jouant sans le vouloir un air vespéral particulièrement paisible.

— Je t'ai dit que j'avais pris le texte du conte dont je t'ai déjà parlé ? demandai-je à Françoise.

— Oui, tu me l'as dit. Tu m'en as d'ailleurs assez souvent parlé.

— Je radote, c'est ça ?

— Un peu quand même.

— Je te sers ton thé, ma chérie ?

— Là, tu ne radotes pas par contre. Quoique… quand tu m'appelles « ma chérie », j'ai toujours l'impression que tu te moques de moi. Mais pour revenir à ce fameux texte, c'est bien le professeur que tu as vu dans ton drôle de rêve qui vous l'avait lu ?

— Oui, la fin de l'année scolaire était proche. Je me souviens que nous étions assez dissipés. À un certain moment, il nous a regardés sans plus dire un mot. On a tous pensé que notre attitude allait nous valoir une mise au point. C'était un professeur respecté, très passionnant et très calme. On ne l'a jamais vu perdre patience. Il faut dire aussi que dans l'enseignement supérieur, le public est bien plus mature. Mais quand même, ce jour-là, nous étions nerveux et assez remuants. Et je ne me moquais pas de toi, ma chérie.

— La fin de l'année était proche, normal d'être remuants, répondit Françoise.

— Oui, et les examens aussi. Bref, il nous a dit qu'il allait nous raconter une histoire ou plutôt un conte philosophique en quatre parties. Après la première partie, il nous lirait les trois autres à la fin des trois cours suivants qui étaient d'ailleurs les trois derniers de l'année. Quand il a commencé, il n'y avait plus le moindre bruit en classe. Peut-être que ce qui nous avait calmés si rapidement était la perspective d'entendre une histoire. À moins que ce soit le fait de nous avoir dit que cela serait ajouté à la matière de l'examen…

Tout en évoquant ces moments, j'avais posé devant moi le texte photocopié par Monsieur Bériot et que nous avions tous reçu à l'époque. Françoise était à présent installée, un châle sur les épaules et son livre du moment sur les genoux. Dans le pâturage au loin, des filets de brume flottaient à quelques dizaines de centimètres du sol entourant les pattes d'une vache qui semblait émerger d'un nuage. Une vision magique, un moment de poésie visuelle et de profonde plénitude dans cet endroit où le monde avait abouti ce soir-là. Je ne savais pas en commençant ma lecture qu'elle me porterait si loin, au-delà de l'imaginable, jusqu'à une réalité inévitable et cachée, pour un temps seulement…

En relisant le titre de la première partie, ce fut comme si la voix de mon professeur résonnait en moi. Il nous avait simplement expliqué qu'il allait nous parler de quelqu'un qui, accablé par un problème qu'il jugeait insurmontable, allait quitter sa maison. Il ne supportait plus d'être enfermé entre des murs qui lui renvoyaient en permanence la détresse dont il les avait imbibés en tournant sa difficulté dans tous les sens. Et il allait marcher; parcourir durant un temps non défini une distance sans aucun repère géographique précis.

Dans un silence impressionnant, notre professeur nous lut le début de ce périple qui allait progressivement devenir pour le marcheur du conte une découverte de son chemin intérieur.

Ce jour-là

Lorsqu'il était parti de chez lui ce jour-là, rien ne lui avait indiqué qu'il entamait LE voyage.

Celui qui vous bouleverse, qui vous met en présence de la seule personne à qui vous ne vous attendiez pas.

La porte, celle de sa maison, était fermée. Déjà, il s'éloignait. Seul le claquement qu'elle avait fait entendre résonnait encore dans sa tête. Autour de lui, des maisons, toujours pareilles. Et derrière lui, cette porte, paravent à secrets. Il marchait, sans réfléchir, emportant avec lui l'écritoire verrouillée de sa vie, le grimoire inquiétant de ses doutes, mais aussi la feuille très précieuse sur laquelle il griffonnait sans cesse une nouvelle et improbable recette d'espoir. Cette feuille agitée par le vent de ses pensées, et qu'une simple bourrasque pouvait emporter.

Il leva machinalement les yeux. La vue des nuages lui fit du bien. C'étaient les nuages de son enfance. Défilèrent alors dans sa mémoire des images de plage, de jeux dans l'herbe et de gnomes cachés entre les racines tortueuses des arbres. Oui, il se sentait parfois libéré et presque heureux l'espace de quelques secondes, de quelques secondes trop rares…

C'est à cet instant qu'il prit conscience d'une présence. Ou plutôt était-ce l'impression diffuse qu'il avait d'être accompagné depuis son départ déjà, qui se précisait davantage. Ce n'était pas vraiment quelqu'un qui marchait à ses côtés ou qui le suivait. D'ailleurs, il se retourna et ne vit personne. Non, c'était comme… comme s'il s'était scindé et qu'une partie de lui l'accompagnait.

Il sentit à nouveau le poids de sa vie, imperceptible pour les autres. Ce ne pouvait être un événement vécu ni un mot entendu à cet instant qui le faisait souffrir, puisqu'il se promenait seul ! De quel ordre était donc ce malaise, invisible pour les autres et pourtant si réel pour lui ? La souffrance, peut-être est-ce marcher en soi sans apercevoir le moindre panneau indicateur, tenaillé par la peur de devoir se croiser indéfiniment, seul à savoir, seul à se voir.

Il s'arrêta à nouveau. Personne, et pourtant il sentait sur lui un regard doux et familier. Mais à ce même instant, il eut également de lui une image de détresse, comme celle d'une poupée que l'on aurait habillée de tristesse. Que l'on aurait ? Mais qui ? N'était-il pas à la fois tailleur et mannequin ? Tailleur d'un vêtement confectionné pour un mannequin défilant devant le seul tailleur...

Pitoyable dans la complaisance ou complaisant dans l'apitoiement ?

Toujours arrêté, il regarda autour de lui se demandant soudain ce que pouvaient penser les gens qui le voyaient ainsi, immobile au milieu du trottoir. En fait, il se sentit soudain décalé par rapport à l'endroit, car enfin, la rue est un lieu de passage. S'y arrête celui ou celle qui reprend son souffle ou qui admire les fleurs décorant une fenêtre, pas celui ou celle qui ne regarde rien. L'absurde et l'inutile avaient pris en un instant la forme des maisons de la rue. Des maisons, pour y faire quoi ? Oui, c'était cela, il vivait hors de sa vie comme il vivait hors de ces habitations. Quelqu'un lui avait fait du tort, le lestant d'un mal de vivre tenace et à présent, cela le poussait à marcher malgré lui.

Oui, il souffrait, et cela tenait même parfois du théâtre, comme à ce moment précis par exemple.

Et à d'autres moments, au contraire, il pouvait se sentir en paix, en harmonie avec le monde et se dire enfin que tout allait de soi. Alors, en un instant, ses pas, sa respiration, la rue, la minute présente : tout devenait l'expression de l'évidence, tout existait depuis toujours.

N'être, l'espace d'une seconde, qu'un instant de calme dans un silence éternel... quel soulagement !

Il reprit sa marche. C'était l'après-midi et le soleil donnait du relief au paysage, pourtant limité, qui l'entourait. Il passait sans cesse de l'ombre au soleil au gré des bâtiments ou des arbres qu'il croisait. Chaud moins chaud, soleil ombre, semblait lui dire la rue sans qu'il puisse décider lui-même. Mais, il aurait pu marcher sur le trottoir opposé, en plein soleil, ou s'arrêter à l'ombre.

La rue lui fit penser au décor dans lequel sa vie se déroulait, les zones d'ombre et de lumière étant comme son existence, une succession de contrastes. Être au soleil ou non est un constat et se révèle donc incontrôlable dans l'instant. Mais, lorsqu'il regardait plus loin, il était en mesure de connaître la succession des zones d'ombre et leur importance. Il savait alors que s'il parcourait les trois prochains mètres au soleil, il lui faudrait ensuite progresser à l'ombre pendant trente mètres.

Depuis qu'il avait repris sa marche quelques minutes plus tôt, cette autre partie de lui qui l'accompagnait, avait tendance à le rejoindre, à se réintégrer. Il vivait une espèce de présence sans bords aux contours difficilement perceptibles. Et lorsque le pas suivant le mit à nouveau au soleil, et sans que rien ne l'y ait préparé, il comprit que cette présence était sa part lumineuse et vaste, celle qui justement lui échappait ces derniers temps.

Et elle reprit soudain sa place ! Je compris enfin que c'était moi qui marchais. Et l'inéluctable se révéla alors à mes yeux sous la forme de ces taches d'ombre et de lumière qui s'étalaient sous mes pieds. Je réalisai que mon regard était essentiel. Ce jour-là, je pris conscience que j'étais ce tailleur et ce regard compatissant, mais aussi ce poids invisible. Je sus enfin que ma vie m'appartenait et que si je n'étais pas responsable des zones d'ombre et de soleil, je l'étais de mes pas.

Je repense souvent à ce jour où la secrète et impalpable alchimie des choses m'a livré sans mots et sans formules une des clefs essentielles. S'il y a un secret, alors le regard clair et honnête que je pose sur tout me le révélera. Je compris qu'un des miracles de la vie était là.

Depuis ce jour, je n'attends plus le coup de baguette magique qui viendra me sauver. Je sais qu'il m'appartient de marcher ou non. Je ne vois plus simplement les choses et les gens, je les regarde.

Avant cela, je voyais les mouches voler et cela me dérangeait. Aujourd'hui, je les observe et les découvre investies et besogneuses. Nul battement d'ailes inutile. Elles ne volent pas au hasard, ne marchent pas sur ma table au hasard. Et lorsque j'en croise une, c'est une vie, une autre vie que je croise.

En fait, ma propre existence n'avait été et ne serait qu'une série de croisements. Cette mouche, la moindre rencontre, la plus insignifiante des pensées, un souvenir, un sentiment, un bruit, la pluie sur mes vitres, le goût ou simplement l'envie de café et tous les autres événements, innombrables, que j'avais vécus m'avaient amené, de choix en choix ici et maintenant. J'avais, à chacun de ces « maintenant » de ma vie, regardé pour ensuite décider de m'arrêter, bifurquer, continuer ou rebrousser chemin, me retrouvant ainsi à un autre croisement, et un autre, et encore, et encore...

Ainsi, de croisement en croisement, ce que l'on appelle parfois le destin avait tissé sa toile, tracé ma route. Je trouvai la formule délicieusement plaisante dans son ironie. Voulant tout de même me délester d'une partie de cette écrasante responsabilité personnelle, je me dis que j'avais aussi parfois été, malgré moi, dévié à certains carrefours ou percuté, renversé, arrêté, et que cela se produirait, sans aucun doute, encore.

Je n'étais donc pas responsable de tout. Les accidents existaient, certaines trajectoires m'étaient imposées, tout comme j'en imposais parfois à d'autres. Bien sûr ! Mais, à quel moment m'étais-je déjà retrouvé par le plus complet des hasards à un croisement, parachuté de nulle part, par personne ? Et d'ailleurs, l'accident ou la trajectoire imposée me mettait face à un nouveau choix. J'avais toujours été là où je m'étais rendu, et aujourd'hui aussi je me trouvais au seul endroit inévitable, à la dernière intersection de toutes mes immanquables trajectoires.

Cela me paraissait assez judicieux. Seul l'arbitraire, qui pouvait parsemer ma vie de lames tranchantes et de précipices instantanés, échappait à tout contrôle. Comment dès lors négocier avec le hasard ou la malchance ? Et quel sens y trouver ? La réponse serait peut-être pour plus tard.

Je marchais toujours, mais en avançant cette fois de manière éveillée et responsable, car savoir que mon regard m'appartenait me permettait de choisir ma route et également d'apaiser mes pensées.

Mes pensées… Chaque pensée, étincelle de conscience, éclairage personnel sur ce qui est. Comment étais-je passé à côté de cette lumineuse évidence ? La façon dont je regarde, le point de vue : si simple que cela devenait absurde. Non pas sur le fond bien sûr, mais sur le temps perdu à découvrir qu'il faut regarder pour voir ! Mon point de vue, mon regard, peut faire naître en moi une brise rafraîchissante, un souffle léger, une bourrasque ou une tornade. Je suis alors comme la mèche de cheveux qui s'agite et brille au soleil, comme la cime d'un arbre qui se balance à la tombée du jour, comme la très précieuse feuille de papier qui s'envole ou comme l'océan déchaîné qui dévaste tout ce qu'il touche ou tout ce qui le touche.

Nul ne verra jamais le vent, mais tous pourront voir ses effets. Nul ne verra jamais les pensées, mais tous pourront voir leurs effets : actes et paroles. N'agir que sur ces effets et me forcer à l'immobilisme, m'imposer le silence ou arrimer mes précieuses possessions contre les tempêtes ? L'apologie de l'incarcération ou du risque en quelque sorte. Possible, difficile, mais possible.

À moins d'agir sur la cause ou plus simplement sur mon point de vue et ainsi calmer le vent qui souffle en moi. L'apologie de la sérénité. Oui, cela me tentait davantage.

À quoi bon arrimer le monde si le vent n'y souffle plus ?

Autour de moi, des champs. Ceux où mes pas m'avaient conduit. Qu'avais-je à y faire ? Un oiseau passa sans bruit. En le regardant s'éloigner, je sus que mon voyage avait à peine débuté.

*****

En déposant le texte sur la table, je levai les yeux vers le ciel. La nuit était calme et sans limite dans un silence semé d'étoiles. À côté de moi, Françoise était toujours plongée dans sa lecture. Je ne dis rien, n'osant pas agiter la grandeur tranquille qui nous avait absorbés. Après quelques minutes, elle leva les yeux.

— Tu as terminé ta lecture du soir ? me demanda-t-elle.

— Oui. Mais quand même, chaque fois que je relis ça, je m'étonne.

— De quoi ?

— D'avoir accroché. Bien sûr c'était dans le cadre d'un cours. Mais j'avais 20 ans, l'âge où les goûts vont souvent vers autre chose. Ce texte est lent, parfois hermétique, ça tourne en rond. Et pourtant ça ne me déplaisait pas.

— Tu as toujours eu des goûts bizarres, sauf quand tu m'as choisie, dit-elle dans un sourire.

Quelques minutes plus tard, après une dernière petite balade sanitaire, nous avons rejoint notre tente. Et enveloppée de la caresse molletonnée de notre sac de couchage, Françoise s'endormit rapidement. Quelques phrases de ma lecture continuant à résonner en moi, je glissai plus lentement dans le sommeil.

La Coccinelle

Pour l'homme, la montagne est une silhouette sur le ciel
Pour la fourmi, un caillou l'est déjà

En nous éveillant après notre soirée de lecture, nous avions l'impression de revenir de nulle part. Oui, nulle part, cet endroit où le sommeil nous déposait à chaque fois que nous faisions du camping. Était-ce la proximité du sol qui nous permettait de recharger davantage nos batteries ? Ou la présence plus immédiate de la voûte céleste, dont seule une toile nous séparait, qui nous permettait de dériver en apesanteur, là où aucune énergie n'est gaspillée ? Peu importe, nous étions assis devant notre café, les pieds dans l'herbe où perlait la rosée. Juste là, au bon endroit. Celui où tout est à sa place.

— J'ai bien aimé relire la première partie de ce conte hier soir, dis-je entre deux tintements de cloches.

— Oui, je l'ai remarqué, répondit Françoise. Tu avais l'air vraiment absorbé.

— Je me rends compte à quel point ce texte m'a marqué. Je l'ai lu plusieurs fois après mes études. Je me demande ce que peut bien être cette partie manquante ? Et pourquoi il ne l'a pas donnée et surtout pourquoi il m'en a parlé dans cette espèce de rêve ?

— Rien ne prouve qu'elle existe. Et même si c'est le cas, comment pourrais-tu la retrouver ?

— Il m'a dit que nous nous reverrions encore deux fois. Et il m'a aussi dit de surveiller ma montre.

— Tu verras bien, me dit Françoise. Bon ! Programme pour aujourd'hui ?

— Aucune idée.

— Alors, je propose d'aller d'abord jusqu'à la fruitière du village. Le comté qu'on achète ici est vraiment bien meilleur que celui qu'on trouve en Belgique.

— Bien d'accord. Et ensuite, on pourrait aller se balader jusqu'au Lac de Chalain ? proposai-je.

— Par le chemin des taons ?

— Oh oui ! Cette balade avec les enfants... On l'avait presque terminée en courant pour leur échapper. Ils étaient enragés ! Enfin, je parle des taons, précisai-je en riant.

— J'avais compris. Les Belges doivent avoir un goût exotique pour les insectes locaux.

Mais à l'époque tu n'en riais pas vraiment.

— Ben que veux-tu ? En faisant attention aux taons, on ne regarde pas où on met les pieds et les vaches laissent traîner des souvenirs partout.

— La joie des sandales, conclut Françoise en riant à nouveau de ma mésaventure.

La journée se passa sans rencontres bourdonnantes et en évitant d'écraser indélicatement les souvenirs du passage des vaches. Nous retrouvions le bonheur simple des promeneurs qui découvrent le paysage au gré des courbes des sentiers. Voir le monde à vitesse humaine à cet endroit, c'est transformer les pensées en arbres, en collines boisées et en pâturages jusqu'à ne plus être que celui qui marche.

Ce soir-là, fidèles à ce qui était devenu l'incontournable rituel de fin de journée, nous nous sommes installés devant un thé fumant. Françoise ouvrit son livre, un sourire de contentement aux lèvres, tandis que je commençais la lecture de la deuxième partie du conte.

Marcher, un acte si banal, m'avait ouvert les yeux. J'avais avancé en moi, avec moi, suivant le guide qui paraît lorsque l'on abandonne les idées toutes faites et le savoir inculqué. Perméable jusqu'à ne plus être moi-même que pluie, je m'étais imbibé de l'essentiel. Assez en tout cas pour réaliser que le vernis des connaissances peut parfois enrober, sans l'assécher, l'éponge que nous sommes. Je compris qu'en égratignant le vernis, l'eau pourrait jaillir, et, que bien plus tard, lorsque l'éponge aurait disparu, il ne resterait que l'eau.

À la vérité, une éponge ainsi traitée était surtout plus confortable à manipuler. Plus de gouttes à essuyer. Restait tout de même la soif. Une soif que notre nature fondamentale, l'eau, pouvait seule étancher ! Voilà bien là un des paradoxes que j'avais compris en marchant, simplement.

Combien de temps s'était écoulé entre ce claquement de porte et mon arrivée dans les champs ? Une question somme toute peu importante. J'avais pris le temps d'apprendre à regarder. Ni plus ni moins. Regarder sans interpréter, regarder avec honnêteté et voir des fleurs où il y en a et des cactus où il y en a. Sans m'inventer d'histoires. Sans me raconter de balivernes. Au début de ce voyage, le trajet m'attendait. Tout était prêt, j'étais prêt. J'avais marché comme on parcourt un livre, en m'arrêtant à certaines pages…

Une vie parfois de questions sans réponse, mais souvent de réponses sans question, m'avait confectionné une paire de lunettes, ou plutôt des œillères. Une vie à les confectionner, et quelques pas en rue pour les faire tomber et lire instantanément des mots lumineux sur ces pages translucides.

J'étais donc arrivé dans les champs. Me tenant debout, simplement là, disponible, je laissai d'abord mon regard errer, sans chercher. À tel point que j'eus un moment l'impression que c'était le paysage qui se déplaçait. Je vis au loin la silhouette des bâtiments de la ville, nimbée de cette brume qui rend poisseux le vacarme incessant. Ces convulsions permanentes de la vie minutée m'arrivaient après avoir percé un brouillard jaunâtre sur lequel le bleu du ciel s'était posé.

Je me sentais à ma place, petit jusqu'à devenir invisible en regard de ce bleu qui englobait tout. Petit et pourtant capable d'infléchir favorablement la courbe du bien-être. Il me suffisait de laisser ce coquelicot à sa place ou de me contenter d'observer cette coccinelle qui se promenait au dos de ma main. Et c'est précisément en la regardant, que mon attention fut attirée par l'ombre de ma main qui glissait sur le sol. Cette ombre suivait les irrégularités de la terre, changeant ainsi la forme de mes doigts. Continuant à déplacer ma main, je m'amusai d'abord de ces transformations de silhouette sur l'écran formé par le sol.

Je voyais deux mains. L'une, indiscutable, éclairée par le soleil. Et l'autre, improbable, changeante, mais tout aussi indiscutable pour la terre ou l'insecte sur qui elle se posait. Je voyais deux mains, réalisant qu'il n'y a rien de définitif derrière les apparences. L'ombre ne rend pas les volumes et altère les silhouettes. Image sombre des contours, elle occulte la réalité plus glorieuse des couleurs et des formes.

Et si la vie, ici, s'apparentait à cela : une pâle transposition dans un monde à trois dimensions d'une réalité supérieure. Avec quelques instants d'harmonie qui nous font pressentir que nous sommes bien plus que ces images sur le sol.

Quelques instants miraculeux durant lesquels l'enivrante différence entre l'ombre que nous voyons et la réalité que nous sommes, nous comble du bonheur d'attendre de pouvoir entrer dans la vraie lumière, celle de l'intérieur, la seule qui ne puisse projeter notre ombre.

Et si vraiment rien de définitif ne se cachait derrière les apparences de nos vies ? Et si le manque universel s'apparentait à une vaine tentative de reconstruire à partir de l'ombre, les couleurs, les formes et la vie du modèle ? Que tentaient de dire les poètes, les musiciens, les peintres sinon l'ineffable, la lumineuse transcription de dimensions impossibles ici et maintenant ?

L'insecte se promenait toujours, laissant sur ma main une ombre minuscule visible aux endroits qu'il ne masquait pas lui-même. Mon attention fut à nouveau attirée par l'image de ma main sur le sol, mais surtout par une fourmi qui progressait dans ce qui devait lui apparaître comme une succession d'obstacles gigantesques : un tumulte de terre, de cailloux et de végétation. À peine de quoi combler les dessins de mes semelles. Comment voyait-elle le monde de si bas et si petite ? Comment la Lune voyait-elle le monde ? Et comment le voyais-je, moi, dans l'intervalle entre ces deux points de référence ?

La minuscule créature s'approchait de l'endroit où commençait l'ombre de ma main. Par un petit effort de volonté et abandonnant mon point de vue privilégié, je tentai d'imaginer ce qu'elle voyait. Sans doute une surface très accidentée parsemée de blocs de terre séchée, granuleuse, dans un enchevêtrement de brins d'herbe : des arbres pour elle. Mais ce qui me frappa surtout, c'était de voir à deux niveaux simultanément.

Je voyais d'une part l'ombre quelque peu déformée de ma main. Mais lorsque, en esprit, je me rapetissais jusqu'à devenir fourmi, je ne voyais plus qu'une partie de l'ombre : celle qui couvrait les reliefs du sol me faisant face. Quant à ce qui se passait sur les autres versants de ces montagnes-cailloux… mystère. Comment le savoir ? Comment évaluer la succession des zones d'ombre et de soleil ? Cette fourmi avait-elle moins que moi dans la rue l'occasion de diriger ses pas en conscience ? À moins qu'il n'y ait qu'une erreur de niveau ? De plus haut, j'ai l'avantage et je vois que le versant caché pour elle est à l'ombre également. Des pattes de fourmi se déplacent dans un autre monde. Son regard est à une échelle différente. Son horizon ne peut contenir toutes mes décisions, et ses décisions ne peuvent explorer tout le mien. Un géant aurait eu, par rapport à moi, le même avantage, mais le géant ne progresse pas dans le même univers. Et surtout, il avance dans sa vie.

Mais moi, j'avais l'impression de reculer. Il était temps d'utiliser mon regard.

Je revins donc à cette coccinelle qui explorait en spirales le dos de ma main. Qu'avait-elle à y faire ? Cherchait-elle quelque chose ? Suivait-elle une piste que je ne pouvais voir ? À quoi bon ces questions ? Mes interrogations du moment s'étaient posées à un autre endroit. Je devais regarder, ce que je fis avec plus de calme, libérant mon esprit de ce qui l'encombrait, créant un vide où la réponse pourrait se déposer. Et sur ce vide, se posèrent, léger, quelques souvenirs, des bribes de formules, des traces d'une vie d'avant mon arrivée dans les champs et de mon récent trajet en rue. « Être à l'ombre ou non est un constat… incontrôlable dans l'instant. Mais, lorsqu'il regardait plus loin… Il savait alors que… les trois prochains mètres au soleil… à l'ombre… responsable de mes pas. »

Pas si simple ici. En rue, l'ombre est prévisible. Les maisons ou les arbres prélèvent… Prélèvent ? Ne prélèvent rien, sont là simplement, malgré le soleil ou la pluie. Je réalisai alors que ce tout premier contact depuis mon départ avec d'autres êtres vivants, fussent-ils coccinelle ou fourmi, m'avait permis de comprendre. De comprendre que c'était moi qui prélevais du soleil et qui les mettais à l'ombre.

Pas trop vite, me dis-je. Un entonnoir peut, dans sa partie supérieure, recevoir un ou plusieurs liquides et les faire passer dans un récipient au col étroit où ils se mélangeront. Mes pensées se bousculaient également, mais pas question de les appréhender collectivement. Je ne voulais pas devenir un entonnoir à pensées. Depuis mon départ, depuis ce claquement de porte, les pensées avaient jailli. Je les suivais comme on aurait suivi une série de fontaines bien alignées, inévitables. Mais il me fallait boire à chacune de ces fontaines, avancer de l'une à l'autre sans perdre les goûts successifs.

Plutôt qu'entonnoir et tonneau mélangeur, je me voulais collection d'éprouvettes, d'échantillons. Avant de pouvoir discerner les arômes mélangés, il faut les fixer un à un en nous.

Je revins donc à ces ombres dans la rue.

Les maisons, les arbres existaient entre le soleil et moi, et donc je pouvais éviter leur ombre en dirigeant mes pas.

Le nuage qui venait masquer le soleil était, par contre, inévitable, mais prévisible. Comme certains accidents. Je vois l'ombre du nuage qui approche, sans intention de sa part, et je me trouve à l'ombre à l'endroit où j'ai choisi d'être, à la dernière intersection de toutes mes immanquables trajectoires. Je ne choisis pas l'accident, mais je me trouve à l'endroit où il se produit, et certains endroits sont propices à l'ombre dominante. Certains endroits sont plus exposés que d'autres.

Le pur hasard perdait du terrain, pourrais-je un jour lui ôter le dernier lopin où il s'était retiré ?

Je sentis la tranquillité s'installer en moi. L'eau de ces fontaines y coulait bien nette, avec cette paisible assurance, cette force immanente que seule la douceur du combat évité peut éveiller. Ne pas penser que l'ombre cherche à nuire et donc ne pas devoir combattre cette idée. Douceur d'avoir accepté l'ombre comme étant simplement là.

À quoi bon maudire l'ombre si ce sont mes pas qui m'y ont conduit ? Et est-il plus utile de me lamenter sur ces pas déjà faits ?

Et à quoi bon maudire l'ombre du nuage, cette ombre qui me rejoint sans que mes pas m'y conduisent ? La pénombre et le froid ne sont ni châtiment ni perte d'un combat. Le seul combat à mener l'avait déjà été, à chaque croisement, à chaque intersection de ma vie avec tout phénomène. Et sur ce terrain d'affrontement, j'étais face à moi-même depuis le début...

Ces pensées qui défilaient en moi m'apaisaient un peu. Elles coulaient comme l'eau de ces fontaines, éteignant certains feux ou calmant leur ardeur. Seules subsistaient quelques flammèches ou fumerolles s'échappant de braises noircissant, enfin.

Et la fourmi, elle, avançait toujours. Elle allait quitter l'ombre de ma main. Quant à la coccinelle, elle se décida à me laisser et s'envola, traçant sur le sol un trait assez régulier et fugace de l'épaisseur de son ombre.

À quoi bon maudire l'ombre, pour cette fourmi ? Le soleil lui avait été dérobé malgré elle à l'endroit où elle avait choisi d'être. Et en regardant ma main, j'avais réalisé que c'était mon côté éclairé qui faisait de l'ombre. Et que l'on ne peut pas prendre deux fois le soleil au même endroit.

La porte qui avait claqué, se refermant sur ma douleur, la masquant comme un paravent à secrets, resterait close un bon moment encore. Il me fallait poursuivre mon chemin. Mais déjà, l'ombre qui n'est que pour moi, devenait plus compréhensible dans ses mécanismes.

J'avais souffert, je souffrais encore de me trouver trop souvent à l'ombre d'un autre ou de plusieurs autres, mais parfois également à l'ombre d'un arbre, d'une maison ou d'un nuage. Bien, me dis-je, la seule ombre que je puisse donc vraiment contrôler est celle que je fais. Et si je prends le soleil d'un autre, ce n'est pas nécessairement parce que je suis plus fort ou plus rapide que lui, mais peut-être simplement parce que je ne suis pas à la bonne place. À moins que ce ne soit lui…

J'allais pouvoir quitter la fourmi, ne plus lui dérober son soleil. Je savais grâce à elle que le côté éclairé pour moi, était ombre pour l'autre. Prendre le soleil de l'autre ? Le lui laisser ? Qui était à sa place ?

Autour de moi, des champs. Mais plus les mêmes. Le bien-être et l'harmonie avaient, à la façon d'une théière que seul son vide justifie, constitué le réceptacle de ce deuxième breuvage, de ce cordial qui mettait le monde à un autre diapason.

Deux étapes à mon voyage et deux petites phrases à emporter ailleurs.

Voir pour éviter de trébucher ou de trop trébucher.

Et voir comme avec les yeux de l'autre pour éviter de le faire trébucher.

Derrière moi, la poussière que soulevaient mes pas, se déposait. Des dinosaures l'avaient peut-être foulée également durant l'époque d'avant la mémoire.

Une autre fourmi que je venais d'éviter continua de marquer dans cette poussière les traces, effaçables, de son passage ici-bas. Je souris de la voir s'affairer avec tant de conviction à des occupations que j'aurais pu réduire à néant en un instant, en faisant un simple pas maladroit. J'avais compris la leçon.

Le cœur gonflé des bonnes intentions que je voulais croire, je me mis en route vers la ville toute proche et vers d'autres révélations.

*****

Françoise ne lisait plus. Son regard errait sur le ciel où brillaient une multitude d'étoiles. Je me levai, vins me placer derrière elle et posai mes mains sur ses épaules. Nous avions retrouvé un autre goût. Celui d'être ailleurs et de glaner les minutes trop rares où nous nous savons petits dans un univers infini. Des minutes où un simple thé et quelques lignes lues à un endroit où aucune paroi ne nous sépare de la totalité, suffisent à nous rendre heureux.

— Alors, me demanda Françoise, toujours aussi passionnant ?

— Passionnant, je ne dirais pas. Comme je te le disais, c'est avant tout un outil pédagogique. Ce texte représentait une partie de la matière de l'examen.

— Pas exaltant donc ?

— Ben, je ne crois pas que ce soit le but. Je confirme qu'il y a beaucoup de longueurs et que c'est parfois un peu confus. Les idées sont souvent exposées de plusieurs manières, elles se chevauchent. Enfin, comme je viens de le dire, cela fait partie de la matière d'un cours de philosophie, donc c'est ardu, surtout les deux premières parties. Ça nous a bien cassé la tête à l'époque. Mais tu sais que j'avais bien aimé et aujourd'hui, ça me rappelle encore des petits voyants auxquels je ne pensais plus. En fait, je me rends compte que lorsque ces fameux petits voyants sont intégrés au point de faire partie de nous, on oublie parfois d'où ils sont venus, et comment.

— Je crois que tu vas pouvoir te replonger dans la suite un peu plus rapidement.

— Comment ça ?

— Ben, je viens de consulter les prévisions pour demain. Ils prévoient de la pluie en continu. Le Jura va être bien arrosé.

— Alors, demain on ira faire des courses, lui répondis-je, et ensuite on restera à l'abri, bien calfeutrés.

— Euh, ils ont parlé de pluie, pas d'une vague de froid…

— Bon. Et bien alors, après les courses on s'installera dehors, sous un parapluie.

— Bonne idée. En attendant notre sac bien douillet nous attend. Il fait frisquet, je trouve.

Bercés par les couinements de notre matelas pneumatique, bien au chaud dans notre duvet, le sommeil ne fut pas long à nous cueillir.

Ma montre et mon téléphone étaient toujours synchronisés. Je m'endormis en me demandant si ce serait encore pareil quelques heures plus tard.

Les Mots des Nuages

Pour certains, la parole est une commande à distance
Pour d'autres, elle est une certitude, un cri de joie ou de détresse
Mais pour chacun, son absence est une invitation

Les courses terminées, nous sommes revenus nous installer confortablement. La pluie sous tente peut avoir un côté abri du bout du monde. Le bruit des gouttes sur la toile, la température fraîche et le vent agitant la structure alors que nous étions bien au sec, chez nous, protégés, c'était comme passer quelques heures dans une tanière que nous aurions aménagée. Le moment était idéal pour entamer la troisième partie de ma lecture. Le titre était d'ailleurs de circonstance.

Les Mots des Nuages

Une pluie fine se mit à tomber au moment où je m'approchais de la ville. J'étais d'humeur sombre. La page bleue du ciel avait blanchi d'abord. Ensuite, des nuages plus menaçants l'avaient envahie. Le temps n'était plus à la néphélomancie, il était à la pluie.

J'aurais préféré que le mauvais temps ne progresse pas et que le bon temps m'accompagne seconde après seconde. Le bon temps…

Voir le monde tel qu'il est, et non tel que l'on voudrait qu'il soit ! Oui, voir le monde tel qu'il est, car les gouttes s'étalaient sur mes vêtements et il pleuvait maintenant à verse.

Un homme abrité sous un parapluie me croisa. Un chien longeait les façades, tirant sur sa laisse. Et le garçon qui le promenait, s'amusait à le tirer vers des flaques dans lesquelles il sautait, le mouillant ainsi que lui-même. Je les regardai s'éloigner, l'un riant, et l'autre tentant d'échapper à ce jeu qui ne l'amusait pas, en tirant davantage sur sa laisse. Protestation silencieuse, sans mots, donc sans malentendu.

Plus loin, une femme qui avait commencé à dessiner une fresque à la craie sur le trottoir rangeait à la hâte ses bâtonnets de couleur et les quelques pièces reçues. En avançant vers elle, je croisai un homme qui pestait, ne parvenant pas à refermer complètement le toit ouvrant de sa voiture. De l'autre côté de la rue, une dame déplaçait les deux pots de fleurs qui étaient sous son porche pour qu'ils puissent être arrosés.

J'avais décidé de traverser la ville, simplement. Mes trajets précédents, habités de silence, d'un silence lui-même habité, m'avaient appris que je voyais ce que je voulais voir. Ils m'avaient enseigné comment faire reculer la complaisance, celle de ne pas vouloir entendre ou voir et rester ainsi baigné de mon soleil exclusif. Ce soleil que l'on ne peut pas prendre deux fois au même endroit. Le sourd et l'aveugle en moi, tout à la célébration de l'égotisme, avaient bien besoin de croiser cette fourmi. Effectivement, après coup, il m'avait souvent semblé bien pâle ce soleil que la concupiscence m'avait poussé à m'attribuer. Pâle, voire inutile. J'aurais dû plus fréquemment me souvenir de ce futur morne, de ce lendemain sans gloire où seul face à un mets délicat qui se voulait promesse, je faisais l'expérience d'une saveur non partagée. Sans la résonance de l'autre, le goût n'avait plus rien d'exhaustif. Pour quelle raison ne nous souvenons-nous pas davantage de ces lendemains ternes ? Pourquoi ne pas leur préférer la jubilation de la lumière partagée ?

La pluie, qui mouillait mon visage et ruisselait sur mes vêtements, me ramena à la réalité. Toutes ces gouttes me firent penser au brouhaha d'une foule nombreuse, à toutes ces paroles qui, entendues ensemble, avaient un côté implacable, mais surtout impossible à objectiver. Par contre, dans chaque cellule, dans chaque groupe de cette foule, les mots avaient du sens et nourrissaient les besoins de ceux qui parlaient. En regardant les gouttes tomber sur le sol, je me dis qu'elles étaient, elles, toutes identiques à l'opposé des mots, tous différents, d'une foule qui parlerait. Mais ce qui était intéressant, c'est que toutes ces gouttes, tous ces mots des nuages, étaient reçus comme un discours unique s'adressant à une multitude. Et poursuivant dans ce sens, je me dis que chacun les recevrait différemment.

Ces mêmes gouttes faisaient du bien à l'un, comme à ces fleurs mises sous la pluie par cette dame. Moins de bien à un autre, comme à ce chien ou à cet homme en difficulté avec son toit ouvrant ou qu'elles pouvaient même être destructrices, comme par exemple pour ce dessin réalisé avec des poudres de couleur. D'ailleurs, cette jolie fresque était à présent devenue un entrelacs informe. Les mêmes gouttes pourtant, les mêmes mots des nuages...

Quel sens avait donc la pluie pour les nuages ? Comment en venait-elle à tomber ? Un ciel très sombre peut rester muet et un nuage presque diaphane et parsemé de bleu peut laisser échapper quelques gouttes.

Cette dernière idée m'ouvrit la porte suivante. Je me sentis à nouveau face à un flot de choses qui m'arrivaient en ordre dispersé. Il me fallait y mettre bon ordre.

J'étais arrivé à proximité d'une espèce de petit parc aménagé sur une place ceinturée de rues. La pluie, qui avait diminué, s'arrêta complètement. J'essuyai tant bien que mal un banc et m'y installai. J'avais besoin de m'arrêter pour... continuer à penser à cette analogie partielle entre la pluie et nos mots.

La pluie ne choisit pas où elle tombe ni sur qui. Et elle ne se soucie pas davantage de savoir si elle arrose une zone souffrant de sécheresse, un incendie de forêt, les fleurs d'une dame, un chien ou un dessin qu'elle détruira.

Il n'en va pas de même pour mes paroles. Je peux les contrôler. Il me sembla soudain également évident que tout comme la pluie ne parle que des nuages, nos mots ne parlent que de nous la plupart du temps. Ils disent simplement où nous en sommes. Instantanément, plusieurs formules me vinrent à l'esprit.

« Je te l'avais bien dit ! » me positionnait sur la case jugement.

« Je ne veux plus en entendre parler ! » indiquait ma peur.

« C'est ton problème ! » érigeait des fortifications.

« Qu'est-ce qu'il y a encore ? » me mettait en dérangement.

Ces formules indiquaient effectivement mes coordonnées, mais ne m'apprenaient rien sur l'autre.

— Ce sont des exemples faciles, murmurai-je malgré moi.

Bon, essayons autre chose, comme « Je suis d'accord avec toi. » ou « Je veux ce qu'il y a de mieux pour mes enfants. » ou encore « J'aime ta maison. » À y bien réfléchir, ces phrases plus positives, moins égocentriques indiquaient encore malgré tout mes coordonnées. Elles parlaient toujours de moi. Peut-être qu'en supprimant le « je », je parviendrais enfin à parler de l'autre.

J'essayai donc une phrase imparable : « La musique que tu as composée est belle. » Cette phrase ne pouvait parler de moi... Pourtant, une autre personne aurait pu dire le contraire. Donc, de qui cette phrase parlait-elle en fin de compte ?

Je ne pus retenir un soupir de découragement face à ces réflexions dans lesquelles je pataugeais.

— Normal de patauger un jour de pluie, dis-je à nouveau à mi-voix.

Me rendant compte qu'une dame s'était assise à côté de moi, je me sentis quelque peu ridicule de parler seul, un peu comme si les nuages s'arrosaient eux-mêmes...

— Bonjour, me dit-elle avec un gentil sourire. Vous aviez l'air absorbé dans vos pensées, mais apparemment vous y pataugez, ajouta-t-elle d'une voix douce.

— Les choses sont souvent plus compliquées qu'on le voudrait, fis-je après l'avoir saluée d'un signe de la tête.

— Je ne veux pas être indiscrète, mais parfois cela fait du bien de parler. Comme nous ne nous connaissons pas cela ne vous engage à rien, et surtout, vous partiriez d'une page blanche.

— C'est vrai que lorsque l'on se connaît, on a déjà un avis sur la personne, une lecture de son histoire.

— Exactement ! Il est souvent compliqué de repartir à zéro avec nos proches. On repart plutôt de l'endroit où nous sommes arrivés ensemble...

— C'est justement cela qui me tracasse. Comment avoir une conversation véritablement constructive de part et d'autre ?

Je lui fis alors part de mes réflexions et de ma difficulté à faire tomber la bonne pluie sur l'autre, si tant est qu'il ait besoin d'être arrosé. Je terminai en lui répétant ces phrases que j'avais prises en exemple et qui démontraient combien il est difficile de tenir des propos véritablement empathiques. Après m'avoir écouté sans m'interrompre une seule fois, elle me posa une question.

— Que vous ai-je dit ?

— Rien, mais je ne comprends pas bien la raison de votre question ?

— Quelle pluie ai-je fait tomber sur vous, pour reprendre ce rapprochement que vous faites entre les gouttes de pluie et les paroles ? Un rapprochement qui me plaît d'ailleurs.

— C'est vrai. Vous m'avez laissé pleuvoir, dis-je avec un sourire malicieux.

— Et pleuvoir vous a plu ? ajouta-t-elle sur le même ton.

Je restai sans réaction, la bouche ouverte, un sourire dans le regard. La dame me souriait également. Nous restâmes encore de longues minutes à parler, mais de tout et de rien cette fois. Et à plusieurs reprises, j'eus le réflexe d'analyser mes paroles avant de les prononcer et également celui de ne rien dire et de laisser la pluie de mots se déverser, une fine pluie, rafraîchissante et dont chacun profitait tour à tour.

La dame se leva pour poursuivre son chemin. Je la saluai en la remerciant de ce moment passé à échanger. Elle me fit un signe de la main et me dit au revoir en me gratifiant d'un sourire chaleureux.

— À très bientôt ! ajouta-t-elle en se retournant.

— Euh, oui… qui sait ? répondis-je sans réfléchir tant sa phrase m'avait surpris.

Mon visage s'était détendu. En évoquant mon trajet, je sentis une certaine satisfaction monter en moi. La rue m'avait appris à me voir et à voir les choses telles qu'elles sont. Les champs m'avaient appris à voir les autres plus attentivement. Et la pluie m'avait révélé que parler est le plus souvent pour soi et que le silence laisse à l'autre la place nécessaire.

Restant dans l'idée de la pluie qui, décidément, était révélatrice, je regardai le ciel qui était à nouveau dégagé. Le soir allait tomber. Il était temps de conclure.

Privilégier le silence d'abord. Mais quel silence ? Car tout, absolument tout, compte : la moindre réaction, le moindre geste, le moindre changement d'attitude équivaut à parler. Il est possible de communiquer sans dire un mot, comme ce chien que j'avais vu un peu plus tôt. Oui, le vrai silence est rare, mais si précieux…

La parole ensuite. Qu'elle soit comme la pluie qui arrose une terre asséchée qui l'attend et la demande. Et que cette pluie soit douce et dosée afin que le sol ait le temps de l'absorber. Une grosse pluie d'orage, brève et intense ne mouille pas vraiment la terre, tout au plus la blesse-t-elle en y creusant des sillons où rien ne pénètre. Oui, que mes paroles soient douces et dosées. Et que parfois, mes mots disent simplement que j'ai compris où l'autre se trouve.

Le soleil déclinait, m'enveloppant d'une douceur propice à la rêverie. Je fermai les yeux pour m'y laisser aller davantage. Un oiseau tout proche lança un cri qui ressemblait à celui, familier, d'une mouette. Le bruissement des feuilles agitées par le vent me fit penser au bruit des vagues.

Une voiture s'arrêta à proximité, ruinant la magie sonore. En ouvrant les yeux, je vis derrière le volant la dame qui venait de me quitter. Elle me fit signe d'approcher, ce que je fis.

— *Montez, dit-elle, je vous emmène.*

*****

Le crépitement de la pluie sur le toit de la tente avait fort diminué. En rangeant mon texte, j'étais songeur. J'avais l'impression que j'en avais fait le tour et que plus rien n'en sortirait. Il me restait cependant une dernière partie à relire. Une partie que je connaissais bien, comme les trois autres d'ailleurs. Mais, c'était la partie manquante qui me tracassait. Si elle existait vraiment, comment la retrouver ? Où chercher ? Monsieur Bériot devait effectivement être décédé. Et si… et si j'allais faire un tour dans l'école où il enseignait ? Où pourrais-je, sinon là, trouver éventuellement quelque chose ?

— Mais oui, c'est par là que je dois commencer, dis-je à voix haute.

— Tu es sûr que tout va bien ? me demanda Françoise. Tu parles seul maintenant ?

— J'ai toujours parlé seul, tu le sais bien.

— Oui, ça m'inquiétait un peu au début. Surtout que parfois tu ris même tout seul…

— Mais ça, c'est quand je me raconte une blague que je ne connaissais pas encore.

— Mouais, celle-là, je la connais. Il faudrait te renouveler, ajouta-t-elle taquine. Et en fait, quand tu disais que tu devais commencer par ça, tu parlais de quoi ? Attends, je vais essayer de deviner… Hm, par m'inviter à manger à la salle du camp. Nous sommes mardi.

— Ah, et c'est gratuit le mardi ?

— Mais non, c'est sans réservation !

— Alors, prépare-toi, champagne ce soir ! Enfin, mousseux du pays, dis-je en me levant dans un geste théâtral.

La soirée fut très agréable. Assis avec d'autres vacanciers à une grande table campagnarde, et le mousseux déliant les langues, nous avons rapidement oublié l'heure. Nous étions simplement en bonne compagnie, parlant des sujets les plus variés et chacun, je le pense, visita le pays de l'autre au travers des conversations. Ce fut encore un de ces moments où nous nous sentons tous, ou presque tous, si proches en fin de compte.

Durant cette soirée, les nuages firent pleuvoir bien des mots et des graines précieuses de convivialité furent arrosées, jusqu'à devenir les fleurs d'une amitié d'un soir.

Le Cadeau caché

Chaque événement est une occasion de s'interroger

Notre petit séjour touchait à sa fin. Nous avions décidé de repartir au tout début de septembre afin d'éviter le flot des retours de la fin du mois d'août. Dans trois jours, il faudrait replier la tente, tout nettoyer, remballer... Une pensée que je chassai vite de mon esprit.

Le matin était superbe. Les pieds dans l'herbe, je levai les yeux vers le ciel. Quelques nuages inoffensifs y dérivaient. Françoise préparait la table du déjeuner et j'étais en charge de l'achat du pain. L'air était vif sur le petit sentier au bout duquel attendait la camionnette du boulanger qui passait tous les matins.

Cette vie simple que nous menions ici, où l'essentiel ne s'encombrait de rien, nous faisait le plus grand bien.

Nous avions décidé d'aller jusqu'au Mont Rond, un sommet du Haut-Jura duquel on peut voir par beau temps le Lac Léman et le fameux jet d'eau de Genève. En passant devant la tente d'un couple avec qui nous avions sympathisé la veille, nous avons échangé quelques mots. Lors de la soirée, nous leur avions parlé de cet endroit où la vue est vraiment magnifique et ils avaient décidé de s'y rendre également.

— Si vous le voulez, nous vous y emmenons, dis-je spontanément. Nous y allons aujourd'hui.

— Vous êtes certains de ne pas préférer y aller en amoureux ? demanda Monique.

— Vous semblez l'être autant que nous, répliquai-je avec un petit clin d'œil. Nous y serons donc en amoureux...

Après un rapide regard mutuel, Monique et André acceptèrent l'invitation.

— Frais d'essence partagés bien sûr, ajouta André.

— D'accord, répondis-je. Et plaisir partagé également…

Moins d'une heure plus tard, nous étions en route, excités comme des collégiens qui vont à leur première soirée entre jeunes. La route vers Mijoux est belle. Et le trafic à ce moment de l'été étant peu dense, le trajet fut détendu. Les conversations allaient bon train. Françoise et Monique avaient déjà abordé plusieurs sujets : la maison, la famille, leurs activités, nos quartiers respectifs… André et moi intervenions parfois, mais nous avions surtout découvert que deux de nos intérêts étaient communs : la musique et les arts martiaux. Aussi, après un arrêt pour faire le plein, les dames décidèrent de s'installer à l'arrière pour éviter les conversations croisées. En arrivant à Mijoux, j'eus vraiment le sentiment d'avoir passé un moment précieux et rare, celui d'un authentique partage dans une bulle qui n'existait que pour nous. Et je pense que ce sentiment était partagé. Mais parfois, il y a, dans une bulle de bien-être, une autre bulle moins respirable qui peut éclater de manière inattendue et contaminer l'ensemble. Nous allions bientôt le découvrir…

Arrivés au sommet, nous avons passé un long moment autour de la table d'orientation. La vue y est superbe. En regardant au loin, je repensai soudain à la fourmi du conte qui progressait sans voir plus loin que le caillou devant elle, et au marcheur qui, lui, d'un coup d'œil, embrassait tout l'univers du minuscule insecte.

— Il y a quelques années, nous étions ici avec nos trois enfants, dit Françoise en laissant son regard errer sur le paysage. Le plus jeune, qui devait avoir cinq ans à l'époque, nous a demandé si on pouvait voir Bruxelles d'ici. Daniel lui a fait croire que c'était possible s'il sautait un peu, car notre ville était cachée par un bouquet d'arbres qu'il lui désigna du doigt.

— Les papas adorent taquiner leurs enfants, dit André. Je suppose qu'il l'a fait ?

— Oh oui, répondis-je en riant.

— Pauvre petit bonhomme, fit Monique sur le ton du réconfort, un sourire aux lèvres.

— Rassure-toi, il a vu Bruxelles… mais seulement à la fin des vacances, ajoutai-je. C'est vrai qu'on leur fait croire ce qu'on veut à un certain âge.

— Oui, et nous faisons aussi parfois n'importe quoi, intervint André, comme quand ils nous attendent à la sortie de la gare.

— Ah ça, il faut que je vous le raconte, pouffa Monique. Un jour que sa voiture était au garage, André avait pris le train pour aller travailler. J'étais allée l'attendre à la gare avec les enfants à la fin de la journée.

— C'est bon, je vais continuer, l'interrompit André en riant de bon cœur, histoire que tu ne t'amuses plus à raconter comment j'ai perdu ma dignité. En sortant de la gare, je me suis dirigé vers la voiture de Monique. Pour amuser les enfants, je me suis approché en imitant un zombie, en poussant des grognements, les mains crispées devant moi en me balançant de gauche à droite.

— J'imagine la scène, dis-je en riant.

— Je ne crois pas, non… parce qu'en fait, je ne me dirigeais pas vers la voiture de Monique, mais vers une autre qui était identique. Je crois que les gens qui s'y trouvaient ont dû un peu s'inquiéter en me voyant approcher d'eux !

Je pense que les touristes qui regardaient le paysage autour de nous, ont dû sursauter en nous entendant tous les quatre éclater de rire. Certains nous accompagnant même sans savoir pourquoi. Nous étions parvenus à hisser un rire communicatif au sommet du Mont Rond. Et ces anecdotes partagées nous rapprochèrent en nous faisant réaliser à quel point tous les parents vivent des moments similaires. D'ailleurs, durant de longues minutes, les récits de souvenirs familiaux s'enchaînèrent, un épisode raconté par l'un des deux couples rappelant une anecdote à l'autre. Mais à mesure que nous avancions dans nos anecdotes, certains événements comme des chutes, des problèmes scolaires ou les premiers chagrins d'amour furent évoqués. Soudain,

Monique eut l'air d'être affectée par une phrase souvent entendue, et que j'avais dite, la trouvant de circonstance.

— Petits enfants, petits ennuis ; grands enfants, grands ennuis !

— Tu ne crois pas si bien dire, dit-elle en regardant son mari dont l'expression était devenue plus grave également.

— Est-ce que tout va bien ? demanda Françoise qui avait, tout comme moi, remarqué leur trouble.

— Pas vraiment, commença Monique. Nous avions besoin de changer d'air, mais il est difficile de chasser certaines choses de notre esprit. En fait, c'est notre fils aîné qui a pas mal d'ennuis. Mais on ne va pas vous ennuyer avec nos histoires.

— Mais enfin, lui répondit Françoise, vous ne nous ennuyez pas du tout. Nous sommes tous parents et on a parfois besoin de se laisser aller. Même si ça ne résout pas toujours les problèmes. Continue, ajouta-t-elle en lui mettant la main sur l'épaule.

Et Monique nous expliqua toute l'affaire. Leur fils, qui travaillait dans le monde de la finance, venait d'être licencié pour faute grave. Il avait réalisé des opérations illégales en détournant des sommes importantes. Monique passa sur les détails. Son épouse l'avait quitté. Il était inculpé, sans possibilité de retrouver du travail, sans revenus. Quant à leurs deux enfants… Monique s'arrêta, prise par l'émotion. André n'avait pas dit un mot.

Nous ne savions pas vraiment quoi leur dire, à part quelques paroles de réconfort. Après leur avoir posé une ou deux questions, nous sommes restés silencieux durant quelques secondes, le regard errant sur le panorama qui avait perdu son intérêt. Leur désarroi était palpable.

— Venez, dis-je, laissons cela ici, au sommet ! On va redescendre.

— Désolée d'avoir plombé l'ambiance, répondit Monique. Et en plus, on vous connaît à peine pour vous embêter avec nos histoires. Je ne sais pas pourquoi je vous ai…

— Non, tu as bien fait, l'interrompit Françoise. C'est vraiment difficile de vivre cela. Je crois que ce dont votre fils aura besoin, c'est de ses parents.

— Oh, mais il les a, intervint André.

— Bien sûr, je n'en doute pas une fraction de seconde, répondit Françoise. Ce que je voulais dire, c'est qu'il aura besoin de parents qui gardent la tête hors de l'eau.

— J'y arrive par moments, dit Monique. Et c'est vrai qu'alors, Louis se sent un peu plus confiant.

— Pour moi, par contre, c'est impossible pour le moment, ajouta André. J'étais dans la police, alors je ne parviens pas à admettre que notre fils ait pu transgresser la loi. Et en même temps, je suis son père. Je ne sais plus où j'en suis.

— Il vit près de chez vous ? demandai-je.

— Non, il vit chez nous, seul, répondit André. Comme on le disait, le ménage n'a pas résisté. Leur maison a été…

André ne termina pas sa phrase. Je lui mis la main sur l'épaule. Françoise et Monique se tenaient par le bras. En poursuivant la descente, nous sentîmes que l'ambiance s'allégeait progressivement. Monique avait tenté de plaisanter en nous racontant une chute qu'André avait faite en courant après leur fils qui lui avait lancé une boule de neige. Il n'avait pas eu le temps de se venger, trop occupé à s'étaler dans la neige… Françoise, elle, raconta bien sûr ma chute sur la terrasse du restaurant au début de ces vacances.

En arrivant à la voiture, nous avions retrouvé une bonne humeur de surface. Durant le trajet du retour, les conversations revinrent sur leur fils. La première émotion était passée et nos nouveaux amis parvinrent à en parler de manière plus posée. Les émotions nous arrivaient à présent par petites vagues que nous pouvions laisser rouler sans qu'elles nous renversent. Après quelques minutes, la mer était redevenue calme et nous étions à nouveau tous les quatre juste des vacanciers de retour d'une journée de balade. Tout en les écoutant parler, nous nous rendîmes compte à quel point André et Monique étaient proches l'un de l'autre, unis dans ces difficultés. Certains couples auraient, dans de telles circonstances, trouvé chez le conjoint une part de responsabilité par non-vigilance, non-présence ou déficit dans l'éducation, toutes choses ne résolvant pas le problème. Nos amis étaient un, sur le chemin du problème actuel et pas deux, en désaccord sur les aiguillages, peut-être hasardeux, du passé.

Nous roulions à nouveau dans ce beau coin de France. L'événement était sorti de la voiture.

Il reviendrait sans doute.

Et à ce moment, j'étais loin d'imaginer de quelle manière et encore moins ce que cela allait me révéler…

Une Vague et l'Océan

S'arrêter permet parfois d'avancer

Après un dernier arrêt très agréable dans un petit restaurant, nos amis semblaient vraiment délestés d'un poids. Une réelle sympathie nous unissait, et l'une ou l'autre petite phrase indiquait notre volonté commune de ne pas nous perdre de vue.

En arrivant à la tente, j'avais un véritable besoin de lire la quatrième partie de ce conte. Je me sentais poussé par la conviction de suivre une espèce de plan. Pas un plan tracé par quelqu'un ou quelque chose, juste un plan qui existait, un peu comme les plages existent naturellement. Elles sont un endroit possible, y cheminer n'est pas une question de destin, c'est un choix. Et le mien était de terminer cette lecture et ainsi de fixer les derniers événements, de les installer non pas comme des choses finies, mais plutôt comme de la matière première.

Françoise s'était rapidement glissée dans son duvet. Il était plus tard que les autres soirs lorsque je m'installai devant mon texte. Le calme de la soirée n'était plus ridé par le son des cloches des vaches, mais uniquement par le doux chuintement de la lanterne au gaz posée sur la table et par les petits bruits de la vie nocturne de la campagne. Bien au chaud sous mon poncho, ma tasse fumante parfumant l'air du soir, je commençai ma lecture.

La question de la dame m'avait complètement surpris. Elle me ramenait à la réalité en me tirant d'une espèce de torpeur dans laquelle je m'étais laissé glisser.

— Mais où voulez-vous m'emmener ? Et pour tout vous dire, je ne comprends pas. Nous nous connaissons à peine. Je ne sais pas si...

— Nous nous connaissons à peine, mais cela me suffit pour comprendre que vous avez besoin d'un coup de pouce, me répondit-elle.

— C'est vrai que depuis un certain temps, je roule pas mal ma bosse, cette bosse que la vie nous fait parfois... Et j'avance, je réalise certaines choses. Par contre, je ne m'explique toujours pas la raison pour laquelle vous êtes revenue vers moi.

— Montez, je vais vous expliquer. Vous n'avez rien à craindre, faites-moi confiance. Je n'ai aucune mauvaise intention, ni intention tout court, si vous voyez ce que je veux dire, ajouta-t-elle avec un sourire franc.

— D'accord ! Où allons-nous ?

— Nous allons à votre rencontre.

— À ma... rencontre ? Je comprends de moins en moins.

— Un peu de patience, me dit-elle. Vous savez, il y a quelques années, j'étais à votre place, ou plutôt, j'étais comme vous. Je tournais un peu en rond, me posant des questions, comprenant certaines choses qui, parfois, me semblaient se contredire au départ. Il arrivait également que je ne comprenne pas certaines choses qui m'avaient pourtant semblé limpides au premier abord. Le besoin de comprendre est ancré en nous, nous y sommes chevillés. Il nous permet de progresser.

— Justement, dis-je, comprendre est essentiel.

— Tout dépend de la situation. Pour ce qui est des progrès, c'est certain. Mais parfois, il suffit de voir, de prendre conscience. Comprendre comment je suis tombé ne me relève pas.

— Oui, mais ça aide à ne plus tomber.

— Bien sûr, mais quelle est la priorité ? me demanda-t-elle.

Bref, pour en revenir à moi qui tournais en rond, j'ai réalisé qu'à certains moments il me manquait un petit coup de pouce, quelqu'un pour m'aider à systématiser mes pensées, les organiser et les faire miennes, les fixer dans la durée. Et c'est à ce moment que je l'ai rencontré.

— Quelqu'un qui vous a aidé, ajoutai-je sur le ton de l'évidence.

— Oui, exactement. Et aujourd'hui, je vais tenter de vous aider. Et plus tard, vous croiserez peut-être à votre tour quelqu'un qui aura besoin d'un petit coup de pouce. Nous ne sommes pas tous des garudas.

— Des garudas ? Je n'ai jamais entendu ce mot, dis-je étonné.

— Le garuda est un oiseau mythique. Lorsqu'il sort de l'œuf, il a déjà ses plumes et peut de suite prendre son envol. Certains d'entre nous viennent au monde avec leurs plumes et en savent déjà beaucoup, d'autres ont un duvet et d'autres ont la peau nue. Cela explique en grande partie nos différences et nos prédispositions.

— Intéressant comme explication. Mais alors, vivre et avancer ce serait comme une course à handicap. Il vaut mieux avoir les bonnes cartes...

— C'est plus simple en effet, petit Garuda, me dit-elle sur le ton de la plaisanterie. Mais quelles que soient nos cartes, elles ne sont que notre point de départ.

— Et vous, quand vous êtes née, vous aviez déjà des plumes ?

— Moi, je suis née la semaine passée et j'avais déjà toutes mes plumes.

— Ah bon ! m'exclamai-je en riant.

— Mouais, il y a un peu plus longtemps. Et si aujourd'hui j'ai quelques plumes, il me manque encore les ailes...

Cette plaisanterie nous fit rire de bon cœur, mettant momentanément la conversation en pause.

Ensuite, nous restâmes silencieux pendant de longues minutes. Un silence vivant, comme celui qui suit la dernière note dans une salle de concert. Un silence que les parois et le public font vivre, une absence de bruit investie d'émotions, de sensations et de la respiration de centaines de personnes dont chacune a vibré seule. Mais un silence rapidement bousculé par des applaudissements dans une jubilation partagée où tous ne font plus qu'un.

— Dans le fond, nous ne connaissons même pas nos prénoms. Je m'appelle Julien.

— Et moi, Claire. Maintenant qu'on se connaît mieux, on peut passer au « tu », non ?

— D'accord. Et maintenant, puis-je savoir où tu nous emmènes ?

— Au bord de l'eau. Nous y serons dans quelques minutes.

Claire arrêta bientôt la voiture. Elle se rangea sur le bas-côté de la route. Nous étions séparés de la mer par une côte à l'aspect rocheux, descendant en pente douce jusqu'à l'eau. Nous nous installâmes sur un rocher à quelques mètres des vagues agitant inlassablement les restes de coquillages et le sable. Après quelques minutes, Claire me posa une question.

— Que vois-tu ?

— La mer.

— Qu'entends-tu ?

— Les vagues.

— Tu vois l'éternité et, dans l'instant, tu ne perçois que l'éphémère pour le dire autrement… Lorsque tu t'assieds seul dans le silence, ton esprit contient l'océan et pourtant cet océan te parvient par vagues, par pensées si tu préfères. Et chaque pensée qui survient, grandit et disparaît avant la suivante.

— Je comprends bien, mais est-ce un problème ?

— Non, sauf si nous nous attachons à la vague, si nous nous identifions à elle. La vague est faite d'eau et après avoir vécu elle est toujours de l'eau. Et s'il y a une vague puis une autre, il n'y a pas « une » eau puis une autre…

— Et… ?

— Traite la vague comme une vague. Tranquille ou dévastatrice, une fois passée, il ne reste que l'eau.

— Tout accepter donc ? Ne pas s'indigner de certaines pensées ou actes, des vagues qui détruisent ?

— Non, juste savoir qu'elles font partie de la totalité ou de l'eau, si tu préfères. La surface ridée d'une mer calme et les vagues de tempête sont… de l'eau. Le Sage ne se démonte devant aucune vague. Cela ne veut pas dire qu'il n'a pas d'émotions, mais il ne s'identifie pas à ces émotions.

— Comment parvenir à cela ?

— Reste assis, regarde les pensées s'élever et disparaître, sans t'y attacher ou les combattre. Et peu à peu, tu sauras que l'eau dont elles sont faites n'est ni bonne ni mauvaise. Il est temps à présent de rentrer chez toi. Tu es attendu. Quelqu'un, en fait la personne à qui tu t'attends le moins, commence à désespérer de te voir revenir.

— Quelqu'un ? Mais qui et comment sais-tu cela ?

— Peu importe. Viens, je te ramène chez toi. Fais silence pendant le trajet du retour, n'écoute pas les vagues qui roulent, ressens l'eau qui investit les océans, de la surface jusqu'au fond. Jusqu'à la plus petite fissure, sans la moindre difficulté. C'est le moment de profiter des cartes que tu as dans les mains. Et si tu les as, c'est que tes plumes ont poussé parce que tu as fait les choix nécessaires.

En arrivant chez moi, je remerciai Claire, ne sachant comment lui témoigner autrement ma gratitude.

— Ne traîne pas plus longtemps. Il est grand temps, me dit-elle simplement.

Je montai jusqu'à ma chambre où je vis le médecin et mon épouse. Il s'affairait près du lit que je voyais comme au travers d'une vitre teintée. Je les entendais parler, mais manifestement ils ne me voyaient pas.

— Vous savez ce qu'il a pris ? demanda le médecin à mon épouse.

— J'ai trouvé une plaquette de somnifères sur la table de nuit. Il ne reste que deux ou trois comprimés, répondit-elle au bord de la panique.

— Vous avez une idée du temps qui s'est écoulé avant que vous le découvriez ?

— Il était monté depuis une vingtaine de minutes ou peut-être un peu plus. Il était de moins en moins bien ces dernières semaines. Mais je n'aurais jamais imaginé qu'il était si mal.

— Vous avez bien fait de venir me chercher immédiatement. Heureusement que nous sommes voisins. J'ai appelé l'ambulance. D'ailleurs, j'entends déjà la sirène. En attendant, je lui injecte une première dose de Flumazenil.

J'eus une sensation de piqûre au bras. Et peut-être une minute plus tard, j'entendis, venant de derrière cette vitre teintée, une voix qui me sembla inconnue. Cette voix était la mienne.

— Mais qu'est-ce qui m'a pris ?

— Peu importe, répondis-je toujours debout de l'autre côté de cette vitre. C'est maintenant qui importe. Je suis revenu avec de meilleures cartes. Ne lâche pas. Tiens bon. Nous pouvons, tu peux, je peux…

Après un laps de temps indéterminé, j'ouvris les yeux. J'étais dans un lit, entouré de rideaux bleus. J'avais la bouche sèche. J'entendais des petits bruits réguliers, des « bips » faciles à identifier. En tournant la tête, je vis Sylvie, mon épouse.

— J'ai eu si peur ! Ne refais jamais ça ! me dit-elle d'une voix douce mais empreinte de détermination.

— Il y a longtemps que tu es là ? demandai-je avec difficulté.

— Non, peut-être dix minutes. Avant d'arriver à l'hôpital, tu as ouvert plusieurs fois les yeux, mais sans vraiment être conscient.

— D'accord. Refaire ça, pas de risque ! J'étais complètement perdu et j'ai eu une crise d'angoisse. Je n'imaginais pas à quel point c'est destructeur. Je ne savais plus du tout quoi faire.

— Tu es sûr que ça va ?

— Oui, crois-moi, j'ai compris… Il fallait simplement que certaines choses soient fixées et que je réalise comment je peux avancer… Maintenant, je sais que j'avais déjà quelques plumes et j'en ai même quelques-unes en plus.

— Des plumes, pourquoi pas ? Je crois que tu es encore un peu dans le brouillard, me dit-elle en souriant.

— Oublie les plumes, dis-je d'une voix encore mal assurée. Mais refaire cela, c'est hors de question. Et encore moins depuis une minute. Depuis que je te vois.

Sylvie déposa un baiser sur ma joue. Je lui pris la main.

Une infirmière passa devant mon lit. Elle nous regarda avec un léger sourire et son clin d'œil très discret, me fit comprendre que, malgré moi, je donnais du sens à sa vie en ayant cherché du sens à la mienne.

Lorsque j'étais revenu ce jour-là, tout m'avait indiqué que je continuerais LE voyage, celui dont chaque pas ne me rapprochait pas d'une ligne d'arrivée. Non, je poursuivrais le voyage qui était juste mon chemin.

Un chemin sur lequel chaque pas me menait simplement plus loin.

Un chemin sur lequel chaque pas contiendrait désormais tous ceux qui précédaient.

Un chemin que je parcourrais, à présent, en sachant que vivre chaque seconde devrait suffire pour s'inscrire dans l'éternité.

*****

Je levai les yeux vers l'horizon, puis vers les étoiles. Les tentes enveloppées de silence, amarrées comme des vaisseaux sur l'herbe humide, avaient emporté les voyageurs de la nuit vers un sommeil et vers des rêves qui ne pouvaient être que paisibles, tant le calme était intense.

Je m'allongeai auprès de Françoise qui frissonna au contact de ma peau fraîche. Sa tiède douceur m'attira irrésistiblement contre elle. À mon contact, elle s'éveilla. Blottis dans la douceur de notre duvet, loin des regards, nous avons laissé parler la tendresse, avant que le sommeil nous trouve, un sourire de bien-être aux lèvres.

SEPT MINUTES

Le rêve, apnée de l'ego ?

Lorsque les premiers rayons du soleil éclairèrent la toile de notre tente, nous étions déjà réveillés. Le chant du coq d'une ferme proche ainsi que le concert matinal des oiseaux ne pouvaient être mis en pause ou arrêtés. Pas de bouton stop dans la nature…

Françoise et moi nous prélassions dans notre duvet.

— Déjà notre dernier jour, me dit Françoise.

— Il ne faut pas me dire ça avant mon café ! dis-je en transformant le matelas pneumatique en trampoline. C'est demain que nous partons.

— Et aujourd'hui, nous emballons, me dit-elle d'une voix hachée.

— Mouais, et emballer ça ne m'emballe pas.

Quelques minutes plus tard, le café m'avait donné le courage nécessaire pour envisager la préparation de notre départ. Envisager, pas davantage. Le matin invitait à prolonger le moment, sans rien précipiter.

— Hier soir, j'ai terminé ma relecture de « Cinq phrases » pendant que tu dormais.

— Oui, après cette journée riche en émotions, je n'avais plus envie de traîner, j'avais besoin de déconnecter complètement et de me coucher. Mais quelqu'un a interrompu ma nuit, me dit Françoise en fronçant les sourcils.

— Je ne vois pas de quoi tu parles, dis-je en regardant le ciel.

— Bien sûr. Et moi, je ne vois pas pourquoi tu te racles la gorge… Plus sérieusement, quelle histoire pour Monique et André !

— En effet, on ne sait vraiment jamais ce qui peut arriver, mais là, c'est du lourd…

— Rien à voir, mais c'est un titre bizarre tout de même, « Cinq phrases », fit Françoise comme pour changer de sujet. Tu m'as expliqué pourquoi il y a longtemps. Mais je ne m'en souviens plus très bien.

— En fait, notre professeur voyait cette histoire plus comme une partie de sa matière que comme un véritable conte destiné à délivrer un message. Enfin c'est ce qu'il me semble, car lorsque nous en avons parlé par la suite en classe, il faisait sans cesse référence à ses objectifs pédagogiques et ne semblait pas vouloir nous convaincre d'un autre intérêt que ce texte aurait pu avoir. Bref, nous devions choisir cinq phrases, une phrase que nous trouvions marquante dans chacune des quatre parties et une cinquième n'importe où, mais avec laquelle nous n'étions pas d'accord. Et à l'examen oral, on devait aborder ces phrases en faisant des liens avec le contenu du cours. Par contre, la cinquième était en discussion libre.

— Ah oui, ça me revient. Tu m'avais dit que c'était assez théorique comme histoire.

— Je t'ai dit cela il y a pas mal de temps. C'est vrai que ce n'est pas un mode d'emploi pour personnes en détresse. Je dirais que c'est plutôt une longue réflexion sur notre cheminement personnel, sur nos rapports avec les autres. On est mis en présence d'une vision moins courante des choses. Au total, cela m'a parfois aidé. Finalement, je me demande si ce n'était pas bien davantage que de la matière pour lui. Pour moi en tout cas, ça a pris plus de place avec le temps.

— Et tes cinq phrases ? Je ne m'en souviens plus non plus.

— La première : « *À quoi bon arrimer le monde si le vent n'y souffle plus ?* »

La seconde : « *Son horizon ne peut contenir toutes mes décisions, et ses décisions ne peuvent explorer tout le mien.* »

La troisième : « *Oui, le vrai silence est rare, mais si précieux…* »

La quatrième : « *Tu vois l'éternité et, dans l'instant, tu ne perçois que l'éphémère.* »

Ce sont celles que je trouvais intéressantes, voire bousculantes par leur côté concernant.

— Et tu t'en souviens comme ça ? me demanda Françoise.

— Tu sais, je l'ai lu plusieurs fois ce texte. Et il reste celle avec laquelle je n'étais pas d'accord. En fait, c'est une question : « *Le pur hasard perdait du terrain, pourrais-je un jour lui ôter le dernier lopin où il s'était retiré ?* »

— Et qu'est-ce qui te pose un problème dans cette question ?

— L'idée que le hasard puisse être contrôlé par « Quelqu'un » ou quelque chose.

— Contrôlé ?

— Mais oui, si on peut lui ôter son dernier lopin, c'est qu'on a du pouvoir sur lui, puisqu'on peut l'éliminer et je n'y crois pas une seconde. Ce qui compte, c'est ce que l'on fait quand le hasard nous met face à une situation. Enfin, pas le hasard du clou qui fait éclater le pneu et précipite la voiture dans le ravin bien sûr. Là, il n'y a pas de choix à faire ! C'est drôle comme conversation de grand matin. Et parler d'accident quelques heures avant de reprendre la route du retour n'est pas très malin, dis-je en regardant vers le ciel les mains jointes, avant de rire bruyamment.

— Tu me désespères parfois, dit Françoise en riant également. Bon, je propose qu'on aille faire un tour du côté de Syam. J'ai vu qu'aujourd'hui il y a un marché avec des produits locaux et artisanaux.

— Du comté, du vin et des breloques… Je suis partant. Et cet après-midi, une petite sieste avant de commencer à ranger.

— C'est parti, me dit Françoise en se levant d'un bond, ce qui ne plut pas à la table très légère et instable, et encore moins à tout ce qui s'y trouvait ! On va demander à Monique et André si ça les intéresse ?

— J'allais te le proposer.

Une demi-heure plus tard, nous quittions Monnet. Nos amis avaient trouvé l'idée excellente.

C'était la première fois que nous allions nous promener sur ce marché local. En fait, il était fort modeste et nous en fîmes rapidement un premier tour. André était plutôt intéressé par les dégustations. Et il semblait fort désireux de goûter tous les produits, surtout ceux qui tenaient dans des bouteilles. Très rapidement, nous cessâmes de le suivre dans ses comparaisons entre les différents vins. Il semblait vraiment avoir besoin de se laisser aller…

Nous sommes rentrés après une heure et quelques achats. Sans oublier, sur le chemin du retour, une longue pause apéritive à une terrasse qu'André avait repérée. En repartant, nous comprîmes à son élocution qu'une sieste serait la bienvenue. Monique confirma notre impression du regard. Et Françoise et moi étions également tentés par un moment de calme à l'ombre des arbres où j'avais installé nos chaises longues.

Ma sieste fut à la fois profonde et agitée, un drôle de mélange. Dormir en plein air est véritablement particulier. On se sent comme libéré des limites du plafond et des murs, dans un ailleurs très vaste, tout en étant là, en contact avec le lit ou ce qui en fait office. Durant tout le temps où je suis resté allongé, j'ai constamment eu l'impression d'être en transit. Je dormais sur ma chaise longue et j'étais ailleurs. Les bruits ambiants se mélangeaient avec des « images » sonores et un contenu impossible à objectiver. Le sommeil en pointillé peut laisser des impressions assez inexplicables.

Plus tard dans l'après-midi, André vint nous rendre une petite visite. Il avait une mine détendue, et semblait plus paisible. Et surtout plus stable et plus clair dans ses propos.

— La sieste était bonne ? lui demandai-je en le taquinant.

— Plus que bonne, crois-moi ! répondit André, un étrange sourire aux lèvres.

Je peux te parler un moment ? Enfin je vois que vous êtes en train de remballer, je tombe mal sans doute.

— Non, je ne savais pas comment me défiler de cette corvée et je sais que Françoise adore le rangement, dis-je en oscillant d'une jambe sur l'autre en agitant la main. Pas vrai, chérie ?

— Tu ne m'appelles pas souvent comme ça, répondit-elle en feignant de me désapprouver. Sauf ici, depuis notre arrivée. J'ai déjà eu droit à quoi, deux ou trois « chérie » ? Allez, filez discuter entre mecs, ajouta-t-elle en nous faisant un clin d'œil. De toute façon, tu ne fais rien de bon, je n'ai jamais vu quelqu'un vider le sel et le sucre dans la même boîte pour gagner de la place !

— Je croyais que les deux sachets contenaient du sucre.

Nous nous éloignâmes quelque peu, tandis qu'André riait de bon cœur.

— Alors, lui dis-je, de quoi voulais-tu me parler ?

— En rentrant tout à l'heure, je ne sais pas comment cela se fait (raclement de gorge et petit sourire), je me suis mis sur mon matelas et je me suis endormi instantanément. Et alors…

André me raconta qu'il avait rêvé, mais d'une manière très cinématographique, pour reprendre ses mots. C'était un rêve très clair, très structuré et dont je faisais partie. Il m'expliqua que nous avions parlé de façon très logique. Cela me rappela bien sûr cette expérience récente que j'avais faite lors de ma chute, expérience qui m'avait laissé quelque peu frustré par l'absence de récidive, ainsi que par le manque de compréhension du phénomène et les mille questions qui restaient sans réponses.

— Tu m'écoutes ? me demanda André qui avait vu ma petite absence lors de l'évocation de ce souvenir.

— Oui, pardonne-moi, ça me faisait juste penser à autre chose.

— Je pensais que tu me prenais pour un gentil dingue qui aurait eu des hallucinations, me dit-il en souriant. Et à quoi pensais-tu ?

— C'est sans importance. Continue.

Je lui demandai ce que cette conversation rêvée lui avait apporté et ce que je lui avais dit. Sa réponse me fit presque sursauter. Il me répéta des phrases ou des épisodes partiels du conte que je venais de relire, en me disant que cela lui avait permis de faire la part des choses entre ce que son fils vivait par lui-même et ce que son fils attendait de son père. Il avait réalisé qu'il ne voyait plus uniquement son fils, mais simultanément son fils et la faute qu'il avait commise. Son avis de père et de policier sur la faute que Louis avait commise ne faisait en rien avancer les choses. Il avait surtout réalisé que c'est le silence du père qui pourrait peut-être permettre au fils de retrouver un peu d'espace.

En fait, nous avions revisité ce conte ensemble en nous arrêtant aux pages utiles…

Soudain, André me prit le bras en me remerciant.

— Je suis vraiment heureux de voir que tu retrouves le moral, lui dis-je. Mais je me sens tout bête de t'entendre me remercier. Tu sais, je n'ai pas l'impression d'avoir fait quoi que ce soit. Ou alors j'ai des pouvoirs cachés, dis-je en plissant les yeux.

— Oh ça, je n'en sais rien, me dit-il. Mais en tout cas, c'était vraiment réel. Je ne peux pas le dire autrement. Je n'y comprends rien à ce genre de choses. Tu sais, je suis quelqu'un de très réaliste, avec les deux pieds sur terre. Mais là, je le répète, c'était… je ne sais pas. Simplement, ça m'a fait avancer. Bon, je vais te laisser aller à ton rangement, ça doit te manquer. Et puis, trier le sel et le sucre, ça va te prendre du temps.

— Oh rien ne presse. Du temps il nous en reste. Il est seulement un peu plus de cinq heures et demie, dis-je en regardant ma montre.

— Tu retardes un peu, me dit-il. Enfin, ta montre retarde. Il est déjà six heures moins vingt… Tu devrais la remettre à l'heure.

En revenant à la tente, Françoise vit mon trouble.

— Tout va bien ? me demanda-t-elle.

— Oui, André va bien, même beaucoup mieux, dis-je un peu évasif.

— Ça n'en a pas vraiment l'air. Tu es sûr que ça va ?

— Mais oui, c'est juste que je pensais au sel et au sucre que je vais devoir trier maintenant. Ou peut-être… Attends, je viens d'avoir une idée, en mettant deux cuillérées de ce mélange dans mon café, j'aurais l'équivalent de ma cuillérée habituelle. Donc je peux tout laisser comme ça !

— Tu es franchement désespérant, me dit Françoise.

— Non, encore mieux, on pourrait aussi verser le mélange par terre.

— Et ?

— Ben, les fourmis aiment le sucre. Elles se chargeraient de trier.

— Bon, là tu me fatigues vraiment. Allez, on continue ! Et je ne veux plus t'entendre, ajouta Françoise en riant tout en faisant mine de me bâillonner au moyen de son tablier de cuisine.

Nous reprîmes nos préparatifs avec bonne humeur. Et à mesure qu'ils avançaient, je pensai à nouveau à la conversation que j'avais eue avec André.

Lorsque je l'avais quitté, j'avais sorti mon téléphone de ma poche. Et comme il me l'avait dit, ma montre retardait.

Il était sept minutes plus tard…

Partie 4
Le Balancier Céleste

Le but est la fin que je vise
L'intention est le début d'un trajet possible

Luc Bériot

Seul, je me vois dans un miroir complaisant
En présence de l'autre, le miroir ne ment plus

— Tu ne crois pas qu'il serait temps de penser à autre chose ? me dit Françoise une semaine après notre retour.

— À autre chose ? Je voudrais bien, j'essaie, mais j'y reviens sans cesse.

— Oui, je vois ça…

— Tu le sais bien, cette histoire me trotte dans la tête.

— Bon, tu n'as pas l'impression de perdre un peu le sens des réalités. Tu vas bientôt… quoi, aller chez une cartomancienne, faire des incantations ou une danse des esprits ? Mais franchement, ça devient une obsession. Pendant que tu cherches je ne sais quoi, tu n'es plus ici, ajouta Françoise en élevant la voix sentant l'irritation monter en elle.

— Tu as raison. Je me rends compte que j'ai du mal à me raisonner. Le soir en me couchant, je refais le point et je me sens vraiment idiot.

— Écoute, tu as fait des recherches sur internet, tu as ressorti des vieux livres, tu as visité et participé à des forums de discussions sur le paranormal… Tu vas t'arrêter où ?

— J'aurais simplement voulu savoir si quelqu'un d'autre, par exemple un autre ancien élève, parlait de quelque chose en rapport avec Monsieur Bériot. C'est ça que je cherchais sur internet. On trouve tout sur la toile.

— Attends, tu cherchais sur internet quelqu'un qui aurait parlé d'un texte dont tu ne connais pas le titre mais qui, surtout, n'existe peut-être pas !

— Mais non, je viens de te dire que je cherchais avec le nom de mon professeur pour savoir si je trouverais là une trace de quelque chose.

— Mais enfin, il est décédé bien avant l'internet.

— J'aurais dû y penser lorsqu'un jour j'ai tapé le nom de Jules César. Je ne savais pas qu'il était mort il y a seulement quelques années, dis-je en déformant ma bouche et avec de grands gestes dont le dernier renversa un verre.

— Tu n'es pas beau quand tu fais cette tête, dit Françoise dans un petit rire. Je sais bien qu'on peut tout trouver sur internet, mais pour cela, il faudrait que ton Monsieur Bériot ait écrit autre chose qu'un texte inconnu.

— Mouais, tu as raison. Je vais laisser tomber. Mais pourquoi a-t-il fallu que je monte sur cette échelle ?

— Pour nettoyer la corniche.

— Très drôle, dis-je en souriant et attirant Françoise contre moi.

— Allez, oublie ce professeur pour le moment. C'est l'heure de l'apéro.

— Bonne idée. L'apéro, comment n'y avais-je pas pensé ? Tu sais, avant ça et juste pour terminer, si je peux découvrir quelque chose, ce sera, comme je te le disais, uniquement dans mon ancienne école. Il faut simplement attendre que la période de la rentrée soit passée. Ils ont mieux à faire jusqu'à la mi-septembre que de faire des recherches sur un ancien professeur. Tu as mérité bien plus qu'un apéro pour m'avoir supporté. Il y a bien longtemps que nous ne sommes plus allés dans notre petit resto. Je paie ce soir ! Enfin, je vais d'abord téléphoner pour réserver. Espérons qu'il y ait encore une petite table de libre.

— Tu paies ? Je te rappelle que nous avons le même compte…

— Alors, le compte est bon, dis-je en ponctuant ma phrase d'un baiser.

Moins d'une heure plus tard, nous étions installés dans notre petit coin favori, un verre à la main et un sourire détendu sur le visage.

Quelques jours plus tard, je prenais contact avec le secrétariat de mon ancienne école. La période intense de la reprise des cours était passée. Obtenir un rendez-vous avec la direction ne fut pas simple. N'étant plus un enseignant actif et n'étant pas un parent d'élève ni un étudiant, j'avais dû user de tout mon talent de persuasion auprès de la secrétaire. Elle finit par me passer la directrice à qui je parlai de mon ancien professeur et du but de ma visite, sans trop m'étendre sur les détails.

Le lendemain matin, je prenais le tram vers le centre de Bruxelles. Mon ancienne école, l'Institut Saint-Thomas, était située près de la gare du Midi. Aujourd'hui, cette école avait changé de nom. Mais en fait, seules ses éventuelles archives m'intéressaient. La personne de l'accueil me fit annoncer et deux minutes plus tard, j'étais dans le bureau de la directrice. Après les présentations d'usage, je lui expliquai la raison de ma visite.

— Voilà, commençai-je, comme je vous l'avais dit lors de notre entretien téléphonique, à la fin de nos études, Monsieur Bériot nous avait donné la copie d'un texte qu'il avait qualifié de conte et qui faisait partie de l'examen. J'ai découvert assez récemment que ce texte était incomplet, ou plutôt qu'il en manquait toute une partie, la conclusion. Et je me demandais s'il n'aurait pas laissé un exemplaire du texte complet ici, dans la bibliothèque de l'école. Il nous disait que certains ouvrages, textes de recherche et autres écrits de professeurs s'y trouvaient pour consultation.

— Oulah, vous remontez presque jusqu'à la préhistoire, me dit la directrice en souriant. Ce texte a l'air important à vos yeux. Mais pourquoi avoir attendu si longtemps ? Je me demande également comment vous avez découvert que ce texte était incomplet. Vous n'avez pas pu revoir votre ancien professeur récemment tout de même, vu l'âge qu'il aurait aujourd'hui.

— Non, je ne l'ai pas revu, répondis-je après un moment d'hésitation, ne voulant pas lui dévoiler toute l'affaire et passer pour un illuminé (l'idée me fit sourire). C'est vrai qu'il était déjà fort âgé à l'époque. Nous étions sa dernière classe. C'était il y a 45 ans. Et si j'ai tant attendu, c'est parce que je viens de le relire. Je l'ai relu plusieurs fois et à chaque fois, je me suis dit qu'il manquait quelque chose. C'est plutôt une intime conviction que j'ai toujours eue. Ce texte représente beaucoup pour moi et je crois qu'il était important pour lui également. J'ai fait toute ma carrière dans l'enseignement et je suis motivé par un double sentiment. D'une part, la reconnaissance de l'élève que j'étais pour son professeur, lui en l'occurrence, et d'autre part, le respect pour l'enthousiasme du professeur convaincu d'avoir un message précieux à faire passer.

— À vous entendre, rien ne vous permet d'affirmer qu'il manque une partie. Et si c'est le cas, je ne comprends vraiment pas pour quelle raison il aurait volontairement omis de vous la donner.

— Oui, je suis du même avis si j'écoute ma raison. Mais c'est toujours cette conviction, non objectivable je l'admets, qui reprend le dessus.

— Bref, passons sur cela, me dit-elle en fermant un moment les yeux tout en baissant la tête. Après votre coup de fil, j'ai fait quelques recherches dans les dossiers des anciens enseignants. Comme vous le disiez, Monsieur Bériot a terminé sa carrière avec votre classe. Et d'après les archives du comité des fêtes, il n'est plus jamais revenu, malgré plusieurs invitations aux repas des anciens. Il a vraiment disparu de la circulation. À ma connaissance, il n'a laissé aucun texte, syllabus ou autre document à la bibliothèque. Même ses plus jeunes collègues de l'époque sont aujourd'hui à la retraite. Il n'y a donc plus personne pour nous renseigner. Par contre, son fils est enseignant dans notre école. Il pourrait peut-être vous aider.

— Et vous accepteriez de me donner une adresse ou un numéro où le joindre ?

— Je l'ai déjà mis au courant de votre démarche, me dit-elle en appuyant le mot « déjà » d'un petit clin d'œil. Et en fait, il savait depuis longtemps que quelqu'un le contacterait pour ce texte.

— Ah bon ? dis-je au comble de l'étonnement. Donc, vous saviez qu'il existait ?

— Oui, depuis mon coup de fil à son fils. Je voulais juste savoir auparavant comment vous aviez pu vous rendre compte de l'existence de ce texte après tant d'années. Et j'avoue que vos explications sont vagues. Mais peu importe. Voilà, dit-elle en me tendant une petite fiche, son adresse et son numéro de téléphone sont notés ici.

— Je ne sais comment vous remercier.

— Vous faites partie de la grande famille des enseignants, cela vous accorde certains privilèges, me répondit la directrice en me taquinant.

Quelques minutes plus tard, je pris congé en remerciant une fois encore la directrice pour le temps accordé et surtout pour m'avoir transmis les coordonnées du fils de mon ancien professeur. Dès mon arrivée à la maison, je mis Françoise au courant de mon entrevue et je contactai Luc Bériot. Il me situa directement lorsque je lui expliquai la raison de mon appel. Et il me fixa un rendez-vous chez lui dès le lendemain. Il était curieux de me voir, de voir qui viendrait lui demander ce texte qui, depuis de nombreuses années, attendait un destinataire connu de son père uniquement.

Luc habitait dans une rue arborée de Jette. La maison avait une allure champêtre, avec une clématite plantée contre la façade, des pots de fleurs de part et d'autre de la porte d'entrée et des jardinières devant les fenêtres. C'était un homme d'allure joviale à la voix claire et posée. Il émanait de lui une impression de tranquillité empreinte d'une bonhomie qui le rendait sympathique. Il m'invita à entrer en me disant à nouveau qu'il était heureux d'enfin rencontrer la personne à qui ce texte était destiné. En nous situant davantage, j'appris qu'il était proche de la soixantaine et que sa carrière se terminerait bientôt. Il était le fils unique de mon ancien professeur. Son papa s'était marié à l'âge de 45 ans avec une femme qui en avait 30. Il était né trois ans plus tard.

— Donc, vous deviez avoir douze ans lorsque votre papa a terminé sa carrière, dis-je.

— Quelque chose comme ça, répondit Luc. Maman est décédée dix ans plus tard, elle n'avait que 55 ans. Papa a été fort affecté par sa disparition. Je pense qu'il ne s'en est jamais vraiment remis. Il s'est véritablement replié sur lui-même. Il a vendu la maison et s'est installé dans une toute petite maison loin de Bruxelles. Il passait son temps dans son petit jardin ou à arpenter les sentiers tranquilles des environs. Mon épouse, nos deux enfants et moi allions lui rendre visite de temps en temps. Mais on sentait bien qu'il terminerait sa vie là-bas, loin de tout…

— Je suis désolé de l'apprendre. Votre maman était bien jeune encore… Cela a dû être difficile pour votre papa et pour vous.

— Oui, comme je viens de vous le dire, Papa en a vraiment souffert. Mais avec le temps il a retrouvé un certain équilibre. Il appréciait nos visites et nous demandait plus fréquemment de passer le voir. Pour moi, cela a été difficile également. Heureusement, j'avais ma petite famille et mon travail.

— Quel genre d'homme était-il ? demandai-je.

— Un homme tranquille. Jamais un mot plus haut que l'autre, ou presque. Il décodait les gens à merveille, pas pour les impressionner, mais pour être une espèce de miroir.

— Miroir, voilà un terme qui résonne en moi. Il en parlait en classe également.

— Oui, il aimait cette expression. Il était convaincu que c'était dans les relations, les interactions, les rencontres que l'on pouvait le mieux découvrir comment on fonctionne. En fait, il disait également très souvent que chacun de nous devenait, malgré lui, le miroir des autres.

— Je le reconnais bien là. C'est ainsi qu'il était avec nous, ses étudiants.

— Et quel genre d'enseignant était-il ? me demanda Luc.

— Toujours heureux d'être en classe. Il parvenait à captiver l'auditoire à un point tel, que nous avions l'impression d'être dans une espèce de bulle où n'existaient plus que lui et nous. Très patient, il se montrait ouvert à toutes les idées, qu'il considérait comme des sentiers à explorer. J'ai même parfois eu l'impression qu'il pouvait lire en nous. Il lui arrivait de terminer nos phrases, non pas par impatience je pense, mais plutôt pour établir une certaine harmonie en nous montrant que nous jouions la même partition. Il a même, à plusieurs reprises, répondu à une question que j'avais en tête et que je n'avais pas encore formulée.

— Ce sont des choses qui arrivent, car certaines questions sont normales dans le déroulement d'un cours, intervint Luc.

— Bien sûr. Mais parfois, c'était une question totalement improbable.

— C'est vrai. Mais je me suis souvent demandé si ce côté très perspicace ne venait pas de son sens très aigu de l'observation et de sa formation de philosophe, plutôt que d'une sorte de faculté télépathique. Une chose à laquelle je ne crois pas du tout personnellement.

— Pour ma part, dis-je, je reste ouvert sur pas mal d'aspects de phénomènes qui échappent à nos cinq sens. Mais en ce qui concerne la télépathie, j'ai la conviction qu'elle existe. Par contre, pour bien d'autres phénomènes, je ne sais pas. Il est compliqué de prouver que quelque chose n'existe pas.

— Et il est difficile de prouver que le non-observable existe.

— C'est exact. Mais je me contente des effets du non-observable. Ce que l'on fait de l'outil est bien plus important que de pouvoir photographier ou démonter l'outil, dis-je avec une conviction tranquille. Je pense que pour beaucoup de gens, l'absence de preuve suffit à dire que ces choses n'existent pas. C'est une attitude que je comprends, mais je pense que la science ne peut tout expliquer.

— C'est vrai que je suis plus cartésien, me dit Luc.

— Oh, mais je le suis également et je ne suis pas prêt à gober n'importe quoi, dis-je. Mais le cartésien a ses limites. Le problème, c'est lorsque le scientifique refuse d'admettre que, par exemple, une perception hors de la portée des sens immédiats n'est pas possible ou que cette perception est le fruit du hasard.

— Oui, j'entends bien, mais pour ce qui me concerne, je vais continuer à me fier à mes cinq sens uniquement.

— Bien ! dis-je. Personnellement, j'apprécie que l'on puisse échanger sans vouloir convaincre. Nous resterons donc sur nos convictions respectives. Cette conversation est très agréable, mais je ne voudrais pas vous retenir trop longtemps.

— Nous dirons que chacun a été le miroir de l'autre, ajouta Luc sur le ton de la plaisanterie.

— Cela rend hommage à votre papa, répondis-je en lui mettant la main sur l'épaule.

— Je vais vous donner ce fameux texte.

— Vous l'avez lu ? lui demandai-je.

— Papa m'avait dit que je pouvais le lire si j'en avais envie. J'avais lu « Cinq phrases », alors j'ai lu cette dernière partie qu'il qualifiait de facultative.

Il ouvrit un tiroir et prit une grande enveloppe brune qu'il me tendit.

— Vous permettez ? demandai-je en la soulevant légèrement tout en le regardant.

— Je vous en prie, c'est à vous maintenant.

Je sortis le texte. Il tenait sur une seule feuille imprimée des deux côtés. Je lus simplement le titre : « La Légende des Flocons de Lumière ». Je regardai Luc avec dans les yeux un mélange de curiosité et de satisfaction intense. Je ressentais presque de la fierté en tournant cette feuille dans mes mains. Puis, la glissant à nouveau dans l'enveloppe, je lui dis que je lirais ce texte à la maison.

— Je vous remercie sincèrement pour votre accueil et le temps consacré à ma visite, ajoutai-je.

— Cela a été un plaisir, surtout après tant d'années à vous attendre, vous, le mystérieux destinataire, me dit-il en souriant. Si vous le désirez, nous pouvons nous revoir lorsque vous l'aurez lu. Ou si l'envie vous prenait de reprendre notre conversation, ce serait avec plaisir.

— Peut-être bien, répondis-je. Remarquez que vous avez mon numéro de téléphone dans votre historique. Donc, nous sommes deux à pouvoir prendre l'initiative. En tout cas, merci encore pour cette rencontre agréable et pour le texte.

En arrivant à la maison, je mis Françoise au courant de ma visite et de notre conversation. Luc m'avait fait un immense cadeau. Je l'avais trouvé vraiment charmant et modéré. C'était un homme aimant échanger, sachant écouter et entendre des opinions autres que les siennes. Françoise était heureuse de me voir si satisfait.

— C'est le digne fils de son père, dis-je en guise de conclusion.

— Je suppose que tu vas t'installer et découvrir ce fameux texte, me dit-elle en plissant les yeux.

— Oui, je suis vraiment curieux. Ne m'attends pas pour manger, dis-je en plaisantant, je descendrai dans une semaine ou deux.

Quelques minutes plus tard, installé dans mon vieux bureau, je posai religieusement la feuille devant moi et commençai à lire.

La deuxième rencontre

Écouter, c'est feuilleter l'inconnu
Entendre, c'est lire des pages qui sont ou qui deviennent nôtres

En terminant ma lecture, je me laissai absorber par la photo qui était posée sur mon bureau. On y voyait un parélie qui s'était formé quelques années plus tôt au-dessus de la maison et que j'avais pu immortaliser.

Quant au texte que je venais de découvrir, je ne savais trop que penser. Était-ce de la déception ? Peut-être mes attentes avaient-elles été trop grandes. Se mettre en attente est généralement le moyen le plus efficace d'aller vers une déconvenue. En fait, je m'attendais à des réponses, à une explication. Ce ne fut pas le cas. Je me levai lentement et descendis sans me presser. J'avais cessé de penser…

— Et alors, me demanda Françoise, cette lecture ?

— Je ne sais pas, dis-je en secouant la tête. Je ne vois pas vraiment le rapport avec ce qui précède et encore moins d'explication par rapport à ce que tu sais…

— Au moins, tu l'as retrouvée cette dernière partie et comme ça tu as l'œuvre intégrale, me dit Françoise en se redressant et en levant l'index. En plus, cela confirme ce que tu pensais au départ, à savoir qu'elle existe effectivement.

— Oui bien sûr. En fait, c'est très allégorique, assez court, mais j'ai le sentiment d'un final qui n'a pas réellement de rapport avec l'ensemble.

— C'est sans doute pour cette raison qu'il ne vous l'a pas donné d'office, me dit Françoise.

— Tu as raison. Et si on allait se balader, histoire de laisser cela derrière nous ?

— Je crois également que c'est ce qu'il y a de mieux à faire. On va jusqu'au Rouge Cloître ? proposa Françoise. Il y a longtemps que nous n'y sommes plus allés.

— C'est parti, dis-je avec enthousiasme.

Situé à l'orée de la forêt de Soignes, le Rouge Cloître est un très bel endroit. De longues balades en sous-bois, des chemins qui se croisent, des étangs, le lieu idéal pour se promener dans une nature préservée. On peut y marcher des kilomètres ou, pour les distraits, s'égarer dans cette gigantesque forêt peuplée principalement de hêtres. Le fait est que cette sortie nous fit vraiment du bien. Enfin pour Françoise, je le pense bien, mais pour moi c'est certain. Marcher est le moyen le plus simple d'évacuer ce qui nous encombre l'esprit, de faire le tri, un peu comme si on avançait entre deux rangées d'étagères sur lesquelles on déposerait nos pensées, ce qui est salutaire lorsqu'elles sont confuses. Ou peut-être ne les range-t-on pas, mais les invite-t-on à suivre le rythme de nos pas, ce qui les rend plus structurées. Rien n'est plus difficile que de les voir tourner en rond dans notre tête à un moment où nous tournons nous-mêmes en rond, cloués, pour une raison ou une autre, dans un espace confiné.

Après avoir parcouru durant deux heures des chemins que nous suivions régulièrement avec nos enfants quelques années plus tôt, nous avons repris la voiture. Je ressentais une impression de calme, celui qui suit les moments où l'activité a provoqué une saine fatigue. Le retour fut silencieux. Nous savourions simplement ce silence léger, celui qui nous unit à nous-mêmes ou à l'autre dans la satisfaction du moment. Le soir, avant de me mettre au lit, je relus à nouveau le texte que je venais de recevoir. Une fois dans le noir, le sommeil me prit très rapidement.

Soudain, une lueur m'éveilla. La lumière du couloir du premier étage était allumée. Françoise dormait à mes côtés. Je me levai doucement et ouvris la porte. Personne… Je descendis et me rendis compte que la lumière du salon brûlait également. Au bas de l'escalier, je vis que la porte d'entrée était bien verrouillée de l'intérieur, et que l'ancienne boîte aux lettres n'était toujours pas remplacée… En retenant mon souffle, je regardai prudemment à travers les vitres teintées de la double porte du salon. Je tressaillis en voyant un homme assis dans le fauteuil de Françoise. Mais très vite, je reconnus Monsieur Bériot ! Il m'avait vu et me fit un signe de la main.

— Viens t'asseoir, me dit-il à voix basse, je t'attendais.

— Mais, qu'est-ce que… ?

— Surpris ?

— Oui, je ne m'attendais pas à vous revoir.

— Pourtant, nous devions nous revoir encore deux fois. Ça en fait déjà une, me dit-il en souriant. Et en plus, juste après que tu aies rencontré mon fils.

— Oui, il m'a donné la dernière partie, merci. Luc est un homme vraiment charmant. Mais pour en revenir à vous, je ne m'attendais pas à vous revoir. Je dois avouer que je n'y croyais plus et que j'avais décidé de tirer un trait sur toute cette affaire à laquelle je ne comprends rien. Et plus j'avance, plus je fais des efforts pour saisir l'un ou l'autre aspect, moins je saisis.

— Mais que veux-tu comprendre en fin de compte ?

— Eh bien, les mécanismes en jeu, ce vers quoi cela mène, la façon de contrôler les choses si seulement c'est possible. Je ne sais pas ce que je peux faire ou ce que je suis supposé faire…

— D'abord, tu n'es pas supposé faire quoi que ce soit, me dit-il. Personne n'attend rien de particulier de ta part. Ensuite, pour ce qui est des mécanismes, tu sais très bien qu'on peut, par exemple, utiliser un ordinateur sans être informaticien ou une voiture sans être mécanicien.

— Oui, bien sûr. Seulement, dans ces cas on utilise un objet dont l'usage est prévu, codé. On sait ce que l'on peut en faire.

— D'accord, ce n'est pas pareil. Mais ici, il te suffit de savoir que ta montre peut ne plus indiquer la bonne heure, me dit-il en me faisant un clin d'œil. Tu ne dois pas comprendre pour autant tout le processus.

— Admettons qu'il ne faille pas tout comprendre, mais il y a un minimum me semble-t-il. Et admettons également que je n'aille pas jusqu'à consulter un onirocrite, mais là je ne sais même pas où est l'interrupteur ou le démarreur ! Il y a quelques jours par exemple, je suis apparu dans le rêve d'une connaissance qui m'avait fait part d'un gros souci. Il m'a dit que nous avions parlé pendant son rêve et que cette conversation était très structurée. Il était comme conscient alors qu'il dormait. Exactement comme lorsque je suis tombé de mon échelle.

— En quoi est-ce un problème ?

— Et bien je ne me souviens pas de cette conversation que j'aurais eue avec cette personne. Ma montre retardait effectivement à mon réveil, mais je ne me souvenais de rien, dis-je en masquant difficilement un début d'irritation.

— Mais c'est excellent ! me dit Monsieur Bériot. Cela signifie que ton potentiel se précise. Sois patient, l'explication viendra demain ou après-demain et par quelqu'un d'inattendu. Il arrive que l'on soit, malgré soi ou grâce à soi (il s'arrêta voyant ma stupéfaction)… oui, je dis bien que l'on peut être *grâce* à soi invité dans le rêve conscient de quelqu'un. Sans le savoir au départ donc. On devient alors une espèce de téléphone.

— C'est sans doute pour cela que je suis un peu sonné, dis-je avec ironie. Et être invité malgré soi ou grâce à soi ? Vous aimez décidément parler par énigmes. Admettons… Mais pour en revenir à cet éventuel potentiel, il serait de quel type ? Et comment faire pour le diriger ? Je ne peux tout de même pas être en libre-service ! dis-je un peu plus détendu. Franchement, tout cela n'a plus de sens pour moi.

— Tu parais attacher une grande importance à la compréhension. Je sais que l'histoire de l'humanité atteste que comprendre notre monde et ses lois nous a fait évoluer. L'éducation et l'instruction sont aussi basées en grande partie sur la maîtrise de nos facultés de réflexion. Enfin, reconnaissons que c'est également parfois du bourrage de crâne… Mais ici, nous sommes en présence d'autre chose. Je ne pourrais pas trouver le moyen de t'expliquer d'où je viens et où j'existe lorsque je suis ailleurs qu'ici. Lorsque je viens te retrouver comme maintenant, je ne pourrais pas te le faire comprendre, faute de trouver les mots à mettre sur ce qui est hors de la portée de ce monde. Mais le plus important est que nous parlions, me semble-t-il. Qu'est-ce que cela t'apporterait de comprendre ma présence ? Et de toute façon, comment pourrais-je, par exemple, expliquer à un enfant de quatre ans la formation et les mécanismes de notre système solaire ? Ou plus simplement le fonctionnement et l'utilité des composants d'un téléphone portable ? Pourtant, dans ces deux cas nous serions dans le monde de cet enfant, dans sa réalité. Toi, tu me parles d'autre chose, tu tentes de percer le fonctionnement d'une réalité qui vient d'ailleurs.

— Mais comme vous l'avez dit, nous sommes d'une certaine manière programmés pour comprendre.

— Oui, mais pour comprendre notre réalité, dit-il en insistant sur « notre ». Pour ce dont il est question entre nous, tes concepts, tes acquis, tes connaissances ne te sont pas utiles. Ce ne sont pas les bons outils.

Beaucoup de gens masquent cette incapacité de compréhension par toute une mise en scène destinée à détourner le problème, ajouta-t-il.

— Pourriez-vous me dire cela autrement ? demandai-je.

— Prends le mouvement New Age par exemple. Il a instauré des codes, un vocabulaire, une série de signes qui viennent de plusieurs traditions ou de mouvements bien antérieurs. On y parle de chakras, de se recentrer, de lâcher-prise, de reconnexion, et d'une foule d'autres choses qui viennent de courants bien plus anciens. Mais eux mélangent tout cela dans une espèce de soupe spirituelle avec un soupçon d'encens, de feng shui, de diététique, d'écologie et d'angélisme au nom de l'amour universel. Ensuite, ils s'asseyent en joignant les doigts, tout en écoutant des musiques sur fond de cascades ou de chants des baleines. Ils citent Bouddha ou d'autres grands personnages à tout propos…

— Quel mal dans tout cela ? demandai-je brutalement.

— Aucun en soi, si ce n'est que cela fait de la spiritualité une mode. Pense simplement un instant à ce que la mode vise. Dans le domaine qui t'occupe, un seul sentier suivi suffit. Aujourd'hui, tous les sentiers sont proposés ensemble sur l'autoroute du spirituel, une autoroute à péage bien sûr… Revenons à la réalité d'un seul sentier !

— Je suis du même avis, mais faire le procès d'un système n'est pas mon désir, répondis-je assez sèchement.

— Je vois que tu es passablement irrité.

— Oui, désolé. Je dois dire que cette période de crise sanitaire a été et reste compliquée. Je la vis comme une opportunité de prise de conscience, mais là, je ne débouche sur rien de concret.

— Bon, on reprend depuis le début ? me proposa Monsieur Bériot.

— Voilà qui me rappelle un ancien professeur que j'appréciais vraiment et que vous devriez d'ailleurs bien connaître, dis-je en lui adressant un clin d'œil.

— Peut-être bien que je le connais…

Bon, reprenons. Je me contenterai de t'expliquer une seule chose. Mais avant cela je voudrais te dire que ce que tu es capable de percevoir, vient de ton fonctionnement. Et que ce fonctionnement vient de ta jeunesse et de ces heures que tu as passées en solitaire. Tu as créé les bonnes conditions en étant là sans être quelqu'un d'autre que celui qui était là, que ce soit sur ton vélo ou avec les pigeons pour ne te donner que ces deux exemples. Tu n'avais aucune raison d'associer ces moments avec un quelconque ego. Tu ne raisonnais pas. Tu étais, c'est tout.

— C'est exact. C'était bien ainsi. Et j'ai retrouvé cela durant mon service militaire, seul au milieu des autres. Moi, le jeune homme qui étais juste un matricule en uniforme, présent de corps. Et le moi sans nom ou définition, sans limites, hors d'atteinte, présent sans que la moindre interaction avec le militaire soit nécessaire…

— Voilà, tout est dit ! conclut Monsieur Bériot. Mais ça, c'était hier… Aujourd'hui, tu perçois d'abord ce que tu es, ensuite, ce que les autres sont et donc tu hiérarchises. Ton ego te pousse parfois à vouloir convaincre ou à vouloir comprendre ce qui te différencie des autres. Tu vis avec toi et dans le même temps tu tentes d'établir une correspondance à l'extérieur, avec ton entourage ou avec une logique discriminante. Prouver, comprendre, justifier semble plus important qu'être. Prends cela par n'importe quel bout, c'est l'ego qui s'exprime. Un enfant ne se soucie pas de cela. Il est… et c'est tout !

— Je dois bien admettre que vous avez raison, dis-je. Je pense que retrouver l'attitude de mon enfance m'aiderait grandement. Le silence, bien sûr. Cesser les bavardages intérieurs et extérieurs, ceux qui me coûtent tant d'énergie simplement pour prouver que j'ai raison.

Je restai un instant silencieux, comme pour m'imbiber de cette évidence et la mettre en œuvre, ne fut-ce que quelques secondes.

— Là, tu avances vraiment, me dit-il avec un sourire de satisfaction.

— Et cette chose que vous alliez m'expliquer ? demandai-je en revenant sur une phrase qui avait précédé et qui m'avait fait dresser l'oreille.

— Je vais te parler du balancier céleste. C'est le nom un peu spécial donné à un phénomène connu ici, enfin, je veux dire où j'existe.

— Voilà qui m'intéresse au plus haut point…

— Lorsque tu es dans un rêve conscient, ce qui t'est arrivé à deux reprises, enfin trois avec celle-ci, tu es dans le présent. Tu te penches sur le moment en cours sur terre. Le passé peut être accessible également, mais surtout pour le feuilleter. Un peu comme si tu regardais un vieil album de photos, ce qui peut être utile pour décoder l'origine de certains événements ou ce qui a fait que notre présent est ce qu'il est.

— Donc, insistai-je, si je saisis bien, on peut consulter le passé et ainsi comprendre pour quelles raisons notre présent est tel qu'on le vit. Cela permet de nous mettre face à ce que nous avons provoqué par nos choix.

— Oui, mais aussi pour réaliser que, parfois, ce sont des événements incontrôlables qui nous ont fait dévier ou réagir. Là, on retombe dans certains passages du texte que je vous avais donné en lecture.

— Mais quelle est l'utilité de prendre conscience de ce que l'on a fait hier ? demandai-je.

— D'abord pour éviter de trébucher à nouveau sur la même pierre, une évidence trop souvent oubliée. Mais surtout pour accepter un présent inévitable. J'ajouterais, et c'est important, que le passé ne peut être que très difficilement modifié…

— Attendez, pour quelle raison est-ce si compliqué de changer le passé ?

— Parce qu'il a des répercussions sur nous, mais également sur d'autres et sur une multitude d'événements. As-tu déjà réalisé toutes les implications que chacun de tes agissements ou même de tes pensées ont eues ? Imaginons par exemple que ton journal ne soit pas déposé dans ta boîte aux lettres pour la troisième fois (l'exemple me fit sourire…). Tu réclames, mais avant cela, ta mauvaise humeur a irrité ton épouse, ce qui va provoquer une réaction de sa part. Ensuite, le livreur risque des conséquences qui auront à leur tour des conséquences… Bref, tout cela uniquement à partir d'un journal non reçu. Mais pour ce qui n'engage qu'une personne, c'est possible. Tu comprendras cela un jour.

— Dans ma boîte ? Difficile, dis-je à voix basse en terminant par un petit rire… Non, c'est sans importance. Donc, je vais bientôt comprendre. Je vais devenir plus malin ! ajoutai-je sur le ton de la plaisanterie. Et tant que nous y sommes, qu'en est-il de l'avenir ?

— Il est en partie défini par le présent. Toujours cette question de conséquences. On peut savoir ce que demain pourrait être, en tout cas pour la partie qui dépend de nos choix présents.

— Donc, si on parvient à le visiter et voir les résultats de nos agissements, on peut le changer en rectifiant nos choix. Remarquez que le simple bon sens pourrait déjà suffire.

— Bien sûr, mais le bon sens ne te montre pas précisément ce que l'avenir sera. Tout simplement parce qu'il y a des choses qui se produisent également sans dépendre de toi. Donc si demain n'existe pas encore et peut être changé, il peut aussi ne pas changer. Mais « changer » n'est pas vraiment le bon mot, puisqu'il n'existe pas encore.

— Effectivement, le terme « déterminer » serait plus exact, dis-je. Et ce balancier céleste, c'est bien le nom que vous avez utilisé ? Qu'entendez-vous par là ?

— Lorsque tu explores le présent ou le passé, ta montre retarde. Lorsque tu explores le futur probable, elle avance. De là, ce terme qui semble approprié.

— Et comment faire pour choisir, comment explorer le passé, le présent ou le futur ?

— Tout dépend de ce que tu cherches. Mais il faut d'abord pouvoir s'embarquer.

— Et de quelle manière peut-on y parvenir ? demandai-je avec une impatience que je parvenais à peine à contenir.

— Pour y parvenir, me répondit mon professeur, j'ai d'abord dû contrôler le rêve conscient. Toi, par contre, ta jeunesse et ton fonctionnement devraient te permettre des possibilités quelque peu différentes. Ce vide de pensées discursives dont tu étais capable, existe toujours. Tu l'as encore en toi…

— Je me demande où il se cache alors, répondis-je avec une pointe de résignation.

— Ta vie d'adulte te l'a tout simplement fait oublier. Aujourd'hui, tu inscris les événements, de même que toutes tes pensées, sur un tableau à deux colonnes, et cela en une fraction de seconde. C'est pratiquement devenu un réflexe. Mais tu es loin d'être le seul. Ce réflexe est, pour ainsi dire, universel. Bon, revenons à ce tableau !

D'un côté il y a ce que tu aimes, ce que tu ne voudrais pas perdre ou voir changer, et de l'autre, ce que tu n'aimes pas, ce que tu voudrais éviter ou changer.

— Mais en quoi est-ce un problème ?

— Pas un problème, une entrave. La plupart d'entre nous cataloguent tout en « J'aime » ou « Je n'aime pas », sauf quand ils dorment. Et c'est justement à ce moment-là que les rêves, lucides ou non, surviennent.

— Je ne vous suis toujours pas, dis-je le front plissé.

— J'y arrive. Tu pourrais réactiver ton fonctionnement ancien, celui de l'enfant ou celui du milicien que tu étais à l'âge de vingt ans. En fait, c'est cela que tu cherches, et ne pas y parvenir provoque ce trouble dans lequel tu évolues. Un trouble que tu crois pouvoir résoudre en comprenant le mécanisme de nos rencontres. Mais cela t'échappe, ce que tu n'apprécies pas, et donc cela encombre davantage la partie indésirable de ton tableau.

— Mais si je parvenais à contrôler le rêve lucide, cela n'aurait plus d'importance.

— Exact, me répondit le professeur, mais cela ne te permettrait qu'une partie des possibilités. En retrouvant ton côté enfant, en muselant ton ego, tu évoluerais dans un monde non hiérarchisé. En le muselant, tu deviendrais un lecteur à temps plein et non plus un juge. Et le lecteur est fait pour lire… Donc, si tu évitais les « J'aime » et « Je n'aime pas », tu pourrais pour ainsi dire voyager à volonté sans être tributaire du sommeil qui, lui, élimine ces « J'aime » et « Je n'aime pas ».

— « La cabane et l'enfant », dis-je à voix basse les yeux dans le vague.

Le professeur me regarda en souriant, puis il inclina la tête en serrant les lèvres. Ensuite, il ferma les yeux et haussa légèrement les épaules la paume de ses mains vers le haut.

— Oui, me dit-il, en vivant retiré dans ton carrousel mental comme tu le fais depuis des semaines, tu perds le contact avec celui que tu étais.

— Pourtant, je tente de l'arrêter ce fichu carrousel. Je fais tout ce que je peux.

— À quel moment es-tu vraiment totalement libre de toute discrimination ? À quel moment es-tu libéré de toute interaction ?

— Lorsque j'écoute de la musique, dis-je sans hésiter une seconde.

— Eh bien voilà ! Tu veux comprendre ? Alors, écoute bien ceci : pense d'abord à ta formation professionnelle, ensuite, prends le temps et laisse-le t'emmener !

— Euh… ?

— Tu trouveras, je le sais. Et sache enfin que le jour où le balancier restera immobile, le jour où il n'y aura plus de décalage dans les heures, tu te seras trouvé.

— Ce n'est n'est pas très clair. Il faudra me l'expliquer à nouveau.

— Tu comprendras cela le moment venu. Maintenant, je vais te laisser.

— Bon, j'aurais aimé un peu plus de temps avec vous. Mais nous nous reverrons encore une fois, n'est-ce pas ?

— Oui, lorsque tu quitteras ce monde je serai là pour t'accueillir. Ce sera notre troisième rencontre. Mais on va garder cela pour la fin, me dit-il en souriant.

— Vu comme cela, rien ne presse effectivement, dis-je en souriant à mon tour. Je vous remercie encore pour tout et aussi pour la dernière partie du texte. Je dois encore l'intégrer.

— C'est déjà en cours. Oublie l'herméneutique. Sois simplement présent à ce monde tandis que le temps s'écoule !

Sur ces mots, il se leva et quitta la pièce. Tout s'évanouit. Je perdis toute notion jusqu'à mon réveil qui me ramena de nulle part… Ma montre retardait de plus de trente minutes.

Rue d'Angleterre

Le désœuvrement nous quitte
Lorsque les pensées trouvent nos pieds

Deux semaines s'étaient écoulées depuis ma conversation avec Monsieur Bériot.

Tout comme l'eau traverse lentement les roches, notre échange avait traversé chez moi l'une ou l'autre couche qui se croyait ou, peut-être même, qui se voulait imperméable. Parfois, l'auto-défense de l'ego prend une forme sournoise appelée obstination. Pourtant, nous la justifions en la nommant détermination…

Ce qui est sûr, c'est que j'avais bien compris ce mécanisme. Mon obstination avait fondu, libérant une part de moi que j'avais presque oubliée, ce côté immédiat qui nous rend capable d'exister sans devoir justifier ce que nous sommes. J'avais retrouvé la jubilation d'être, simplement, plutôt que le combat d'être moi malgré l'autre…

Françoise m'avait également aidé en insistant sur le fait que, depuis quelques années, je n'étais plus seulement solitaire par moments, mais bien enfermé en moi-même de plus en plus souvent. Sans doute était-ce dû à ces différences qui nous rendent à la fois uniques et, parfois, incompatibles. J'avais bien enregistré les propos de Monsieur Bériot lors de notre dernière conversation. Après cet échange, j'avais pris l'engagement d'éviter à l'avenir toute allusion visant à convaincre, justifier ou même informer qui que ce soit de toute cette affaire ou de n'importe quelle affaire d'ailleurs. Chacun suit son chemin et argumenter le sien ne le rend ni plus pertinent ni plus nécessaire à l'autre.

Depuis un certain temps, les mesures sanitaires s'étaient quelque peu assouplies. Les déplacements et la cohabitation revenaient davantage à la normale.

J'avais donc enfin pu reprendre mes entraînements de shotokai et retrouver les autres pratiquants ailleurs qu'en extérieur où, depuis de nombreuses semaines, nous ne pouvions travailler qu'à distance en utilisant le bõ. Reprendre notre pratique en dojo avec partenaire proche et contacts directs fut un réel plaisir : celui des retrouvailles.

Lorsque j'avais quinze ans, je m'étais inscrit dans un club de karaté. Je me souviens parfaitement de la première fois où je suis entré dans un dojo. L'atmosphère particulière de l'endroit où la sérénité enveloppait les rituels de début et de fin de la pratique, le salut à l'adresse de chaque pratiquant avant chaque exercice, les katas ponctués à certains moments par un kiai, le silence durant la pratique, le respect pour le sensei, tout cela tranchait avec d'autres pratiques sportives ou physiques. Au début des années septante, les films de karaté et la série Kung-Fu portèrent à son comble ma fascination pour le monde oriental et sa philosophie.

Aujourd'hui, après plus de cinquante années de pratique, ma conception des arts martiaux avait considérablement changé mon approche des techniques ainsi que ma vision du partenaire et des situations d'affrontements. J'avais uniquement commencé le karaté par désir de prendre confiance en moi, de m'affirmer, de me sentir invincible… au moins le temps d'un assaut formaté avec un partenaire complaisant. Un pratiquant avancé m'avait un jour dit que le véritable bénéfice des arts martiaux est qu'ils changent notre caractère avec les années. Et il est exact que dans mes plus jeunes années je voulais à tout prix neutraliser l'adversaire (aujourd'hui je parlerais de partenaire). Ensuite je tentais de neutraliser l'attaque. Et à présent, je me contente de neutraliser le combat. Cette évolution qui nous éloigne radicalement des sports de combat, je l'avais observée chez moi. Mon caractère quelque peu emporté de ma jeunesse avait cédé la place à une tranquillité bien plus grande. Une tranquillité posée sur une assurance personnelle dont le fondement était la douceur dans les rapports. Aucune de toutes ces considérations ne m'occupait l'esprit durant nos deux heures d'entraînement intensif, je n'avais aucun besoin de me les répéter. La philosophie de notre méthode se cristallisant dans le geste et dans l'attitude, nos assauts puissants étaient portés avec bienveillance, le spectateur occasionnel ne pouvant s'en rendre compte, ses yeux ne voyant que le résultat du geste. Les pratiquants chevronnés, eux, ne cherchent pas le résultat. Ils ont fait le chemin et le résultat les a trouvés.

« Sois simplement présent à ce monde ! » Cette phrase, la dernière de Monsieur Bériot lors de notre seconde conversation, avait fait son chemin également. Je l'avais appliquée. Mes pieds m'avaient permis de quitter ce carrousel où mes interrogations stériles tournaient sans réponse. Comme le marcheur du conte, ma porte avait claqué, mais je n'emportais aucun grimoire. Je voulais juste être présent, ailleurs qu'entre quatre murs. La vie reprenait des couleurs, d'abord celle de mon kimono, ensuite celle des visites et des contacts qui nous avaient manqué et, aujourd'hui, celle de mon abonnement de tram. J'avais en effet décidé de me rendre à la Ligue Braille. Depuis quelques années, je lisais des romans dans leur studio. Ils étaient par la suite gravés sur des disques pour les personnes malvoyantes. Les mesures sanitaires ne permettaient pas encore aux lecteurs bénévoles de reprendre leurs séances d'enregistrement. Je voulais simplement pousser la porte de leur bibliothèque afin de choisir le livre que je lirais dès que les cabines d'enregistrement pourraient à nouveau nous accueillir.

Traverser le petit parc de la Porte de Hal à ma sortie du métro, fit naître spontanément un sourire de satisfaction sur mon visage. En tournant le coin, je débouchai rue d'Angleterre. J'étais en territoire connu, marchant allègrement vers l'entrée du bâtiment.

En repensant à mes lectures passées, je me revoyais savourant à l'avance le café que j'emportais dans la cabine de lecture. Ensuite, je fermais la double porte pour me retrouver isolé du bruit, dans cet espace dont les murs absorbaient le moindre son et où ma voix, perdant sa résonance, devenait sourde, comme aspirée par le silence. Lors de mes lectures, je prévoyais systématiquement une séance de deux heures. Deux heures durant lesquelles j'étais seulement un lecteur. Le phénomène de fluidité prenait alors tout son sens, avec deux perceptions différentes du temps qui passait. Lorsque durant une pause, je regardais ma montre, l'heure indiquée me paraissait à chaque fois irréelle. Les aiguilles semblaient avoir fait un bond, comme si le temps s'était écoulé sans que j'en sois conscient. Je lisais dans un « ailleurs » où quelque chose se déroulait sans que je perçoive le passage du temps. Mais dans la cabine, le temps passait. Si j'avais eu deux montres, elles auraient aussi indiqué un fameux décalage.

La fluidité qui s'installe lorsque nous sommes totalement absorbés par une occupation et celle des rêves étaient pareilles… Même conscient, même éveillé, le temps reste insaisissable, vivant et adaptant son déroulement à notre incarnation dans le niveau où nous sommes… Un peu comme si nous avions deux vies, l'une structurée par la raison et l'autre libre de tout concept, de toute saisie, une vie dans laquelle nous sommes trop occupés durant chaque seconde pour pouvoir anticiper la suivante.

En quittant le bâtiment après ma visite de la bibliothèque, je me dirigeai à nouveau vers le parc. Une dame qui en était sortie juste avant moi, avançait prudemment, une canne blanche à la main. À quelques mètres de nous, je vis qu'une espèce de châle gisait sur le sol. Cet obstacle me parut, peut-être à tort, difficile à déceler par les balayages de sa canne. Je me dis surtout que si cette dame s'y prenait les pieds, la chute serait inévitable. Je lui mis très délicatement la main sur le bras.

— Attendez Madame, il y a un châle sur le sol. Cela pourrait vous faire tomber, je vais le ramasser.

— Merci Daniel. Vous avez raison, c'est le genre de piège qu'il nous est difficile d'éviter.

— Mais comment savez-vous… comment connaissez-vous mon nom ? dis-je en bafouillant tant mon étonnement était grand.

— Votre voix, tout simplement. J'ai écouté une de vos lectures. Pour moi, vous êtes cette voix, celle qui m'a raconté l'histoire que vous avez lue.

— Quelle coïncidence ! ajoutai-je.

Tout en parlant, nous étions arrivés dans le parc où la dame me proposa de nous asseoir, si du moins je n'avais rien d'urgent qui m'attendait. Elle voulait simplement prendre un peu de temps pour que nous fassions connaissance, ce que j'acceptai avec plaisir. Après nous être présentés afin d'avoir au moins tous deux un prénom, nous nous installâmes sur un banc. Elle s'appelait Sophie. Pour moi, le temps était lumineux. Pour Sophie, il était doux et légèrement venteux.

— Vous savez, me dit-elle, dans le monde visible (elle s'arrêta en souriant), je veux dire dans le monde qui peut être vu, les rencontres sont innombrables. Même si on se contente d'un regard, et si ce lien est à sens unique, on est entouré de personnes ou de choses à voir. On en découvre en permanence où que le regard se pose… J'ai vu jusqu'à l'âge de 7 ans, je m'en souviens.

— Cela doit être vraiment difficile de perdre la vue, me contentai-je d'ajouter faute de parvenir à exprimer autrement mon ressenti face à un tel malheur.

— En tout cas, j'ai gardé des souvenirs autres que ceux que j'enregistre depuis lors grâce à mes oreilles ou mes mains. Que l'on puisse ou non s'en satisfaire, ce qui est sûr, c'est que cela fait beaucoup moins de données à emmagasiner, ajouta Sophie en souriant.

— Je peux l'imaginer.

— Comment en êtes-vous arrivé à lire pour les personnes malvoyantes ? me demanda Sophie.

— Il y a d'abord le côté technique de la chose. J'ai un petit studio de musique depuis plus de 40 ans. Une pièce partiellement insonorisée avec des claviers, des câbles en pagaille, un micro… bref, tout ce qu'il faut pour composer et enregistrer de la musique.

— Musicien donc…

— Tout à fait amateur, dis-je. Je parlerais plutôt d'une passion dont je n'ai jamais envisagé de vivre. Je dirais que je me vois plutôt comme un artisan du timbre et des compositions d'ambiance où la voix intervient parfois, mais sans chanter, je préfère la voix parlée. Ma carrière, c'est dans l'enseignement que je l'ai faite. Et dans cette profession, la voix est le principal outil de travail. Et puis, j'ai aussi gardé le goût des histoires racontées. Lorsque j'étais enfant, il y avait souvent des émissions à la radio où des acteurs lisaient les dialogues de pièces de théâtre ou parfois des histoires policières ou autres. Cela me fascinait. C'est sans doute pour cette raison que la narration m'attire tant. Mon imagination reconstruisait les scènes, les événements. Cela devenait comme un film dont les images… (ce dernier mot me mit mal à l'aise). Euh, je crois que ce mot est mal choisi…

— Ce mot n'est pas un problème. Lorsque vous ou une autre personne lisez pour moi, mon imagination travaille également. Mais les évocations sont d'un ordre différent. J'utilise mes données, celles que j'ai emmagasinées. Nous créons une réalité interne que nous reconstruisons avec ce qui est stocké par tout ce que nous avons connu ou perçu.

— C'est vrai que penser ou imaginer fait émerger bien plus que des images. Cela me fait penser à autre chose, aux rêves en fait. Je me suis souvent demandé ce dont rêvent les gens qui ne voient pas.

— C'est un peu pareil, je pense. Je ne crois pas que l'on puisse rêver au-delà de notre expérience. On agence nos rêves en utilisant ce qu'il y a dans notre bibliothèque.

Cette dernière phrase me fit le même effet qu'une fenêtre qui s'ouvrait. Ce fut comme un faisceau lumineux éclairant une zone obscure qui attendait son heure pour révéler ce qu'elle cachait. Je fus parcouru par une onde de satisfaction qui se traduisit par un sourire… imperceptible pour Sophie.

— Je dois avouer que c'est un sujet qui me passionne au plus haut point, dis-je. Il me semble que durant les rêves, nous avons accès à une part inexplorée de notre existence. Et pourtant, nous utilisons effectivement des acquis de notre expérience. J'ai par exemple déjà fait des rêves où ma vie est en danger. Mais je ne suis jamais allé jusqu'à mourir dans un rêve.

— J'ai un jour entendu parler du yoga du rêve, durant lequel on pourrait contrôler de manière consciente le contenu onirique, ajouta Sophie.

— Tout à fait. J'ai un peu lu sur ce sujet également. Mais nous voilà bien sérieux tout à coup, dis-je en riant doucement.

— C'est vrai, revenons à un peu d'insouciance ! proposa Sophie sur le même ton.

Nous sommes encore restés de longues minutes à bavarder de nous, de nos vies, des nôtres. À un moment, j'eus l'impression que chacun à notre tour nous dispersions sur le sol des graines de notre passé que l'autre picorait, avant d'y ajouter les siennes. Quand on pense au premier sujet de conversation d'un échange informel et à tous les enchaînements qui suivent, on se demande parfois comment il est possible d'aboutir si loin du point de départ. Ce furent des minutes aussi agréables qu'imprévues, un moment privilégié où, en confiance, on arpente les sentiers qui ont amené un inconnu jusqu'à nous. Un moment où certaines confidences peuvent être faites sans devoir être justifiées. Parler de soi avec quelqu'un qui ne partage pas notre histoire, nous donne une consistance qu'il n'est pas nécessaire de légitimer. C'est peut-être une des choses qui me manquait. Lorsque nous avançons en âge, nous fréquentons principalement de la famille ou des amis qui nous connaissent par cœur et, souvent, notre cercle peine ou hésite à s'élargir.

De retour à la maison, je racontai cette rencontre à Françoise et je lui dis combien il était enrichissant de croiser pour la première fois le chemin d'une personne. Cela permet de retracer notre parcours avec des mots et aussi de se rendre compte que l'on occulte certaines choses. Et que ces choses que l'on ne dit pas sont souvent les plus révélatrices.

Durant la soirée, bien installé devant la télévision, je ne parvenais pas à entrer dans le film que nous avions choisi. Mon esprit vagabondait ailleurs. Je faisais avec satisfaction le point sur ces dernières semaines où j'avais pu me libérer des pensées qui revenaient sans cesse ainsi que de ces questions permanentes. J'étais redevenu plus libre. Je n'étais plus en chemin vers une ligne d'arrivée qui m'obsédait. Non, je marchais sur un sentier. Et sur ce sentier, chaque pas me rapprochait de cette ligne, qu'enfin, je ne visais plus.

En faisant le point sur mes lectures, sur les conversations que j'avais eues avec Monsieur Bériot ainsi qu'avec Sophie, et en y ajoutant une conviction non conceptuelle, pour ainsi dire instinctive, je parvins à la conclusion suivante : si je voulais obtenir un résultat, celui de pouvoir contrôler ces rêves ou voyager plus librement comme Monsieur Bériot l'avait évoqué, je devais absolument parvenir à ne rien « fabriquer ». Je ne devais pas non plus me dire que je devais y arriver et continuer à chercher dans tous les sens. Non, je devais simplement savoir que je pouvais le faire. Le résultat suivrait certainement.

En un instant, assis devant notre télévision qui avait uniquement capté mon regard, je pris la décision de faire confiance, d'oublier ce que je savais et de ne surtout plus chercher ce que je ne savais pas. Il est parfois sage d'accepter d'oublier ce que l'on sait…

Mon esprit possédait tous les mécanismes nécessaires. Je savais que j'y parviendrais, ou plutôt que mon esprit y parviendrait ! Je sentis que, dans un coin de ma tête, les mots déposés par mon ancien professeur attendaient sagement leur heure. Il y avait là un petit écrin qui bientôt s'ouvrirait. Et il contenait le ticket qui me permettrait de m'embarquer pour ces trajets dont seule ma montre garderait une trace objective.

Je pris la main de Françoise. Nous avancions depuis tant d'années l'un avec l'autre. Et là, à cet instant, assis à ses côtés, je me dis que je ne devais rien ajouter, qu'il n'y avait rien à dire. Que le pied peut parfois se lever et se poser à l'endroit où nous sommes déjà, sans chercher à aller plus loin. Que l'on peut marcher sur place lorsque l'on se dit qu'ailleurs n'est qu'une promesse, et que maintenant est une réalité.

Le sablier

Les premiers pas d'un enfant sont vus comme un exploit
Les derniers pas d'un vieillard sont souvent plus anonymes
Et pourtant...

Dehors, octobre fut difficile, réglementé, sanitaire.

À l'intérieur, octobre fut à nouveau moins convivial, dépeuplé.

Rien ne semblait vraiment contenir l'invisible menace...

Nous avions épuisé notre stock de destinations récréatives proches. Les plus lointaines étaient soumises à des protocoles qui nous démotivaient ou nous excluaient.

Mais pour ma part, le calme de l'hiver tout proche n'était pas pour me déplaire. Nous commencions à entrevoir la saison des soirées sous la couette, des films où la magie s'invite, du panettone, des balades dans la brume à la tombée du jour, des écharpes chaudes et douces, de l'odeur du feu de bois, des draps en molleton... Chaque année, lorsque le mois de novembre revenait, les journées plus courtes et le gris du ciel nous invitaient à rester davantage à l'intérieur, dans notre refuge où régnait une tranquillité qui se calfeutrait dans la douceur.

Cependant, cette année, la musique, la lecture et la télévision ne parvenaient plus vraiment à combler le manque de contacts. Avant les mesures sanitaires, les occupations meublaient seulement les heures inactives, les heures où Françoise et moi étions seuls à la maison. Avant cette période difficile, certaines journées ou soirées étaient ponctuées de visites, des passages improvisés de l'un ou l'autre des enfants, des petits-enfants ou encore d'amis et amies. Il y avait des soirées chez nous ou ailleurs, parfois une sortie au cinéma ou au restaurant… Quand les loisirs deviennent le principal moyen d'éviter l'ennui, le temps semble parfois s'écouler sans réelle utilité.

Lorsque j'enseignais, le congé de la Toussaint avait toujours été celui qui me semblait le plus nécessaire. Le début d'une année scolaire est le moment des nouveaux balais. Et les nouveaux balais, c'est bien connu, balaient bien ! Même si cela demande beaucoup d'énergie.

Je m'étonnais à chaque rentrée de la motivation qui m'animait, de l'ambiance presque euphorique de mes premiers contacts avec mes nouvelles classes, euphorique de mon côté en tout cas…

Après les vacances d'été, je retrouvais cet entrain de septembre avec lequel je tentais de conquérir mon nouveau public, mes élèves, non pas pour les applaudissements, mais plutôt pour éveiller leur désir de comprendre et d'adhérer à mon enthousiasme. Et après les deux premiers mois assez intenses de chaque nouvelle année scolaire, ce congé d'une semaine nous faisait le plus grand bien.

Mais depuis quelques années, le début de novembre était très différent. Les retraités n'ont plus de vacances… Et pour ma part, le bruit délicat des feuilles mortes que nous voyions tomber lors de nos promenades ne contrastait plus avec celui de la cour de récréation, ou avec le brouhaha des élèves qui entrent en classe. Aujourd'hui, les feuilles mortes tombaient simplement pour la beauté des couleurs qui se posent sur le sol. Elles ne tombaient plus pour m'offrir le calme de leur valse silencieuse ni pour m'envelopper de cette sérénité à laquelle les professeurs aspirent parfois désespérément. Cette sérénité que certains élèves réfractaires grignotent, lui préférant le goût irrésistible de l'opposition systématique et son cortège de tensions.

Mais en cette année particulière, c'était la vie dans son ensemble qui avait l'aspect d'une forêt oubliée par les cycles qui en changent l'apparence. Il nous semblait que toutes les saisons s'étaient contractées en une seule, plus uniforme et plus morose. Nous vivions dans une forêt dont les arbres perdaient des feuilles qui n'avaient pas poussé.

Mais les cycles reviendraient, un jour. Et le soleil ne verrait toujours pas d'ombres. Rien n'était perdu. Les choses étaient simplement en pause. Et pas uniquement pour nous. Une bonne partie de l'humanité vivait dans des circonstances similaires.

Françoise avait prévu de rencontrer une amie, une ex-collègue elle aussi retraitée. Elles travaillaient dans le même bureau et avaient cessé leur activité à quelques mois d'intervalle. Et même si cela datait de quelques années, elles étaient restées en contact et se voyaient régulièrement. Nous nous étions aussi rencontrés en couples plusieurs fois et Philippe et moi, les maris respectifs, avions sympathisé très rapidement. Outre quelques intérêts partagés, nos soirées étaient émaillées d'anecdotes, de souvenirs et d'ancrage dans une époque commune. D'ailleurs, elles se terminaient souvent bien tard.

Lorsque Françoise et Marianne étaient encore actives, les plus jeunes du bureau les considéraient un peu comme les dernières représentantes d'une époque où, le matin, on se disait bonjour en portant un sourire de bureau en bureau ou en entrant dans un ascenseur. C'était avant qu'un bonjour sans visage s'affiche sur l'écran de chacun, ou que l'on entre dans un ascenseur le nez rivé sur un écran de poche.

Lorsque Françoise m'en parlait, elle avait pour ces jeunes une tendresse évidente. Les voir ainsi évoluer dans un monde professionnel devenu tellement impersonnel, presque déshumanisé où seul comptait le rendement, la rendait triste. Elle leur apportait cette touche d'une autre époque. Une époque ni plus facile ni meilleure sans doute, mais où les gens se parlaient, offraient leur regard comme on ouvre une porte pour faire entrer un visiteur avec un geste d'accueil confirmant l'invitation.

Mon épouse aimait répéter qu'il n'y avait entre les plus jeunes collègues et elle aucune critique mutuelle concernant l'ancien ou le nouveau. Ils partageaient simplement une espèce de regret de ne plus avoir cette visibilité, d'avoir oublié ce lien qui donnait une consistance à l'autre. Mais dans le cercle restreint du bureau, tous commençaient à retrouver cette mémoire.

— Tu vas t'en sortir sans moi ? me demanda Françoise taquine au moment de partir.

— Je devrais y arriver, répondis-je sur le même ton. Il reste un tas de choses importantes dont je dois m'occuper.

— Comme ?

— Retapisser le salon, ranger les deux caves, nettoyer le toit de la véranda et laver la voiture, sans oublier l'intérieur.

— Et tu vas commencer par… ?

— Prendre un café et attendre que ça passe.

— Non, tu dois d'abord attendre que ça passe, euh… le café, avant de le prendre.

— Mais tu as raison. Et quand il sera passé, je vais attendre que ça passe.

— Bonne sieste alors ! Et si tu t'ennuies, tu peux éplucher les pommes de terre et laver la salade.

— On mange ça avec quoi ?

— Une fourchette, me répondit Françoise en m'embrassant.

— Tu es vraiment drôle. On aurait dû se marier plus tôt, histoire de me sortir plus jeune de la morosité de ma vie d'avant, lui répondis-je en la prenant par la taille tout en esquissant un pas de danse, ce qui nous fit rire tous les deux.

Lorsqu'elle eut quitté la maison, je m'installai sur le canapé après avoir fait démarrer le CD que j'avais déjà préparé. La dernière fois que je l'avais écouté, c'était lorsque nous revenions d'Élouges après cette journée où tant de choses m'étaient revenues. Françoise somnolait, ce qui lui permettait d'échapper à ce disque qui m'avait fasciné dès la première écoute, mais qu'elle n'aimait vraiment pas.

Durant les deux premières parties de cette œuvre qui en compte quatre, j'étais simplement là, assis, le regard posé sur rien. Un

« rien » visible, comme le serait le brouillard qui ne fait que masquer le paysage et que l'on scrute en croyant y déceler un début de déjà-vu, un élément du paysage ou une silhouette reconnaissable. J'avais l'esprit totalement libre de toute pensée, le regard fixé sur le mur mais la netteté de la vision fixée sur un point qui se trouvait au-delà du mur et où il n'y avait rien à voir. Un point qui était juste l'endroit où dérivait mon absence.

Lorsque la troisième partie du disque débuta, j'émergeai doucement de ma torpeur. Et de manière inattendue, la journée de ma chute et de cette première rencontre avec Monsieur Bériot s'insinua dans ma tête. Je revis la scène, ainsi que ma double hésitation lorsque j'avais voulu sangler mon échelle. Mais je n'avais toujours pas le moindre souvenir de ma chute. En fait, on m'avait dit que j'étais tombé, mais ce moment ne s'était pas fixé dans ma mémoire. Durant cette partie du disque, je revis en boucle ma montée sur l'échelle, mes hésitations avec la sangle et ensuite, directement le début de ma conversation avec Monsieur Bériot.

Arriva la quatrième et dernière partie : « Zeit ». Au moment où elle commença, je me souvins de notre conversation lors de ma dernière écoute dans la voiture. « Zeit » signifie temps, avais-je dit à Françoise. Une chose qu'elle savait parfaitement d'ailleurs. Et ce souvenir en amena un autre. Lors de notre deuxième rencontre, mon ancien professeur m'avait dit : « … pense d'abord à ta formation professionnelle ; ensuite, prends le temps et laisse-le t'emmener ! » Ma formation professionnelle : enseignant en langues germaniques… la traduction du titre… prendre le temps (ce que j'avais fait avec ce disque) et le laisser m'emmener. Et si ? Non, c'était vraiment trop improbable ! Pourtant, petit à petit un rectangle pareil à un écran de télévision se dessina sur le mur, flou d'abord. Puis sa taille augmenta et l'image de notre parcelle et de la caravane apparut. Déjà troublé par cette étrange vision, je le fus bien davantage en ressentant la chaleur du soleil. Je regardai mes pieds. J'étais debout à deux mètres de l'échelle. Tout était réel, y compris la musique que j'entendais toujours. Le haut de l'échelle était masqué par une espèce de brouillard. Et l'instant d'après, je vis Monsieur Bériot approcher.

— Voilà, tu t'es distrait toi-même en t'approchant de l'échelle. Je veux dire que tu as regardé depuis le haut de l'échelle vers le bas, croyant que quelqu'un était là. Tu t'en souviens ? Tu n'as vu personne. Enfin, tu ne t'es pas vu… Et tu as arrêté ton geste au moment de fixer la sangle.

— Oui, répondis-je. C'est resté bien clair dans mes souvenirs, j'ai regardé, mais il n'y avait personne.

— Non, et… (mon professeur s'interrompit).

Ne l'attache pas ! cria-t-il soudain en regardant à son tour vers le haut de l'échelle pour m'arrêter alors que, pour la seconde fois, je me préparais à fixer la sangle.

— Non, criai-je à mon tour pour insister, il faut que tu tombes de ton échelle !

À cet instant, Jean lança son bonjour depuis sa terrasse. J'assistai à ma chute, médusé par le côté extraordinaire de la situation.

— Tu as eu raison d'insister, me dit mon professeur. Maintenant que tu sais tout ce qui va découler de cette chute, il fallait absolument qu'elle se produise.

— Oui, bien sûr. Mais si je comprends bien, enfin plutôt si je compte bien, nous nous sommes déjà vus deux fois. Donc cette rencontre-ci est la troisième. Or, vous m'avez dit la dernière fois que nous nous reverrions à mon dernier jour. Donc ça en fera quatre… et pas trois comme annoncé.

— Non, parce que celle-ci ne compte pas. Elle se produit avant que nous entamions la conversation qui va suivre ta chute. Je t'ai dit alors que nous nous rencontrerions encore deux fois et ce « encore » est sans équivoque. Je t'ai dit cela à un moment où cette conversation-ci avait déjà eu lieu. Seulement, tu ne le savais pas. Enfin, jusqu'à maintenant. Nous nous verrons encore deux fois après la conversation qui va bientôt débuter.

— Oulah, ça devient compliqué. Mais c'est logique.

— Bon, je ne te retiens pas, me dit mon professeur. Tu devrais nous laisser et t'en aller, car je dois te parler. Enfin, le « toi » qui est étendu sur le sol. Même si le temps s'écoule différemment, il y a des limites.

— Compris, je vous laisse avec moi. C'est dingue comme phrase ! À mon avis, j'ai dû prendre un coup sur la tête, dis-je dans un rire nerveux tout en m'éloignant.

— Tu ne crois pas si bien dire, répondit Monsieur Bériot amusé par ma remarque. Allez, file maintenant ! me dit-il en me faisant un clin d'œil. Je dois m'approcher du Daniel qui vient de tomber, ajouta-t-il visiblement amusé.

Je retrouvai assez rapidement la perception de notre salon, de mon fauteuil, du disque qui allait bientôt s'achever. Le cadre qui s'était dessiné sur le mur devint plus flou à mesure qu'il rapetissait. Le temps m'avait emmené et j'étais de retour après un « maintenant » qui avait été double. J'avais conservé une double conscience, je veux dire par là que je ne dormais pas durant tout le temps qu'avait duré ce déplacement. J'avais entendu la musique de bout en bout et senti en permanence le contact de mon canapé tout en étant au pied de l'échelle, là-bas et… hier.

J'avais déjà pris la décision de ne révéler ces étranges phénomènes à personne. Monsieur Bériot m'avait bien convaincu de ne pas le faire. Vouloir prouver à d'éventuels confidents que je n'avais pas perdu la raison me coûterait sans aucun doute énormément d'énergie. Et qu'ils puissent ou non accepter que tout cela soit possible ne changerait rien pour moi. Pour me convaincre davantage que la décision de me taire était la bonne, il me suffisait de penser aux polémiques, aux débats, aux conversations acharnées qui concernent des sujets déjà objectivables. Alors, si en plus on aborde des choses qui sont de l'ordre de l'extraordinaire ou du non-visible, on déclenche une véritable tempête de réactions…

D'ailleurs, depuis un certain temps, je ne parlais déjà plus de ce sujet. Et la longue conversation nocturne que j'avais eue avec mon professeur m'avait confirmé que c'était le bon choix.

Après quelques instants, j'ouvris grand les yeux et savourai simplement l'instant présent. Je souris en réalisant pleinement que ma discrétion m'épargnerait bien des bourrasques, bien des discussions et des oppositions avec les autres.

Au moment où le disque s'achevait, une phrase résonna, comme une confirmation: « À quoi bon arrimer le monde si le vent n'y souffle plus ? » Je restai bouche bée…

— À quoi bon arrimer le monde si le vent n'y souffle plus? répétai-je à voix basse.

Mon visage s'illumina. J'avais mis en œuvre une des cinq phrases que j'avais choisies 45 ans plus tôt. Et c'est seulement maintenant que je le réalisais…

Mon téléphone indiquait qu'il était 16 h 32. Je jetai un coup d'œil à ma montre. Elle indiquait 16 h 28. Quatre minutes de retard, la durée de mes premiers pas conscients !

Une heure plus tard, j'entendis le bruit de la porte d'entrée qui se refermait. Françoise était de retour. Il me restait une ou deux minutes pour sortir en toute hâte la salade du frigo, trouver un petit couteau en fouillant frénétiquement dans le tiroir à ustensiles de cuisine, et faire comme si j'étais à l'œuvre avant qu'elle ne rentre. Vite ! Pour qu'elle ne réalise pas que…

Mais Françoise, entrant d'un pas léger dans la cuisine le sourire aux lèvres, interrompit ma frénésie soudaine, ainsi que mon monologue d'encouragements.

— Alors, ce petit moment entre filles? lui demandai-je après l'avoir embrassée.

— Très chouette ! C'était vraiment agréable de se retrouver. Et toi ? me lança-t-elle malicieuse.

— Euh, très bien aussi. Comme je te le disais avant ton départ, j'avais pas mal de projets d'occupation. J'ai un peu hésité et, finalement, j'ai reculé.

— Tu as reculé ? Hm… et donc tu n'as pas fait grand-chose. Enfin, à part sortir la salade du frigo et un… éplucheur à pommes de terre pour, explique-moi, éplucher la salade ? me taquina Françoise en fronçant les sourcils.

— Euh, j'allais justement changer d'ustensile. Mais c'est vrai que j'ai pris le temps pendant ton absence.

— Le temps de… ?

— D'apprendre à faire mes premiers pas à reculons, dis-je en riant et en faisant volte-face pour une petite démonstration, qui se termina par une glissade sur une feuille de salade tombée sur le sol.

Françoise, qui était derrière moi, me rétablit, m'évitant de tomber. Je me sentis un peu ridicule.

— Franchement, tu n'en as pas assez des chutes ? me demanda-t-elle en pouffant de rire.

— Ben, les premiers pas sont souvent ainsi. Et puis, la dernière fois, je suis bien tombé.

— Et cette fois, c'est moi qui suis bien tombée, on dirait.

— Oui, comme toujours, lui dis-je en la serrant dans mes bras, et c'est parfois en reculant qu'on se rend compte de ce que, ou de qui, nous avons devant nous.

Notre cuisine abrita alors un petit moment de bonheur, un de ces moments où tout est juste.

Il me restait d'autres pas à faire. Le passé avait encore besoin de moi. J'avais encore besoin du futur.

Je savais que rien n'était terminé. Il fallait que ma montre reste à l'heure si je voulais me trouver ou, pour le dire autrement, ne plus avoir à me chercher.

Je savais également que Monsieur Bériot ne m'aiderait plus.

Cette fois, j'étais vraiment seul mais, je savais comment marcher sur le sentier recouvert des grains laissés par un sablier, le mien.

Partie 5
La leçon du pamplemousse

Le mot ne peut éclairer que la surface de la vie
Alors, lorsque brille la lumière qu'elle abrite, il se tait, ébloui

La tégénaire tranquille

Si l'eau et le sable se trouvent, ils restent eux-mêmes
Si l'eau et le sel se trouvent, chacun abandonne ce qu'il est
Pour gagner l'autre

Lorsque les fleurs de nos jardinières perdaient leurs pétales et que le feuillage se raréfiait, le temps était venu. Nous les préparions pour trois mois de cave. Après quelques coups de sécateur pour les aider à tempérer leur énergie et les rendre moins gourmandes, elles étaient prêtes pour un hivernage sombre et frugal. Une fois les pots rassemblés près de la fenêtre du sous-sol, il nous semblait voir nos fleurs se réjouir des retrouvailles et entendre les récits de leurs grands voyages au soleil. Ensuite, elles s'endormaient bercées par les derniers murmures qui s'estompaient, heureuses de se tenir au chaud et d'éviter la morsure mortelle du gel.

Elle avait dû les suivre, discrète. Ou alors, bien cachée sous les feuilles, elle était parvenue à échapper à nos regards. Ce qui est certain, c'est qu'elle cherchait également un abri pour passer l'hiver et qu'elle l'avait trouvé, en secret.

Depuis toujours, nous faisions à ce moment de l'année un peu de place dans notre séjour en vue d'accueillir décembre et ses décorations. Et cette année, nous nous en réjouissions vraiment. Nous avions bien besoin de cette ambiance magique de fin d'année, de cette atmosphère de guirlandes, de lumières scintillantes, de réunions autour de notre grande table désertée depuis trop longtemps. En tout cas, nous nous y préparions. Mais nous avions surtout besoin de serrer nos enfants et nos petits-enfants dans nos bras.

— Je ne pense pas qu'on pourra fêter Noël ensemble, me dit Françoise.

— Ça devrait se décider dans les jours qui viennent, répondis-je. Mais quoi qu'ils décident, on va décorer la maison. Je ne sais pas pour toi, mais moi j'ai envie d'un peu de magie.

— Moi aussi. Et c'est surtout quand je vois les enfants, enfin les plus jeunes, qui regardent tout ça avec émerveillement que ça me fait du bien.

— Oh, pas uniquement les plus jeunes, dis-je. Nos petits ados le montrent moins, mais ça ne veut rien dire. Tu penses bien, ils auraient trop la honte, comme ils disent…

— On commence ce matin, ajouta Françoise avec détermination. Je te laisse passer l'aspirateur.

— Par la fenêtre ?

— Non, pas nécessaire, aujourd'hui tu ne dois pas aspirer le trottoir, répondit Françoise en souriant. Juste l'intérieur, tout l'intérieur. Donc aussi les plafonds et les petits coins oubliés.

Elle avait dû nous entendre, et chercher en toute hâte un autre endroit, vraiment oublié, afin de s'y rendre discrètement avant le début du grand nettoyage.

Une fois l'aspirateur et le seau rangés, Françoise installa d'abord le calendrier de l'Avent pour nos petits-enfants qui attendaient cela avec grande impatience. Chaque année, dès le premier jour de décembre, ils passaient chez nous aussi souvent que possible pour leur récolte surprise : une friandise, un bon pour un petit cadeau, une pièce pour la tirelire.

Quelques jours plus tard, nous sommes passés à la seconde phase. Il fallait déplacer certains petits meubles pour offrir au sapin une clairière en bordure du salon, enlever des bibelots afin d'installer notre petit village de Noël sur le meuble, garnir la fenêtre côté rue où prendrait place un décor montagneux aux petits chalets éclairés, et terminer par les cadres lumineux aux paysages hivernaux. Ah oui, j'oubliais la couronne accrochée à la porte d'entrée et le grand Père Noël qui surveillait le couloir. J'avais parfois l'impression de me retrouver dans l'atelier de Gepetto. Ces préparatifs plaisaient vraiment à Françoise dont le regard brillait davantage à chaque nouvelle étape. Et, franchement, cela me plaisait presque autant.

Après une telle journée, le premier matin est comme un lever de rideau. Découvrir l'entièreté du décor installé la veille était un moment teinté d'une certaine magie. Surtout après une nuit d'un sommeil un peu fébrile, comme ridé par l'excitation des enfants que nous étions redevenus le temps de quelques heures. Cela me faisait toujours l'impression de me lever et de voir les jouets laissés par Saint-Nicolas.

Sans qu'il y ait le moindre rapport avec nos décorations ou avec la période des fêtes, j'avais également la vague impression que j'allais bientôt arriver au bout d'une étape, qu'une réalisation de longue haleine se terminait. Une réalisation que je ne parvenais pas à cibler ! Depuis un an ou presque, tout était pareil en surface. Et tout était inédit dans le même temps, le monde vivait autrement, entravé dans sa plus élémentaire aspiration, celle des interactions librement choisies et consenties. Et cette impression diffuse d'une réalisation quasiment aboutie m'accompagnait et me troublait. Parce qu'en fait, je ne savais pas ce que je terminais. Oui, pour moi également, rien, ou si peu, n'avait changé en surface, mais des bulles s'étaient libérées, et je savais qu'elles remontaient. Qu'avait déclenché cette boule neigeuse de janvier 2020 ? Et quel aboutissement attendre un an plus tard ?

— Aie confiance, dis-je dans un murmure, sois présent à ce monde !

Je soupirai en levant les yeux. Et c'est à ce moment que je la vis pour la première fois. Une araignée de maison qui s'était installée dans un coin de la véranda semblait me regarder avec inquiétude.

— Je t'ai vue, lui dis-je doucement. Et toi, que penses-tu de tout ça ? Tu t'en moques bien sans doute. Je sais ce que je vais faire avec toi. Je vais te laisser là aussi longtemps que tu t'y plairas. Sois tranquille. Mais ne dis rien à Françoise surtout ! Et toi, tu sais ce que je dois faire avec moi ? Ah oui, d'abord mon café... excellente idée !

Françoise qui m'avait entendu parler seul, vint me rejoindre.

— Qu'est-ce qu'il ne faut pas dire à Françoise ? Ah oui, qu'une araignée va passer l'hiver avec nous. Je te signale que je l'avais déjà vue hier. Ce ne sera pas la première qui va rester bien au chaud chez nous. Tu me fais passer pour la mauvaise pour te faire une amie ? demanda Françoise en me menaçant d'un sourire.

— Ou pour éviter de vous voir vous associer, répondis-je en plissant les yeux. Sinon, tu imagines ?

— Quoi ?

— Une sexagénaire avec une tégénaire... Ça pourrait téchénérer, dis en caricaturant l'accent allemand.

— Pff... Allez, professeur de langues au rabais, sers-moi plutôt mon café ! Je le prendrai en admirant notre bel intérieur de fête.

Quelques minutes plus tard, nous le savourions en promenant notre regard d'enfant sur un décor féerique et un peu... boutique de Noël.

— Tiens, me dit Françoise, je me demande comment vont Monique et André. Quand on les a quittés, j'avais de la peine pour eux.

— Figure-toi que je me le demandais également il y a un jour ou deux.

— On pourrait leur téléphoner ? proposa Françoise.

— Oui, on va les appeler demain. Ils ne sont pas retraités, eux. Un samedi c'est mieux. Mais avant cela, on va admirer notre beau travail.

— Attendons-nous aussi à des petits visiteurs dans quelques jours.

— Oulah, ils vont être bien excités ! J'ai peur que ça téchénère… Il me faut encore un café avant que cela arrive, dis-je en me servant. Ça va me faire du bien !

— Oh, la même plaisanterie deux fois de suite ! C'est une journée d'humour qui commence en force. Mais pour supporter ça, à moi aussi il faudra encore un café, répondit Françoise en me tendant sa tasse. Moi, ce qui me fait du bien, c'est de voir leur visage et leurs yeux qui brillent, ajouta-t-elle avec émotion tandis que je la servais.

En début de soirée, la décision officielle était prise et annoncée partout en Belgique. Noël serait très calme… et peu coûteux. Personne ne s'ajouterait autour de notre grande table.

Le lendemain, nous contactions Monique et André par Skype. Le manque de contacts avait encore intensifié notre besoin de voir des visages d'ailleurs et d'entendre des voix lointaines…

Notre entrevue fut très agréable. Ils étaient très heureux de nous revoir, tout comme nous d'ailleurs. Nous avons d'abord échangé des nouvelles de nous et de nos proches respectifs ainsi que de la situation sanitaire et des mesures prises dans les deux pays.

Ensuite, nous leur avons bien sûr demandé des nouvelles de leur fils. Il était toujours installé chez eux. Il n'avait plus de contact avec son épouse et voyait ses filles de temps à autre, mais à ce sujet, aucune disposition légale n'était encore arrêtée pour l'instant. André nous expliqua qu'après leur retour des vacances, il avait été moins dans le jugement et l'opposition par rapport à leur fils. Il avait cessé de le culpabiliser et avait appris à se taire. À ce moment de l'échange, lui et moi affichâmes un léger sourire complice. Les relations entre le père et le fils s'étaient fort améliorées. Cela avait libéré la parole de Louis, qui avait enfin expliqué le fond de l'histoire à ses parents…

Il avait simplement voulu emprunter cet argent pour un investissement de très courte durée et le rembourser rapidement en faisant passer cela pour une erreur d'écriture. Le bénéfice escompté était très conséquent. Une affaire digne d'un film à suspense. En fait, une connaissance l'avait convaincu, preuves à l'appui, que c'était une affaire en or et sans le moindre risque. Ils avaient mis des mois à préparer les détails et attendre le bon moment. Mais à la conclusion de l'opération, cette connaissance avait disparu avec l'argent. Une arnaque incroyablement bien montée…

Bien sûr, Louis avait expliqué tout cela lors de l'enquête. Mais il n'avait pas osé avouer à ses parents, surtout à son père, qu'il s'était fait rouler. En bon policier, André avait toujours incité son fils à rester sur le droit chemin, à se méfier des trucs trop alléchants ou des coups en douce… Mais à présent qu'il était au courant, André avait décidé de mettre à profit son expérience ainsi que les contacts professionnels qu'il avait gardés, pour tenter de sortir leur fils de ce mauvais pas.

Nous avons terminé notre conversation dans la bonne humeur en évoquant les bons moments que nous avions passés cet été dans le Jura, mais surtout en nous promettant de nous revoir dès que la situation le permettrait. Ils n'avaient jamais visité Bruxelles et nous ne connaissions pas la Vendée. Cette double perspective de retrouvailles nous gonfla d'enthousiasme. Cela me rappela l'ambiance qu'il y avait dans la voiture lorsque nous roulions vers Mijoux et le Mont Rond. Le plaisir d'une bonne compagnie est comme une fenêtre ouverte sur un jour riche de promesses, et nous avions encore pu le vérifier ce jour-là.

L'après-midi, je suis allé dans mon petit studio qui se trouvait au deuxième étage. Lorsque cette petite chambre s'était libérée, j'y avais installé mon matériel après avoir accroché sur les murs quelques panneaux de mousse alvéolée destinés à rendre la pièce plus sourde. Trouver le placement optimal n'avait pas été simple quand, dans un deuxième temps, j'avais amené mes claviers. Mais c'est surtout la disposition des enceintes qui avait été délicate. Après de nombreux tests, j'étais parvenu à une écoute qui me satisfaisait.

Aujourd'hui, je n'avais pas l'intention de me mettre au clavier. J'avais emporté « Zeit ». Confortablement assis dans le fauteuil de bureau derrière la table de mixage, je fis démarrer le CD. Le silence se retira sans bruit à mesure que la musique s'élevait. Et comme lors de l'écoute précédente, dès le début de la quatrième partie, un rectangle apparut progressivement. Le passage était à nouveau ouvert… Et cette fois, je voulais voir demain. Mon dernier demain.

Après quelques secondes, je me retrouvai devant la porte d'un bâtiment sobre entouré de plantations parfaitement entretenues. L'endroit respirait le calme. J'entrai sans me presser et, une fois à l'intérieur, j'attendis un instant en regardant autour de moi. J'étais dans le fond d'une salle. Il y avait des chaises soigneusement alignées. Elles étaient occupées par des gens dont je ne voyais qu'une vague silhouette. J'avançai lentement afin de reconnaître l'un ou l'autre visage. Mais ils étaient masqués par une espèce de brume. Soudain, j'entendis une voix qui venait de l'avant. Et sans que cela me surprenne vraiment, cette voix était celle de quelqu'un qui lisait le texte de « La Légende des Flocons de Lumière ». Je ne pus rien percevoir d'autre, aucune date, aucune circonstance, aucun indice qui m'aurait permis de situer le moment où cette scène se déroulait, pas plus que l'identité des personnes présentes. Mais je savais qu'elles assistaient à des obsèques. Les miennes.

Et pour être honnête, savoir quand elles avaient lieu ou en présence de qui, ne présentait pas d'intérêt. Je me sentais détaché. Ce côté-ci ne me concernait plus. En fait, au moment où cette scène se déroulait, j'étais déjà de l'autre côté, quoi qu'il puisse être…

Progressivement, la vision s'estompa et le cadre également.

Le studio et la musique redevinrent mes seules perceptions. J'étais de retour. Le disque se terminait. Mon premier regard fut pour l'horloge du studio et ensuite pour ma montre. Elle avançait de sept minutes.

À ce moment précis, j'aurais bien eu besoin de voir Monsieur Bériot. Mais je savais que cette troisième entrevue était pour le *moi* arrivé à son dernier jour. Phonétiquement, la formule m'amusa par sa logique de calendrier. En fait, je ne savais pas vraiment ce que j'avais espéré découvrir en faisant ce bond vers le futur.

Et mon sourire se figea davantage lorsque, toujours quelque peu égaré, j'entendis distinctement la voix de mon professeur prononcer une autre des cinq phrases que j'avais choisies :

« *Tu vois l'éternité et, dans l'instant, tu ne perçois que l'éphémère.* »

Le disque qui était en mode répétition avait recommencé.

— Je n'y comprends rien, dis-je doucement… Un peu de patience, je finirai par saisir le sens de tout cela. Monsieur Bériot ne m'a pas accompagné si loin pour me laisser dans le brouillard.

Je redescendis. Françoise était installée devant la télévision, son tricot à la main.

— On reprend ses aiguilles ? lui demandai-je, surpris de voir qu'elle s'y était remise.

— Oui, c'est toujours ce pull que j'ai commencé à tricoter pour Tristan il y a quelques mois. Je devrais le terminer avant son mariage. Et toi, tu reprends la musique ?

— Tout doucement, répondis-je. Et je vais même reprendre du café.

— Ah, tu m'intéresses…

Tandis que l'eau chauffait, j'allai jusqu'à la fenêtre de la véranda. Sans les pots de fleurs et les jardinières, les murs de la cour s'étaient habillés du dépouillement de l'hiver. Le soir tombait. En revenant vers la cuisine, je vis que notre araignée avait terminé de s'installer dans son petit coin. Bien en hauteur, tranquille, elle attendrait là que l'hiver se termine. Françoise m'avait rejoint.

— Alors, tu vérifies si ton amie est toujours là ? me demanda-t-elle.

— Oui, elle est toujours là, et bien installée cette fois, répondis-je.

— Tu crois que c'est la même que l'année passée ?

— Tu sais, si on a aimé l'hôtel on y revient en général. C'est marrant, ajoutai-je, on vit dans la même maison et on n'a rien en commun. Elle et nous vivons notre vie dans le même lieu sans partager quoi que ce soit. Nous restons les mêmes. L'eau et le sable dans un seau, restent de l'eau et du sable.

— Te voilà bien philosophe. J'attends mon café et tu te poses des questions existentielles en parlant à une araignée. L'eau et le sable, mais quel rapport ? Je préfère le café et le lait !

— Eh, bien vu ça ! Finalement, en lui parlant et en l'acceptant, ça me fait avancer dans ma quête de la perfection que l'humanité cherche depuis les dinosaures, dis-je en terminant ma phrase en chantant à tue-tête sur l'Air du Toréador de Carmen.

— Un, tu chantes faux et deux, l'humanité n'a pas connu les dinosaures. Tu es sûr que ça va ? me demanda Françoise en riant. Mais tu as raison, nous avons tous deux à y gagner. Elle, un hiver au chaud et nous, un insecticide naturel. Et maintenant, je peux avoir mon café ?

— Bien sûr, dis-je feignant une exaltation démesurée. Et ce dont on parle, ça marche même avec ta boisson. Le café accepte le lait et, du coup, chacun y gagne. Donc, en fait si on établit un lien entre la torréfaction du café et la manière dont on trait les vaches, on peut conclure que la circonférence de la tasse et la taille de la vache sont en…

— Stop, ou je vous jette dehors, toi et ton araignée !

— Avec un petit baiser pour la route ? dis-je en m'approchant.

— Juste pour toi alors…

La soirée fut paisible et cotonneuse. Rien de tel qu'un film de Noël se passant dans un village enneigé pour apprécier le confort d'un sofa et la douce chaleur d'un plaid.

À un moment, je repensai à mon après-midi dans le studio en me demandant si je devais m'attendre à voir les trois dernières phrases illustrer trois autres moments de mon existence.

En revenant dans le film, je me dis qu'une espèce de dénouement était proche.

J'en avais à présent la certitude.

La surprise

Le guide sait quel marcheur trouvera seul le refuge
Et quel marcheur il devra accompagner jusqu'à l'étape

La vie avait repris sa vitesse de croisière. Notre intérieur quelque peu rétréci, scintillant, garni de scènes et de personnages traditionnels, piqueté de petites lumières, ressemblait à un spectacle magique se déroulant… sans spectateurs.

— Le guichet d'entrée est fermé sans doute, dis-je malgré moi à voix basse en regardant une fois encore notre installation.

— Le guichet ? Mais de quoi est-ce que tu parles ? me demanda Françoise.

— Oh, je me faisais juste une réflexion. J'étais en train de me dire que cette année, nos décorations ne seraient pas beaucoup admirées. Et comme tu le disais, les enfants regardaient tout ça comme si c'était magique.

— Et ?

— Ben, ils me donnaient l'impression d'assister à un spectacle se déroulant dans un univers un peu féerique. Mais cette année, il y aura peu de monde pour le spectacle.

— Ah oui, parce que le guichet est fermé… D'accord, je comprends mieux.

Mais nous, en tout cas, nous pouvons aller voir un autre spectacle, celui de la Grand-Place ou de certaines galeries qui ont été décorées. On pourrait aller se balader dans le centre. J'ai vu dans le journal que Bruxelles avait enfilé son habit de Noël.

— Voilà une proposition qui tombe bien. Je constate que mon comité de gestion quotidienne, toi en l'occurrence, a toujours de quoi motiver ses troupes, moi en l'occurrence. J'enfile mon costume rouge ?
— Hmm, pourquoi pas ? Mais dans ce cas, je prépare le traîneau !

En fin d'après-midi, nous prenions le tram 3 vers le centre. En regardant autour de moi, je me souvins de mes trajets en train vers Élouges. Le paysage qui défilait aujourd'hui ne ressemblait en rien à celui de l'époque, et le séjour serait également plus éphémère, juste le temps d'une balade dans les rues proches de la Grand-Place. Mais en voyant les autres voyageurs, assis ou non, osciller comme une seule personne au gré des accélérations, des freinages ou des courbes, d'autres souvenirs lointains remontèrent. Lorsque j'étais enfant, je m'amusais de ce phénomène, au point d'intensifier volontairement mes propres mouvements ou le bringuebalement de ma tête. J'étais *avec* eux, j'étais comme eux, grand ou plutôt adulte, le temps de quelques balancements.

Notre promenade dans le Vieux Bruxelles à la tombée de la nuit fut également un moment où notre part d'enfant nous invita à nous émerveiller à nouveau. L'ambiance, mêlant la lumière colorée du couchant et celle des illuminations, nous plongea au cœur d'un endroit magique digne des dessins animés de nos jeunes années.

Françoise avait eu, comme souvent, une excellente idée. Un moment de connivence de plus. Avec les années, la vie à deux nous avait appris à nourrir nos heures de davantage de moments simples. Et cette merveilleuse frugalité nous comblait pleinement. Je crois que l'on appelle cela la tendresse.

En rentrant le soir, Françoise voulu prolonger l'atmosphère de notre sortie par un film de circonstance : *Le sapin du Lutin de Noël.*
— Ce sera sans moi, lui dis-je faussement affecté. Ce genre de film se termine souvent par un pauvre petit sapin qui a fait une bêtise et qu'on enguirlande. Rien de passionnant, ma chérie !

— Tu n'es vraiment qu'un vieux ronchon. Quel manque de poésie ! me dit Françoise un sourire narquois aux lèvres. Sérieusement, tu préfères un autre film ?

— Non, je crois que je vais aller au studio. J'ai envie d'écouter de la musique ou peut-être même d'en jouer.

Quelques minutes plus tard, j'avais pris place. Le fameux disque commençait à tourner. En fait je l'avais laissé dans le lecteur. Cette musique avait toujours eu l'étrange pouvoir de ralentir la succession de mes pensées. Elle parvenait à freiner ce carrousel, jusqu'à l'arrêter en quelques minutes, me laissant creux sans être vide. Disponible.

Comme lors de mes autres écoutes, la dernière partie ouvrit le passage. À cet instant, je pris la décision de retourner jusqu'à ma première connexion avec l'inconnu, en 1975.

J'étais de retour à Élouges, lors de cette permission où j'avais rendu visite à mon parrain dont les jours, ou peut-être même les heures, semblaient comptés. Je me trouvais à nouveau dans la pièce du bas où la famille était rassemblée, mais personne ne me voyait. Cette fois, les visages étaient nets. Ils parlaient de moi, se disaient que j'allais avoir un choc, qu'il fallait m'y préparer. Je compris que je devais être monté quelques minutes plus tôt et que j'étais au chevet de mon parrain. Je les rejoignis sans tarder et entrai dans la chambre.

Je me vis, jeune, assis sur le lit, 45 ans plus tôt…

J'étais debout, âgé, à côté du lit, en observateur, pour la première fois depuis 45 ans…

Un instant plus tard, je perçus la question que j'avais posée silencieusement il y a si longtemps, alors que mon parrain, coiffé de ce drôle de bonnet de laine, s'était endormi. Et soudain, le passage que je connaissais bien à présent, s'ouvrit également sur le mur de la chambre. Et c'est moi, le jeune homme assis sur le lit, qui le scrutais. Le jeune homme y vit la chapelle où nous allions célébrer notre mariage trois ans plus tard. Mon parrain s'y trouvait, assis au premier rang. Après cette courte vision, l'image disparut. Toute la scène s'était déroulée en quelques secondes. Grâce à mon retour dans le passé, je venais d'assister pour la seconde fois à cette vision. La première fois, aucun souvenir ne m'en était resté, mais cette fois j'avais tout enregistré.

Que devais-je faire? Je regardai attentivement ce jeune homme assis et qui était pour moi un véritable miroir de jouvence... Il attendait la réponse, sans la moindre impatience affichée, sans le moindre mouvement. Pourtant il avait bien vu ce qui lui donnait la réponse à sa question, mais il n'en avait pas conscience. En un éclair, je repensai à André qui m'avait raconté le rêve dans lequel il m'avait rencontré. Un rêve dont je n'avais pas non plus gardé le moindre souvenir. Je venais de réaliser que l'histoire s'était répété, que moi, jeune, j'avais ouvert inconsciemment un passage sans en garder la moindre trace. Il me fallait intervenir. C'était à moi, l'ancien venu du futur, qu'il appartenait de lui donner la réponse. Je la lui adressai, en silence, sachant qu'il la percevrait.

— Il a encore le temps. Il verra même ton mariage, pensai-je en dirigeant mon attention vers ce jeune homme toujours immobile.

Instantanément, son visage s'illumina, éclairant un sourire qui accorda nos deux mondes.

Je pouvais partir à présent. Après un regard ému vers mon parrain qui venait de se réveiller, je les quittai. La suite m'était connue.

Le passage s'estompa. J'étais à nouveau dans mon studio. Le disque n'était pas encore terminé. Je l'avais à nouveau entendu durant tout mon voyage.

— Donc, c'était ça, dis-je à voix basse. Je comprends maintenant comment les choses se sont passées.

Une des cinq phrases que j'avais extraites du texte de mon professeur me vint à l'esprit :

« *Son horizon ne peut contenir toutes mes décisions, et ses décisions ne peuvent explorer tout le mien.* »

Je venais de réaliser en quoi cette phrase m'avait marqué au point que je la choisisse. Ma décision d'obtenir des réponses lorsque j'avais vingt ans ne pouvait explorer tout l'horizon futur. Et l'horizon de mes vingt ans ne pouvait contenir ma décision de revenir vers le passé, une décision que je prendrais bien plus tard.

Je regardai d'abord l'heure sur mon téléphone : 21 h 45, et ensuite l'heure marquée par ma montre. Les deux heures étaient identiques…

Le disque, qui était en mode répétition, venait de redémarrer. Quelques secondes plus tard, j'entendis une voix que je connaissais bien, celle de Monsieur Bériot. Le passage s'était à nouveau ouvert.

— Bonjour Daniel, on dirait que tu viens de te trouver. En tout cas, c'est ce que dit ta montre.

Tu te souviens que je t'avais expliqué que si elle restait à la bonne heure, cela voudrait dire que tu t'étais trouvé. Tu viens de le faire.

— Mais, attendez, dis-je affolé, ce n'est pas mon dernier jour tout de même ? Vous m'avez dit que notre troisième rencontre se ferait lorsque je serais arrivé à mon dernier jour.

— Non, rassure-toi. Tu es bien vivant et pour un petit moment encore, fit-il en s'amusant presque de mon moment de panique. C'est une façon de faire très courante.

— Une façon de faire quoi ? Si c'est une façon de faire peur, c'est bien réussi.

— Désolé pour la frayeur. Je vais t'expliquer. Lorsque nous accompagnons quelqu'un pour l'initier, il arrive que nous fassions volontairement ce petit mensonge. En fait, convaincre la personne que nous ne la reverrons pas avant son dernier jour, stimule ses capacités à progresser sans aide. Et tu sais, en tant qu'enseignant, que des progrès réalisés seul sont ancrés de manière bien plus profonde et surtout plus durable. On ne peut pas oublier, ou alors très rarement, ce que l'on est parvenu à comprendre par nous-mêmes.

— Minute, vous avez dit « nous » ?

— Oui, je ne suis pas le seul à voyager entre ici et… ailleurs. Nous sommes des espèces de traits d'union destinés à faire avancer des personnes qui sont prêtes.

— Prêtes pour quoi ?

— Ça, tu le sauras lorsque tu quitteras cet endroit. Et je ne t'en dirai pas plus. Pas la peine d'insister.

— D'accord. Alors, je ne suis pas au bout de mes découvertes !

— Non, mais tu as bien avancé. Tu as trouvé le moyen de voyager en empruntant le passage, tu as déjà mis trois phrases en œuvre et…

— Oui, et donc il m'en reste encore deux, l'interrompis-je.

— Attends, laisse-moi d'abord terminer. Je disais donc que tu voyages, que tu as mis trois phrases en œuvre et, enfin, que tu t'es trouvé. Et non, il ne reste pas deux phrases, mais bien une seule. Celle concernant le hasard est intégrée depuis longtemps. Tu l'avais parfaitement démontré lors de ton examen. Elle était déjà dans ta réalité à l'époque. Lorsque la quatrième et dernière phrase sera en place, si je peux le dire ainsi, ton parcours sera achevé. Enfin, le parcours destiné à boucler ce premier épisode.

— Et maintenant ? demandai-je. Je suppose que vous allez vraiment me laisser continuer seul.

— Oui. Mais la dernière rencontre dont je t'avais parlé se déroulera bien comme prévu et au moment prévu. Cela ne change pas. Disons que tu as eu droit à un bonus avec celle-ci.

— Encore deux choses si je peux, dis-je. Mon incursion dans le futur m'a laissé un peu perplexe. Elle manquait de clarté, mais surtout, je n'en perçois pas le sens.

— Je t'ai dit que le futur peut être comme tu le vois quand tu le consultes, mais il pourrait aussi être différent. Ton objectif était-il clair lorsque tu as décidé d'y aller ?

— Je ne le pense pas. J'avais peut-être besoin de vous voir et je croyais que ce serait le cas.

— Nous devions nous voir une dernière fois lorsque tu quitterais ce monde. Aux obsèques, c'était trop tard.

— Bien sûr, dis-je. Ou alors, je voulais simplement savoir si cela avait du sens de faire lire le texte de cette légende en ces circonstances particulières, mais surtout si je pouvais mieux le comprendre. J'ai l'intention de demander qu'il soit lu pour mon départ. Et cette idée tourne sans cesse dans ma tête.

— Tu devrais l'éviter. Ce texte est pour toi. Il te sera utile, mais je doute qu'il soit parlant pour d'autres. Ce n'est pas de circonstance, tant pour le contenu que pour la forme.

— Il me sera utile, dites-vous ? Cela signifie que je vais devoir mieux le décoder…

— Il te reste du temps pour le faire, me dit-il pour me rassurer. Mets-le à profit. Et ne cherche pas si loin, ce n'est ni une énigme ni une carte au trésor.

— Je mets déjà mon temps à profit, je pense. Je le fais en marcheur discret, conscient que la poussière qu'il foule jour après jour est une forme palpable et élémentaire de la totalité.

— Et la deuxième chose dont tu voulais encore me parler ? demanda mon professeur.

— Lorsque, il y a quelques minutes, je suis retourné dans le passé et dans la chambre de mon parrain où je me suis vu jeune, je suis intervenu. Je lui ai donné la réponse qu'il attendait. Donc, il y a plus de 45 ans, j'avais entendu la réponse à cette fameuse question. Comment ai-je pu, à l'époque, l'entendre 45 ans avant que je revienne du futur pour la donner ?

— Celui qui voyage consciemment dans le temps peut conserver la mémoire des différentes situations et de ses différents agissements. Il se déplace sur une espèce d'anneau où tout existe. Il sait, par exemple, si quelque chose n'a pas eu lieu. Et il sait également si cette chose s'est finalement produite du fait d'un changement ultérieur. Il se souvient des deux situations, me dit mon professeur en insistant sur « deux ».

— D'accord. Vous disiez aussi que changer le passé est très difficile, mais c'est ce que j'ai fait pourtant.

— Tu ne l'as pas changé. En fait, donner la réponse au jeune homme que tu étais, n'a pas changé les événements. Ton parrain a vécu sa vie jusqu'à son terme, un terme qui est resté le même. Tu en as juste été informé. Mais je voudrais terminer ce dont nous parlions concernant la mémoire des différentes situations. Celui qui ne voyage pas consciemment dans le temps, ne conserve que la perception de la dernière action, même si elle vient du futur, des années plus tard.

— Oui, mais dans les deux cas, c'était moi, insistai-je.

— Le jeune « toi » n'avait pas voyagé consciemment, comme je viens de te l'expliquer. Il ne pouvait donc percevoir que la situation finale, définitive. Donc, peu importe que cette réponse soit venue du futur. Au total, cette réponse avait bel et bien sa place dans le passé. Et les conséquences se sont installées dès ce moment, ou si tu préfères, la réponse a été entendue dès ce moment.

— Bon, je vais dormir sur ce petit casse-tête, dis-je en riant. Alors, cette fois on se quitte pour de bon jusqu'à…

— Oui, me coupa Monsieur Bériot, jusqu'à cette dernière échéance. Je te guiderai et nous parlerons de ton choix. Le disque n'est pas terminé, me dit-il, je te laisse l'écouter seul. À plus tard. Et pense à la fourmi !

Le passage se referma avant que je puisse ajouter un mot ou le saluer. « La fourmi ? » pensais-je interloqué, c'est quoi ça maintenant ? Je restai de longues minutes sans plus penser. Un moment de vide rare. Un moment où ma tête et moi étions au même endroit. Un moment où j'existais sans la bousculade des pensées.

Après quelques minutes, j'éteignis tout dans le studio et quittai la pièce.

En arrivant dans le salon, je vis que Françoise était toujours devant la télévision.

— Alors, ce lutin de Noël ? A-t-il trouvé son sapin ? lui demandai-je.

— Je regardais autre chose. Le film est terminé depuis un moment. Mais, je ne sais pas trop s'il a trouvé son sapin ou même s'il en cherchait un. Tellement passionnant que je n'ai suivi que d'un œil !

— Et de l'autre ?

— Je somnolais… Je comptais d'ailleurs monter, histoire de dormir des deux.

— Et si tu te trompes et que tu dors des deux mêmes yeux ?

— Je ne serai qu'à moitié reposée.

— Bon alors, commençons de suite, dis-je en l'embrassant doucement.

La soirée avait été très dense. Pourtant, je me sentais calme, serein.

Un changement profond était en cours chez moi. Je ne parvenais plus à m'émerveiller de ces traversées vers un ailleurs inexplicable. Lorsque j'y étais, je ne me sentais pas vraiment complet. Il me manquait ce côté immédiat, ce côté connecté avec les choses simples et banales de la vie. Mon café du matin, le plaisir de marcher, la joie de voir une fleur qui vient de s'ouvrir, un kata exécuté en harmonie avec tout un groupe, un de nos petits-enfants qui se jette dans nos bras, la main de Françoise dans la mienne.

Ces considérations me firent sourire et, en éteignant ma lampe de chevet, je repensai à Monsieur Bériot et à la suite de ce parcours qui semblait s'achever. Il me restait peu de pages à tourner. Avant de trouver le sommeil, une question me vint à l'esprit.

Le mot « Fin » serait-il écrit au bas de la dernière ?

Gilberte en noir et blanc

S'occuper du dérisoire
Peut réveiller l'essentiel

Nous avions dépassé Charleroi. Cette partie du trajet nous semblait parfois longue. Peut-être simplement parce que nous approchions de notre destination. Avant l'hiver, nous faisions toujours une vérification de notre caravane et de la parcelle. Les dernières feuilles étaient tombées sur le gazon et dans les corniches. Pas question de les laisser là jusqu'au printemps. Et bien sûr, il fallait également s'assurer que toutes les canalisations étaient purgées afin que le gel ne les fasse pas éclater.

Nous avions remarqué que, depuis quelques années, le mois de décembre avait tendance à être moins froid. Il nous arrivait dès lors plus fréquemment de rester deux ou trois jours sur place après ce dernier nettoyage de l'année. C'est d'ailleurs ce que nous avions décidé de faire, histoire d'encore profiter du calme de notre modeste seconde résidence avant les grands froids.

Les matins de décembre n'avaient pas la tonique luminosité de ceux de l'été. Nous ne prenions pas notre café sur la terrasse, mais au coin du foyer au gaz qui distillait une douce chaleur. Le silence enveloppait les caravanes et les chalets. À ce moment de l'année, le parc entier semblait se retirer dans une torpeur presque inquiétante. Le chant des moineaux, le bourdonnement des insectes, les cris des enfants s'étaient dissous dans une humidité grise et pénétrante.

— C'est tout de même triste à cette saison, me dit Françoise.

— Oui, on ne voit plus personne ou presque.

— Il y a pourtant pas mal de résidents permanents ici.

— À mon avis, ils hibernent, bien calfeutrés.

— Ce qui manque surtout, ajouta Françoise, ce sont tous ces petits oiseaux qu'on voit toujours se déplacer ensemble. J'en ai parfois compté plus de quinze dans un seul groupe. Et tu les as vus quand ils trouvent un creux plein de poussière ou de terre sèche.

— Oui, dis-je en souriant, quand ils prennent un bain de poussière ?

— Je trouve ça vraiment mignon. Enfin, j'ai lu un jour que c'est surtout utile pour les débarrasser des parasites et nettoyer leurs plumes.

— Après ce petit cours bien sympathique sur la vie animale, je propose qu'on s'occupe des courses, dis-je avec entrain. Et puis, nettoyage !

— Des corniches aussi ? demanda Françoise pince-sans-rire.

— Des corniches surtout ! Mais avec sangle et petite main qui m'assure, dis-je sur le même ton.

Le travail de l'après-midi me fit du bien. J'avais un grand besoin de m'occuper de manière simple et de toucher le monde, d'utiliser mes mains, de sentir la fraîcheur de l'air et d'entendre le bruit des feuilles humides qui s'amassent.

Durant le temps que dura le nettoyage du terrain, je me surpris à ne devoir suivre aucune pensée. Mes yeux sur le sol, mes pieds dans l'herbe et le raclement régulier du râteau à feuilles incluaient ce moment dans une sorte d'enclave minuscule et exclusive, tandis que mon visage était balayé par un vent très léger qui soufflait sur le monde. Et en sentant cette brise, je fermai les yeux et inspirai doucement pour absorber un peu de cette immensité qui m'entourait. J'eus soudain non pas une image, mais une perception de cette grandeur qui nous contenait, moi et mon râteau. Je percevais de manière multiple cette enclave formée par la parcelle et, simultanément, mon activité et le temps qui s'écoulait. Et je percevais, en outre, l'espace immense m'entourant, un espace s'étirant dans un temps sans début ni fin. Tout cela et moi, immobile depuis quelques secondes. Moi, insignifiant et pourtant réel… en pleine synesthésie. Moi, conscient d'être là.

Une voix résonna soudain, me replaçant progressivement dans les limites plus raisonnables de notre parcelle. Une voix bien d'ici. Et, je ne sais par quel mystérieux mécanisme, cette voix me fit encore savourer davantage le miracle de simplement tenir un râteau, sans penser à rien de particulier depuis le début du nettoyage. Le temps était venu d'exister à nouveau pleinement ici, comme le gamin avec ses pigeons ou sur son vélo.

« Sois présent à ce monde ! » m'avait dit Monsieur Bériot…

— Euh, Daniel ! Voilà deux fois que je t'appelle. Tu rêves debout au milieu de tes feuilles ?

— Désolé. Oui, je rêve mais, je t'avais entendue, enfin il me semble. À force d'être le dur des feuilles, dis-je en montrant du doigt les endroits déjà nettoyés, je dois être devenu le dur de la feuille. Un résultat singulier.

— Feinte de prof, diraient les enfants, mais je la trouve assez bonne, me taquina Françoise. Tu veux une tasse ?

— Ce n'est pas de refus, répondis-je. J'en ai encore pour une dizaine de minutes. Et après la pause, nettoyage des corniches !

— Avec ou sans atterrissage ?

— On va faire sans aujourd'hui, dis-je. Jean n'est pas là !

La suite des opérations se déroula rapidement. Nous avions terminé au moment où le soir tombait. Après avoir rangé mon échelle dans l'abri de jardin et déposé les feuilles mortes sur le compost du parc, je retrouvai Françoise installée confortablement devant un plateau apéritif. L'intérieur douillet de notre caravane où des petits éclairages créaient des îlots de lumière ne m'avait jamais semblé si accueillant.

Mais bien plus que tout, Françoise me comblait. Elle était là depuis tant d'années. Et c'est là que je vivais. Et pourtant, certains jours, il me semblait ne pas encore la connaître complètement, ce qui me donnait la merveilleuse perspective de pouvoir la découvrir un peu plus.

— Tu rêves encore ? me demanda-t-elle, en me voyant la regarder sans un mot.

— On peut dire ça. Je rêve d'un verre surtout.

— Je croyais que tu allais me dire un truc gentil pendant tu me regardais.

— Je le ferai certainement après une bonne bière, répondis-je en mode séducteur.

— Oh, mais elle est déjà prête. Tu ne vas pas t'en tirer comme ça, me dit Françoise en me tendant mon verre.

Après notre petit repas en amoureux agrémenté de quelques verres de Côtes-du-Rhône, nous avons terminé la soirée confortablement installés devant la télévision en attendant que la fatigue nous prenne.

Il devait être pas loin de huit heures lorsque, le lendemain, j'émergeai d'un sommeil sans rêves. Bien serrés sous la couette, notre nuit avait été douce et chaude. Et peut-être tendre également…

Pourtant, la nuit avait été froide. Dans le salon, le chauffage, resté en mode veille, n'avait sans doute pas prévenu le thermomètre, car il n'indiquait que six degrés… En attendant que la température remonte et que mon café soit prêt, je mis le nez dehors.

— Oui, j'ai fermé mon manteau, dis-je à voix basse pour répondre à la question que Françoise m'aurait certainement posée si elle avait été là. Mais, elle était encore dans la chambre…

Seul, debout sur le bord de la terrasse, ma remarque me fit sourire. Le ciel, encore pâle, était sans nuages, l'air semblait constellé de minuscules cristaux de glace, l'herbe givrée scintillait. Le silence lui-même était glacé et semblait figé. Je restai là quelques minutes, suivant du regard la buée de ma respiration qui se dissolvait rapidement, sans pourtant cesser d'exister. Les turbulences de ma cafetière italienne m'invitèrent à rentrer. J'entendis également que Françoise était levée.

— Ah, il fait déjà un peu meilleur ici, dis-je en l'embrassant. Ça se réchauffe plus vite qu'à la maison.

— Oui, mais en voyant le givre dehors, je me dis qu'il a dû faire froid cette nuit, répondit Françoise.

— Oui, j'avais laissé le chauffage sur le minimum, ce qui aurait dû suffire pour conserver une température confortable, mais pourtant il n'y avait que six degrés.

— Heureusement que tu ne l'avais pas coupé, sinon on aurait vraiment dormi dans un frigo.

— Ben, ce n'était pas loin.

Après le déjeuner, nous avons décidé de profiter du temps sec et lumineux qui était prévu, pour nous balader une fois de plus dans cette belle région. Nous repartirions le lendemain. Après tout, rien ne nous pressait. Et la perspective de pouvoir nous promener sans masque nous réjouissait.

Le matin, nous avons opté pour une mise en condition raisonnable, en nous rendant jusqu'à un point de vue aménagé près du parc et duquel on pouvait voir tout le village et même, au loin, le clocher de l'église de Treignes, le village voisin. Nous sommes restés un bon moment à désigner du doigt l'une ou l'autre maison que nous regardions parfois en traversant le village. Et chaque fois que nous le faisions, nous aimions dire que si l'une d'elles était mise en vente, nous l'achèterions peut-être. Bien sûr, tous les rêves ne se réalisent pas, mais on peut toujours se satisfaire de s'être un peu évadés le temps de les faire…

Notre modeste balade de l'avant-midi nous avait mis en appétit. En début d'après-midi, nous partions pour notre petite randonnée préférée, celle de la Rouge Croix. Nous devions d'abord gagner le haut du village en empruntant des ruelles tortueuses et des rues étroites et pentues. Arrivés à mi-hauteur, nous suivions un petit chemin bordé de pâturages et surplombé par les dernières maisons isolées qui donnaient au paysage un petit air de décor de train miniature. Et enfin, après une dernière montée, il fallait traverser un petit bois en suivant un sentier de randonnée débouchant au pied d'une route qui menait vers le véritable début de la promenade.

En arrivant à la Rouge Croix, nous nous sommes assis sur le banc qui se trouvait au pied d'un vieux tilleul. Cet arbre centenaire abritait la fameuse croix censée, jadis, protéger contre les forces du mal et les mauvais sorts. À cet endroit, la vue était dégagée et le regard portait jusqu'à un horizon où les champs rejoignaient le ciel, là-bas à des kilomètres de distance. Nous aimions rêver en caressant des yeux les ondulations de cette immensité paisible. Ensuite, il nous restait une grande boucle à parcourir en suivant un chemin agricole longeant des champs, des pâturages et des zones boisées.

En fin d'après-midi, nous étions de retour dans le village. Le soir allait bientôt tomber. En descendant par la rue principale, nous croisâmes une dame âgée qui semblait marcher avec difficulté. Essoufflée, elle nous salua malgré tout en premier, nous gratifiant d'un gentil sourire. Après lui avoir répondu, nous continuâmes notre chemin. Mais quelques secondes plus tard, le bruit d'une chute suivie d'un gémissement nous fit tourner la tête. La dame venait de tomber et tentait déjà de se relever sans y parvenir. Elle avait dû lâcher son sac pour tenter de se retenir. Le contenu s'était éparpillé, ajoutant une note navrante d'indiscrétion à la scène. En un instant, nous étions revenus à sa hauteur.

— Attendez, dit Françoise, nous allons vous aider. Vous pourrez vous lever si on vous tient ?

— Je pense bien, dit la dame d'une voix un peu tremblante. Je n'ai rien de cassé je crois.

— Faisons doucement, dis-je à mon tour.

— J'ai juste mal au genou et à la main, ajouta-t-elle.

— Vous avez une petite plaie au genou, lui dit Françoise. Et vous avez dû vous griffer la main en vous retenant. Bon, vous êtes prête à vous relever ? On vous tient.

— Oui. Vous pourrez me raccompagner jusque chez moi ? Je suis seule. J'habite dans cette petite maison, nous dit-elle en nous montrant son habitation toute proche.

— Mais bien sûr que nous allons vous accompagner. On ne va pas vous laisser ainsi, dis-je rassurant. Ma femme a déjà ramassé votre sac. On y va, tout doucement.

Quelques minutes plus tard, elle était assise dans son fauteuil. Elle avait retrouvé des couleurs et se confondait en remerciements et en excuses.

— Mais vous ne devez pas vous excuser, dit Françoise avec une grande douceur. Vous n'avez rien fait de mal.

— Non, sans doute, mais je me suis fait mal, dit-elle un peu amère. Et je vous dérange en plus.

— Mais non, vous ne nous dérangez pas. Remarquez que comme invitation pour recevoir une visite, il y a d'autres moyens, dis-je pour détendre l'atmosphère (ce qui la fit sourire).

— Ça fait deux fois que je tombe cette semaine. Je revenais de chez une voisine qui est seule elle aussi. Albert n'aurait pas été content de me voir tomber.

— Albert ? demanda Françoise le front plissé.

— Mon mari. Il avait toujours peur que je me fasse mal. Depuis mon accident au pied il y a dix ans, je trébuche souvent. Il est mort l'année passée, dit-elle des sanglots dans la voix. Il était si bon…

La dame sortit de sa poche un mouchoir en tissu parfaitement repassé. Après quelques secondes, ses sanglots se calmèrent. Elle nous regarda en inclinant légèrement la tête et en haussant les épaules, les lèvres serrées, indiquant ainsi sa résignation face à l'irréparable.

— Je trouve qu'on devrait pouvoir partir à deux, ajouta Françoise visiblement émue elle aussi. On ne devrait pas rester seul après toute une vie passée ensemble.

— Je me le dis souvent. Qu'est-ce que je fais encore toute seule ? J'ai parfois l'impression qu'il est encore là, qu'il me regarde. Et le soir, je lui parle. J'aurai des choses à lui raconter aujourd'hui.

— Pensez-vous que ça va aller ? dis-je pour distraire l'émotion qui semblait vouloir me trouver également. On va peut-être vous laisser vous reposer.

— Oui, vous pouvez y aller, je vous ai retenus assez longtemps. Je…

— Non, l'interrompit Françoise, en levant le doigt et elle ajouta en souriant, vous ne vous excusez plus ! Cela nous a fait plaisir de vous aider, même si nous aurions préféré vous rencontrer d'une autre manière.

— Je ne connais même pas vos noms, nous dit-elle.

— Moi, c'est Françoise et mon mari s'appelle Daniel. Et vous ?

— Gilberte et mon mari s'appelait Albert comme je vous l'ai dit.

— Et bien Gilberte, nous vous souhaitons une bonne soirée, dis-je avec jovialité.

— Elle sera bonne je pense. Je vais lui raconter mes aventures et notre rencontre…

Le soir était tombé lorsque nous reprîmes notre chemin. Main dans la main. En silence d'abord. Ensuite en échangeant quelques considérations, non pas sur la chute de Gilberte qui ne semblait pas grave, mais sur sa solitude, sur le départ de son mari. Et sur l'amour qui avait été capable de transformer son absence en distance. Une distance qu'elle parvenait à combler en lui parlant dans un « ailleurs » inaccessible, sauf pour eux. Françoise était bouleversée en l'évoquant. Et moi, je pensais à notre bonheur, celui que je tenais par la main et aussi à cette quête que j'avais entreprise vers un « ailleurs » où la main de Françoise n'était pas.

En nous allongeant le soir, nous aurions aimé savoir comment nous emplir de cette proximité, de cet état de plénitude offert par l'autre. Je m'endormis en me disant qu'il ne faut pas attendre de perdre ce que l'on chérit pour l'aimer davantage. L'amour, c'est maintenant.

Ce n'est pas lorsque l'on a perdu nos dents qu'il faut se dire que l'on n'a pas suffisamment mordu dans la vie…

Le matin suivant, nous nous sommes préparés pour notre retour vers Bruxelles. En fait, c'était plutôt la caravane qu'il fallait préparer pour l'hiver. Soulever les matelas, emporter tout ce qui craignait le gel, ne rien oublier de périssable, placer des déshumidificateurs… Bref, il y avait pas mal de choses à gérer. Mais avant de reprendre la route, nous voulions passer chez Gilberte pour voir si elle allait bien.

En arrivant devant sa maison, nous vîmes que la lumière brûlait à l'intérieur.

— Mais il n'y a pas de sonnette, me dit Françoise, étonnée.

— Tu sais bien qu'avant dans les villages les maisons n'avaient pas de sonnette. Souviens-toi d'Élouges. La poignée de la porte de rue s'abaissait comme toutes les poignées intérieures. Alors on frappait et on entrait en s'annonçant. C'est resté pareil ici pour les personnes âgées.

Je frappai à la porte et attendis tout de même un peu avant de l'ouvrir doucement et de nous annoncer.

— Gilberte ? C'est Françoise et Daniel. Nous pouvons entrer ?

— Mais bien sûr, venez ! Il fait meilleur à l'intérieur. Je suis contente de vous revoir. J'ai beaucoup pensé à vous depuis hier.

Une fois assis, elle nous proposa du café. Elle avait l'air fraîche comme une rose. En fait, à la voir ainsi voleter de la cuisine à son armoire pour préparer son plateau de service, j'aurais plutôt dit comme un pinson.

Elle nous pressa ensuite de questions pour en savoir plus long sur notre histoire, nos enfants et petits-enfants. Elle devait certainement revisiter sa propre vie en nous écoutant.

Et lorsque Françoise l'invita à parler d'elle, ce fut à nous d'entendre le passé venir vers nous. Elle était née quelques années avant le début de la Guerre 40-45. Tout en l'écoutant, je regardai discrètement autour de moi. Les murs recouverts d'un papier peint délavé aux motifs chargés, la nappe à carreaux, les bibelots hétéroclites, la vieille pendule sur la cheminée, le miroir piqué, les tableaux ternis et sombres, le carrelage à damier, les meubles dépareillés… tout me ramenait vers mon enfance et vers la maison d'Henriette. Et tandis que Gilberte continuait à nous raconter sa jeunesse, la vie à l'époque de la guerre, sa rencontre avec Albert… ses récits s'animaient dans mon imagination. Je voyais des scènes ou des instantanés. Mais ce qui était bizarre, c'est que je les voyais, de même que Gilberte, en noir et blanc. C'était comme si je regardais un vieil album de photos qu'elle feuilletait.

Après plus d'une heure passée chez elle (alors que nous voulions simplement prendre de ses nouvelles), il était temps de repartir. Elle nous accompagna jusque sur le seuil de sa porte. Son visage rayonnait. Et le nôtre également.

Le trajet du retour fut assez silencieux. Un silence pétri d'un bien-être à la fois profond et simple. Il régnait dans la voiture un sentiment d'harmonie, de justesse sans la moindre exubérance, une tranquillité pareille à celle de l'arbre qui pousse en silence lorsque l'eau et les racines se rencontrent… invisibles.

En approchant de Bruxelles, le trafic devint plus dense. Je roulais sur la seconde bande lorsqu'un véhicule dont le conducteur ne m'avait vraisemblablement pas vu, me força à dévier un peu pour lui céder le passage. Cette frayeur passée, je ralentis et décidai de poursuivre sur la bande de droite. Après avoir totalement retrouvé mon calme, je me surpris à ressentir pleinement la réalité du contact de mes mains sur le volant et la caresse de l'air chaud qui circulait dans la voiture. Je pris également conscience du bruit des pneus que j'entendais et des cadrans lumineux du tableau de bord qui étaient sous mes yeux. Je me sentais totalement présent, comme je l'étais, beaucoup plus jeune, sur mon vélo ou dans le pigeonnier. À cette époque, je pouvais rouler des heures ou rester assis au milieu du pigeonnier sans que la moindre pensée s'interpose. Je soupirai doucement…

« Sois présent à ce monde ! » m'avait dit Monsieur Bériot. Cette phrase me poursuivait sans cesse depuis un certain temps. Ce trajet en voiture l'incarnait d'ailleurs pleinement, une fois de plus. Et un instant plus tard, sans raison, je me surpris à penser à mes passages vers un ailleurs inexplicable, je me revis explorant l'inracontable.

Je savais que j'aurais un choix à faire. Et il commençait à se dessiner.

Il me restait également encore une phrase à soumettre. J'eus l'impression que l'ouverture de cette porte temporelle me permettrait un passage qui serait peut-être le dernier. Et je n'en éprouvais aucune frustration. Il ne me restait plus que l'une ou l'autre page à décoder. La voix de Françoise me tira de mes réflexions.

— Mis à part ton exclamation d'il y a quelques minutes à cause de ce chauffeur distrait, tu es resté bien silencieux depuis notre départ.

— C'est parce que j'écoutais attentivement tout ce que tu ne disais pas, répondis-je taquin.

— Waw ! Tu veux plutôt dire que tu la préparais en silence depuis plus d'une heure, celle-là.

— Non sérieusement, j'étais juste bien, enfin sauf il y a quelques minutes… Mais comme je te le disais en sortant de chez Gilberte, cette visite m'a permis de comprendre que l'essentiel n'a ni forme, ni couleur, ni saveur. Il ne brille pas, ne s'achète pas. Il n'a pas de poids.

— Te voilà tout à coup bien philosophe, me dit Françoise en me caressant la joue. Et aussi un peu poète.

— C'est pour me préparer à vider le coffre, on y a entassé l'essentiel, les victuailles à protéger.

Et cet essentiel-là…

— … a du poids, termina Françoise.

Après avoir vidé la voiture, nous sommes montés sans tarder. En me mettant au lit, je m'endormis rapidement.

Demain viendrait bien à son heure. Il n'était pas nécessaire d'y penser.

Le gratin providentiel

Au début, nos questions dessinent la carte
Une fois en chemin, les suivantes en changent l'échelle

L'approche de Noël fut très différente cette année. L'exaltation habituelle avait été congédiée pour cause de chômage sanitaire. Françoise et moi trouvions progressivement un fonctionnement différent. Les tâches du quotidien devenaient notre bouée de flottaison, celle qui nous empêcherait de couler dans un désœuvrement qui, s'il s'installait, nous enlèverait progressivement toute envie de faire quoi que ce soit. Il fallait éviter l'assommoir.

Pour bien démarrer nos journées, nous avions décidé de nous lever à une heure fixe, de nous occuper des mille choses à faire dans la maison, enfin, pas des mille le même jour… Et l'après-midi, nous pouvions sans remords perdre notre temps librement.

Avoir ainsi structuré notre temps me fit beaucoup de bien. Cela intensifiait considérablement mon désir, et ma satisfaction, d'être « présent à ce monde ». De manière plus inattendue, mes contacts avec l'invisible, mes entrevues avec Monsieur Bériot et les questions toujours sans réponse perdaient encore davantage de leur attrait. Le fantastique me faisait moins vibrer que le monde dans lequel j'occupais mes mains, mes yeux et mes autres sens. J'avais réappris à exister comme le gamin sur son vélo. Mais il me restait encore des progrès à faire et…

— Tu vas bientôt commencer à nettoyer la petite salle de bain ? me demanda Françoise. Parce qu'au rythme où tu remplis ton seau, je pense qu'il ne sera pas plein avant demain…

— Oui, j'étais en train de chronométrer le temps qu'il faudrait pour le remplir avec un petit filet d'eau. Je pariais sur cinq minutes. Mais il me reste encore des progrès à faire pour tomber juste, dis-je en tapotant sur ma montre.

— Il te reste vingt minutes avant la récré.

— Alors je vais vite aller m'acheter une gaufre en bas de la rue avant qu'elle commence. Un petit bisou pour le trajet ? dis-je en tendant la joue.

— Dix-neuf minutes…

— OK, Mon seau est plein. Et pour ma gaufre ? Tu vas y aller toi-m… Hum, bon, je monte. Je serai dans la petite salle de bain si tu me cherches. À dans dix-huit minutes !

Finalement, nous ne nous en tirions pas si mal. La maison, depuis longtemps trop grande pour nous deux, avait droit à une révision générale, agrémentée d'un tri dans les pièces inoccupées. Comme nous parlions de plus en plus souvent de déménager, ce n'était pas inutile d'anticiper. Tout cela en plus du ménage de base entrecoupé de quelques moments de rire un peu potache.

Deux jours avant Noël, je me décidai à passer un peu de mon temps libre au studio. Je ne m'étais plus installé depuis un bon moment derrière mes claviers. Pourtant, cela ne me manquait pas encore. Lorsqu'une idée musicale mûrissait, ce qui pouvait prendre des mois, je m'immergeais totalement dans sa réalisation. J'avais bien un projet qui se dessinait, mais il n'était pas encore mûr. Ce studio était également celui où en plus de 40 ans, mon ami de toujours et moi avions enregistré ensemble un certain nombre de disques. Mais c'était à l'époque où notre matériel y était rassemblé. Depuis quelques années, nous habitions loin l'un de l'autre et chacun avait son propre espace. Et lorsqu'un projet commun nous emballait, nous nous serrions à présent dans un des deux studios. Bien sûr, depuis un an, c'était plus difficile…

J'étais donc monté au studio. Cette fois avec à l'esprit une remarque que Monsieur Bériot avait faite et que je n'avais pas comprise. Lors de notre deuxième rencontre, je lui avais parlé de ce rêve conscient d'André dans lequel j'étais présent et qu'il m'avait raconté. Un rêve dont je n'avais aucun souvenir. Mon professeur m'avait dit que l'on pouvait, malgré soi ou grâce à soi, être invité dans le rêve d'un autre. Et c'est ce « grâce à soi » qui m'avait vraiment laissé perplexe.

Le disque tournait. Comme lors des épisodes précédents, je me sentais calme, vaste, ouvert et en même temps posé en moi. Le passage s'ouvrit durant la quatrième partie, mais pas aussi rapidement que précédemment. J'aurais moins de temps avant qu'il se referme.

Je franchis le seuil et me retrouvai dans le Jura le jour où nous avions visité le marché de Syam. Je me trouvais à côté d'André qui, comme nous l'avions compris, faisait une sieste de dégrisement après ses dégustations et l'apéritif. Il s'était certainement endormi très rapidement, presque aussi vite que moi lorsque j'étais tombé de mon échelle. Je me souvins des explications de Monsieur Bériot concernant la conscience qui restait plus alerte lorsque l'état de veille nous quittait rapidement, et je me dis qu'André devait être dans les mêmes dispositions. Je m'adressai à lui. Il me répondit aussitôt, tout en restant profondément endormi.

— André, André ? pensai-je doucement. Tu m'entends ?

— Daniel ?

— Oui, c'est moi.

Je m'arrêtai immédiatement, André s'étant retourné en grommelant. Il se calma et se remit à ronfler.

J'attendis un petit moment avant de reprendre.

— André, j'aimerais que tu viennes me voir. J'aimerais que nous parlions.

— Maintenant ?

— Oui, viens de suite. Tu sais où je suis. Je t'attends.

L'instant d'après, j'étais près de notre tente. Je vis Françoise allongée sur la chaise longue que j'avais installée sous les arbres. À côté, je vis la mienne ainsi que ma silhouette, mais comme les autres fois, une espèce de brume me masquait. J'entendis la voix d'André qui m'appelait, et également ma réponse. Notre conversation commença. Dans le studio, le disque, que je percevais clairement, était presque terminé. Je ne devais plus traîner. Avant de partir, je regardai Françoise. J'aurais aimé l'embrasser, mais je n'avais aucune idée de ce qu'il se passerait si je le faisais.

J'étais revenu dans le studio. Le passage se referma.

Je compris seulement à ce moment que la dernière phrase avait déjà été réalisée. Pourtant cela aurait dû me frapper bien plus tôt. Après notre conversation durant son rêve lucide, André m'avait dit qu'après m'avoir parlé, il avait réalisé que son silence aiderait son fils. Et notre récente conversation à quatre me l'avait confirmé. Louis allait mieux et l'entente entre le père et le fils était bien meilleure.

Il avait donné vie à ma dernière phrase : « *Oui, le vrai silence est rare, mais si précieux...* »

Je baignais dans un silence presque palpable dans lequel aucune question ou réflexion ne me vint à l'esprit.

Je venais de revenir de ce que je pensais être mon dernier passage. Mais serait-ce vraiment le cas ? Et d'ailleurs, quelle importance ? Je n'avais pas le sentiment d'exister vraiment de l'autre côté de cette porte qui s'ouvrait sur ma mémoire ou mon avenir. Enfin, oui tout de même un peu... J'avais pu me rendre compte des effets possibles de ces incursions dans le passé. Pourtant quelque chose me dérangeait profondément dans ces interventions. Et c'était la possibilité de pouvoir infléchir la ligne d'une vie, fut-ce la mienne. Mais alors ? Que d... Le téléphone intérieur sonna.

— On va bientôt manger. Tu vas descendre ? me demanda Françoise.

— J'arrive de suite. J'avais terminé, répondis-je, satisfait de cette interruption.

— Ça va dans ton studio, tu es sur quelque chose de nouveau ? me demanda Françoise au moment où nous nous mettions à table.

— Oui, je crois que j'aurai bientôt une idée musicale à développer. Ça se précise. Mais là, j'écoutais simplement de vieilles histoires. Ça sent rudement bon ton plat !

— Des vieilles histoires ? Oui, c'est parce que j'ai utilisé le grill pour terminer la cuisson.

— Non, vieilles c'est une façon de parler. Des trucs un peu anciens si tu préfères. Oulah, ça m'a l'air chaud !

— Dans le fond, tu ne m'as plus jamais parlé de ce drôle de rêve, de ta montre qui retardait et du reste. Oui, attention, ça sort du four !

— Euh, non. En fait il ne s'est plus rien passé. Ça devait être une conséquence de ma chute.

Je n'y pensais même plus. Dis, c'est excellent cette recette !

— Mouais, je suis étonnée que tu aies laissé tomber cette affaire qui t'obsédait littéralement jusqu'il y a peu. Euh, oui c'est très bon. C'est mon fameux gratin de légumes.

— Tu devrais être contente que j'aie réalisé que j'avais tout le nécessaire au lieu de le chercher ailleurs. Et tu mets quoi encore dans ce gratin ?

— Oui, surtout que le nécessaire que tu as redécouvert, c'est moi. Des aubergines, des courgettes et des poivrons.

— Toi… mais alors avec moi, bien sûr. Et du parmesan ?

— Oui à deux, c'est mieux. Mais mélangé avec les légumes.

Cette dernière réponse de Françoise déclencha un fou rire qui dura une ou deux minutes. Il fallait bien que le plat refroidisse. Et en y repensant plus tard, ce fou rire nous reprit même à trois reprises jusqu'en fin de soirée. Mais heureusement, en mode raccourci. Françoise ajouta que cela aurait été encore plus drôle si nous avions eu cette conversation et ses conséquences dans un restaurant chic où l'étiquette était de mise…

Avant de m'endormir, je me dis que j'étais prêt à achever cet épisode de mon parcours, ce premier épisode comme me l'avait dit mon professeur. Il me restait encore cette légende à décoder, et il m'avait dit que ce n'était ni une énigme ni une carte au trésor.

Je m'étais rarement senti aussi confiant. J'avais pu trouver le moyen d'ouvrir le passage. Je m'étais aventuré jusqu'à la limite de notre réalité où j'avais pu entrevoir l'invraisemblable. Un invraisemblable qui devait s'étendre bien au-delà de ce que notre esprit pouvait imaginer. Mes cinq phrases avaient trouvé une place réelle dans mon histoire.

Demain, je lirais une fois encore ce texte que Monsieur Bériot avait confié à son fils. Je saurais alors peut-être enfin de quel choix me parlait mon professeur. J'avais saisi que je ferais ce choix à mon dernier jour, mais en comprendre la portée et les termes dès maintenant était essentiel.

Françoise dormait. Je lui pris doucement la main et la rejoignis dans le sommeil, emporté par sa respiration paisible.

La Légende des Flocons de Lumière

Ce que tu ne trouves pas à l'extérieur
T'appartient déjà et te tend les bras à l'intérieur
Ne perds pas trop de temps...

Le lendemain, je m'assis à mon bureau, ce bureau qui avait vu défiler tant de copies à corriger.

J'ouvris le tiroir dans lequel le texte attendait et le posai devant moi. Il était temps de le relire et d'ensuite refermer cette autre valise verte...

La Légende des Flocons de Lumière

Tout avait débuté à une époque d'avant la mémoire. Nul ne savait qui avait été le premier ni quand il était venu pour la première fois. Mais depuis, il n'y avait eu aucune interruption. L'un après l'autre, ils s'étaient succédé sans que la chaîne ait été brisée une seule fois. Et aujourd'hui, celui dont c'était la mission s'approchait une fois encore de l'endroit où tout avait commencé bien avant lui, et où tout continuerait après lui...

La journée avait été longue. Le soleil déclinait rapidement. Depuis le matin, il gravissait lentement le sentier tortueux qui le menait toujours plus haut. Et chaque courbe prolongeait davantage le chemin jusqu'à la suivante, comme si l'ascension devait ne jamais s'arrêter. Le bleu profond du ciel se perdait derrière les crêtes enneigées des hautes montagnes. Un silence grandiose habitait cette immensité qu'il parcourait depuis un temps immémorial. Le sentier déboucha sur un plateau entouré de toutes parts par des sommets inaccessibles. Dans les dernières lueurs du jour, il vit un peu plus loin la modeste habitation qu'il avait occupée jadis. Il frappa à la porte qui s'ouvrit en grinçant, libérant une odeur de feu de bois. Une femme l'accueillit. Ses cheveux blancs et son visage parcouru de rides indiquaient que sa jeunesse n'était plus que dans ses souvenirs. Ses habits sans la moindre fantaisie cadraient avec l'intérieur très rudimentaire de l'habitation. Une étrange grandeur émanait d'elle. Et l'intensité de son regard où se mêlaient force et douceur, semblait capable de soulager la détresse de tous ceux qui le croiseraient.

— Mon temps sera bientôt achevé, lui dit le visiteur. Lors de mon prochain passage, je viendrai avec celui qui te remplacera.

— Je suis prête à prendre ta succession, répondit-elle. Ce sera à mon tour de quitter cette cabane et d'assumer la mission une fois que tu nous auras quittés.

— Et comme je te l'ai dit, lorsque ton temps s'achèvera, tu devras toi aussi amener celui ou celle qui restera ici avant que tu t'en ailles.

Le lendemain, il quitta l'habitation, rendant la femme à sa solitude. Après quelques heures, il atteignit le dernier plateau. Des nuages survolaient les pics qui se dressaient tout autour de lui. Une épaisse couche de neige recouvrait le sol. Il s'assit sur un rocher et attendit, immobile, le regard posé sur l'immensité blanche qui s'étendait jusqu'au pied des montagnes.

Quelques minutes plus tard, le vent se mit à souffler. Sa vitesse augmenta rapidement, jusqu'à former des voiles neigeux dérivant à quelques centimètres du sol. Ensuite, le vent commença à tourbillonner à d'innombrables endroits, rassemblant les flocons de neige en leur donnant la forme de petits cylindres de lumière. Ceux-ci s'aplatirent et s'arrondirent pour devenir des sphères. Lorsque le vent se calma, elles restèrent toutes en suspension à quelques centimètres du sol avant de s'élever lentement.

L'homme n'avait pas bougé. Son visage était resté impassible. Il regardait toujours devant lui. Les sphères diaphanes flottaient à présent plus haut dans le ciel et s'élevaient toujours davantage, s'éloignant les unes des autres, tels des ballons blancs soumis aux vents d'altitude.

Il fixa une sphère qui était restée à quelques centimètres du sol et s'approcha.

— Tu es prêt à rester ? Tu as bien réfléchi ? demanda l'homme.

— Oui, j'en suis certain. C'est toi qui vas m'instruire ? demanda une voix qui venait de la sphère.

— Non, je suis celui qui accueille. Je vais t'emmener là où ton guide viendra te retrouver dans quelques années. Il t'enseignera ce qui te sera utile pour la suite. Tu deviendras alors à ton tour celui qui éveillera des questions chez ceux qui sont prêts à trouver les réponses.

— Et toi, demanda la voix, que fais-tu ici ?

— Je te l'ai dit, répondit l'homme, je ramène simplement ceux qui, désireux d'aller plus loin, ont accumulé des connaissances lors de leur existence et veulent ensuite revenir. Et s'ils reviennent, c'est pour en aider d'autres qui, à leur tour, empruntent ce même chemin dans leur existence.

— Et maintenant ? demanda la voix.

— Je vais repartir vers un autre lieu comme celui-ci où une autre sphère va rester. Viens, nous partons. Enfin pas tous les deux vers le même endroit. Tu retrouveras progressivement ta forme initiale. Ici, ce serait en quelques secondes. Mais où tu vas, ce sera en plusieurs années.

— Et mon guide ?

— C'est lui qui viendra vers toi. Il te rappellera simplement tout ce que tu auras momentanément oublié, mais que tu sais pourtant... Et ensuite, durant le temps qu'il te restera à vivre là-bas, tu pourras aider ceux qui, comme toi, veulent aller plus loin que simplement vivre et mourir.

Sur ces mots, l'homme prit délicatement la sphère de lumière, ferma les yeux et souffla doucement sur elle. Elle se désagrégea en une multitude de flocons étincelants qui s'alignèrent, formant un trait de lumière qu'il regarda s'éloigner vers l'horizon.

L'homme redescendit, seul. Arrivé au bas du sentier, il s'assit au bord d'un petit étang. Le soleil brillait et l'air était doux dans cette vallée qu'il aimait tant contempler. Il sortit de son sac un pamplemousse qu'il éplucha très lentement, en contrôlant chaque geste, comme s'il s'agissait d'un rituel.

Et durant tout le temps que cela dura, il revit chaque accueil qu'il avait fait, depuis le tout premier qui remontait si loin, que personne n'aurait pu s'en souvenir. Il revit également chaque sphère qu'il avait renvoyée.

Un papillon se posa sur l'herbe à côté de lui. Il mordit dans un quartier du pamplemousse et, en le goûtant, il oublia tout.

Quelques minutes plus tard, il se remit en route, l'esprit libre de toute pensée. Un autre accueil l'attendait, un de plus.

— Non, pas un de plus, mais un premier accueil de plus, dit-il. Seul maintenant existe.

Jules Bériot (1975)

En terminant cette lecture, j'eus le sentiment de voir les pièces d'un puzzle se rapprocher et s'imbriquer jusqu'à former une image complète. Jules Bériot m'avait donné tous les éléments à assembler. Mais il m'appartenait de trouver moi-même le plan de montage. Et je venais de le découvrir.

Le choix devenait clair. Non pas qu'il fût déjà décidé. C'était à moi seul de le faire et je le ferais quand le temps du départ serait venu. Mes passages vers cette autre réalité, tenue secrète, m'avaient simplement permis de me trouver, de me situer dans une sphère virtuelle destinée à renforcer ma conviction qu'un *ailleurs* existait. J'avais également réalisé que c'est uniquement dans l'ordinaire que le présent est accessible, et donc, que me préparer à cet *ailleurs* se ferait en étant présent à ce monde. J'avais, moi aussi, un pamplemousse à goûter…

Je descendis dans le salon où Françoise lisait. Je vis son tricot posé à côté d'elle.

— Tu as envie d'une petite tranche de panettone ? lui demandai-je.

— Hmm, pourquoi pas ? répondit-elle en déposant son livre. Tu étais au studio ?

— Non, dans le bureau. Je lisais également.

— Encore la même chose ?

— Oui, mais cette fois j'ai rangé tous ces textes pour de bon. J'en ai fait le tour.

— Tu vas t'ennuyer ! me dit Françoise gentiment moqueuse.

— Non, justement. Et puis, je suppose que tu trouveras bien de quoi m'occuper… Mais j'ai d'abord une idée musicale à concrétiser. Quand je te vois tricoter, je me dis que simplement vivre la seconde qui passe, est magique. Et c'est ce qu'il se passe quand je suis derrière mes claviers.

— Euh, tu voulais vraiment du panettone ou juste me dire que j'étais ta source d'inspiration ?

— Peut-être bien, dis-je. Et si tu es la source, je serai la rivière et je t'emmènerai en croisière dès que nous serons libérés, ajoutai-je en essayant d'imiter le bruit d'une corne de brume.

— Un paquebot sur une rivière… tu ne manques pas d'imagination ! En tout cas, on ne risque pas le mal de mer. Et mon panettone ? insista Françoise.

— Juste le temps de jeter l'ancre et je te l'amène.

Les derniers jours de décembre furent différents de ceux des autres années, tant à l'extérieur que chez nous. Non, rien ne fut pareil cette année. Tout était inédit, partout.

Pourtant, l'année se termina le 31 décembre, sans surprise. Janvier lui succéda, ce qui n'étonna pas davantage qui que ce soit.

Le gris avait quitté ma boule neigeuse. Il n'était plus que dans le ciel. En descendant ce matin-là, je vis que le journal m'attendait sur le sol, comme tous les matins. En me baissant pour le ramasser, mon attention fut attirée par une fourmi qui se déplaçait vers l'escalier intérieur avant de disparaître dans un minuscule interstice.

— Une fourmi ici en hiver ! dis-je tout bas. Donc, c'est qu'il y en a d'autres à l'intérieur. Celles qui vivent à l'extérieur hibernent bien à l'abri sans sortir. C'est une véritable auberge ici, une araignée, des fourmis, une femme à l'étage… Voilà qui me plaît ! Enfin, surtout la femme, ajoutai-je en faisant un clin d'œil.

En me relevant avec le journal, je me fis la réflexion qu'il aurait pu atterrir sur la minuscule bestiole. Soudain, les derniers mots de Jules Bériot me revinrent à l'esprit. « Et pense à la fourmi ! », m'avait-il dit au moment de partir.

À ce moment, j'entendis Françoise qui descendait.

— Tu es encore là ? Tu vas prendre ton café dans le couloir ? me demanda-t-elle.

— Non, je pensais juste à un truc. Mais à présent, j'ai tout oublié, dis-je en soupirant avant de regarder Françoise avec un sourire qu'elle ne devait pas me connaître.

Et tu sais quoi ? Je vais aller faire une petite course après le déjeuner.

Deux heures plus tard, j'étais de retour. Après avoir remonté ma trousse à outils de la cave, je m'agenouillai devant la porte et sortis une boîte aux lettres toute neuve de son emballage.

Françoise ouvrit la porte du salon et me regarda avec un sourire que je ne lui connaissais pas.

Remerciements

Merci à Étienne pour nos nombreuses conversations et pour la lecture attentive de mon manuscrit. La préface lui était réservée. Mais la vie en a décidé autrement.

Ma gratitude à tous ceux qui ont contribué à améliorer ce premier roman.

Merci à Christiane, Jennifer, David, Xavier, Marianne et Marc pour avoir lu mon manuscrit avec tant de zèle.

Leur regard et leurs valeurs personnelles m'ont permis de voir mon manuscrit sous différents angles. J'ai ainsi pu le corriger, l'affiner, en clarifier quelques passages et modifier le choix de certains termes.

Et merci enfin à ceux qui m'ont encouragé. Outre mes premiers lecteurs, je pense à Quentin, Cédric, Marc, ainsi qu'à Emmanuel, mon ami de toujours et mon partenaire en musique.

En 1978, nous étions deux. Aujourd'hui, nous sommes dix-sept. Et si notre table familiale est devenue trop petite pour accueillir tout le monde, chacun a, d'une manière ou d'une autre, trouvé une place dans ou entre ces lignes.

Nous sommes faits de beaucoup cellules. Mais la plus essentielle, et la seule qui me soit indispensable, est la cellule familiale.

Imprimé en France
FRHW010145291021
28876FR00012B/161

9 791020 343154